KADES RÜCKKEHR

Im tödlichen Reich der weltweiten Geheimdienste kollidieren Verlangen und Pflichterfüllung, während verborgene Absichten aufgedeckt werden. Kann Kades und Merrigans Bund der explosiven Vergangenheit standhalten, die alles bedroht?

KADE

Ich habe mein Leben in den Schatten verbracht, aber Merrigan Shaw hat mich ins Licht geführt. Als sie mich aus der Gefangenschaft gerettet hat, hätte ich nie damit gerechnet, mich in sie zu verlieben. Jetzt, in unserem Wettlauf, die Identität eines Verräters aufzudecken, finde ich mich gefangen zwischen Pflicht und Verlangen. Merrigan weckt Gefühle in mir, von denen ich glaubte, ich hätte sie schon lange begraben. Aber kann ich meinem Herzen vertrauen, wenn jeder Moment neue Gefahr bringen könnte? Angesichts von Bedrohungen, die von allen Seiten näher kommen, bin ich fest entschlossen, die zu schützen, die ich liebe. Doch als die Wahrheit zutage tritt, frage ich mich:

Kann unsere Liebe der Last meiner dunklen Vergangenheit standhalten?

MERRIGAN

Ich dachte, ich würde die Risiken kennen, sich in einen Agentenkollegen zu verlieben, aber Kade Butler trotzt all meinen Erwartungen. Was als Rettungsmission begann, wurde zu so viel mehr. Während wir uns durch das Labyrinth von Täuschung und Verrat lavieren, fühle ich mich auf eine Art zu ihm hingezogen, wie ich es mir nie hätte vorstellen können. Angesichts von verborgenen Feinden und sich verschiebenden Allianzen kann ich da der unbestreitbaren Verbindung zwischen uns trauen? Mitten in einer Welt von Geheimnissen und Lügen muss ich entscheiden, ob unsere Liebe stark genug ist, den Sturm der Enthüllungen zu überstehen, der droht, uns auseinanderzureißen.

KADE

Er hatte über zwanzig Jahre lang darauf gewartet, nahe genug heranzukommen, um den Mann zu töten, der damals das Leben einer Frau in Stücke riss, die Kade geliebt hatte. Endlich war er in der Lage, die Schrecken zu rächen, denen sie an dem Tag ausgesetzt war, als Rory Calder sie vergewaltigte und zurückließ, weil er sie für tot hielt. Er hätte ihn beinahe da schon getötet, aber Leech Hess, der Vater der Frau, hatte ihn aufgehalten. Er fragte sich, ob Leech es auch bereute, dass Kade den Schuss nicht abgab.

Als er aus den Schatten trat, stand er einer anderen Frau gegenüber. Das letzte Mal, als er von Angesicht zu Angesicht mit ihr gesprochen hatte, war sie ein kleines Mädchen gewesen. Zwischen damals und jetzt hatte er sie nur aus der Ferne beobachtet, obwohl es keinen einzigen Tag gegeben hatte, an dem er nicht an sie dachte, sich um sie sorgte oder betete, dass er ihr gegenüber richtig handelte.

„Lass uns eine Sache klarstellen, Eighty-eight", sagte Kade zu dem Mann, dem er ihre Sicherheit anvertraut hatte, Mercer Bryant. „Sie war nie seine Tochter. Sie ist schon immer meine gewesen."

Kade ging zu ihr und legte eine Hand an ihre Wange. „Hallo, Quinn", sagte er.

Mercer ließ sie los und Kade hielt sie zum ersten Mal seit vierzehn Jahren in den Armen.

„Hi", murmelte sie und vergrub das Gesicht an seiner Schulter. „Ich erinnere mich an dich", flüsterte sie.

„Ich freue mich so sehr, dass du das tust."

„Bist du wirklich mein Vater?"

Er verstand, warum sie fragte. Als er zur Hintertür des Gebäudes hineingeschlichen war, in dem sie mit einer Waffe an ihrem Kopf festgehalten wurde, hörte Kade Mercer sagen, dass der Mann, der drohte, sie zu töten, das nicht tun würde, weil Quinn sein Fleisch und Blut sei. Kurz darauf widersprach Kade dem, indem er sagte, sie wäre seine Tochter.

„Willkommen zu Hause, mein Junge", sagte sein Vater, als Mercer ihn losgebunden und ihm auf die Füße geholfen hatte.

Kade ließ Quinn los und ging hinüber, um seinen Da zu umarmen, dessen Augen sich mit Tränen füllten.

Er trat einen Schritt zurück und betrachtete ihn genau. „Was hat Calder mit dir gemacht?", fragte Kade.

„Hat mich mit irgendwas k. o. geschlagen. Ich erinnere mich nicht an viel", antwortete sein Vater.

Laird Butler, Geheimdienstagent im Ruhestand, Deckname Burns, war immer der Held seines ältesten Sohnes gewesen – heute mehr denn je. Mit siebzig Jahren war er noch immer so fit und stark wie Männer, die halb so alt waren.

Emotionen zu zeigen war etwas, das Leuten in ihrem Beruf

abtrainiert wurde, aber Kade konnte die Gefühle, die der Anblick seines Vaters in ihm hervorrief, ebenso wenig leugnen wie Laird.

„Jemand sollte sich Burns, Quinn und Monk ansehen", schlug Mercer vor.

„Gute Idee, Eighty-eight." Kade sah hinüber zur Seite des Gebäudes, wo Mantis und Dutch Monk losgebunden hatten. Ein weiterer Mann lag mit dem Gesicht nach unten in einer Blutlache. „Wer ist das?"

„Max Lista", antwortete Mercer. „Von uns engagiert, aber offensichtlich hat er in irgendeiner Funktion mit Calder zusammengearbeitet."

Später würde Kade den Vertragsbruch mit ihm und ihren beiden anderen Partnern der K19 Security Solutions, Paps und Razor, besprechen. Er sah Quinn an, die mit Mercers Arm um ihre Schultern dastand. Sie beobachtete ihn forschend.

„Du bist jetzt in Sicherheit", sagte er, als er näher zu ihr ging. Kade wusste, dass sie auf eine Antwort auf ihre Frage wartete, ob er ihr Vater wäre, oder nicht, und bald würde er sie ihr geben. Aber nicht hier, nicht umgeben von Tod und dem Bösen. „Bringen wir dich hier raus", sagte er stattdessen. „Mercer soll dich zu meiner Ma bringen", fügte er hinzu. „Da, du gehst mit ihnen."

Auch wenn Kade ein ausgebildeterer Arztassistent war, musste er sich um die Folgen hier kümmern, und er würde sich nicht wohl dabei fühlen, Quinn oder seinen Vater in dieser Situation zu untersuchen.

Mantis und Dutch, beide K19-Agenten, würden die übrigen des Teams einweisen, die auf dem Weg in das Gebäude waren, um alle Spuren von dem zu entfernen, was während der letzten Stunden abgelaufen war. Sie würden auch eine Reinigungsmannschaft so schnell wie möglich hier drinnen brauchen.

„Sollen wir den da nehmen, Doc?", fragte Dutch und deutete auf Max Listas Leiche.

Kade nickte. Es war Calders Leiche, die ihm mehr Sorgen bereitete. Er war einen Deal eingegangen und er hatte vor, ihn einzuhalten.

„Ich werde die Familie zusammenholen", sagte Laird.

„Nicht heute, Da." Kade machte eine Handbewegung in Quinns Richtung. „Ich brauche etwas Zeit."

„Sorcha wird uns in dem Haus in Harmony treffen", informierte Mercer sie.

Was seine Geschwister anbelangte, wäre morgen früh genug, dass Kade mit seinen Brüdern sprechen würde. Am nächsten Tag würde er mit seinen Schwestern Skye und Ainsley reden.

Er rieb sich über die Brust, weil er wusste, dass der Schmerz, den seine Geschwister vor zwei Jahren erlebt hatten, als sie glaubten, er sei tot, schwer zu überwinden sein würde. Die wahre Natur von Kades Beruf zu erfahren, würde ebenso eine Überraschung für seine Brüder und Schwestern werden. Um verstehen zu können, warum er für tot erklärt worden war, mussten sie die ganze Geschichte kennen, und das bedeutete, er musste ihnen von der K19 Security Solutions erzählen.

Die vier Gründerpartner, ihn eingeschlossen, waren ehemalige Agenten, die für die Abteilung für Spezialunternehmungen der CIA beim nationalen Geheimdienst, dem NCS, gearbeitet hatten. Vor drei Jahren hatten sie gemeinsam ihre Anstellung beim Staat verlassen und die private Sicherheits- und Geheimdienstfirma gegründet. Ironischerweise kamen fast hundert Prozent ihrer

Aufträge vom NCS. Allerdings hatten sie viel mehr Geld verdient, diese auszuführen, als vorher.

„Willkommen zurück, Doc", sagte Mercer und umarmte ihn, ehe er Quinn zum Transportfahrzeug hinausbegleitete, um sie zu dem sicheren Haus in Harmony zu bringen.

„Gut, zurück zu sein."

„Wie geht es Leech?", fragte Mercer.

„Wir haben ihn nach Ramstein geflogen. Er sollte in ein paar Tagen die Freigabe bekommen zu reisen."

„Gibt es irgendetwas, was ich tun kann?"

„Paps und Razor sind noch immer da drüben. Lass sie uns rausholen, sobald wir können."

„Sie sind schon draußen, Sir. Jemand namens Fatale hat den Transport arrangiert."

Merrigan Shaw, oder Fatale, wie Mercer sie genannt hatte, war eine MI6-Agentin, die ihn über Calders Rückkehr in die Vereinigten Staaten informiert hatte.

Als Mercer weg war, ließ Kade ein letztes Mal den Blick durch das Gebäude schweifen.

„Wir rücken ab, Sir", meldete Dutch.

„Ich fahre mit euch." Kade hatte vor, die beiden Leichen persönlich nach Camp Roberts zu transportieren.

Leech und er hatten die übrigen der Maskhadov-Gruppierung ausgeschaltet, als sie ihre Flucht nach über zwei Jahren Gefangenschaft organisiert hatten.

Nach dem, was Kade wusste, war Calder das einzige überlebende Mitglied der Organisation gewesen, die für die Tötung zahlloser US-Agenten verantwortlich war. Er war nur aus einem einzigen Grund bis heute am Leben geblieben: Weil er kurz nachdem die Maskhadovs Leech gefangen genommen hatten, in die Staaten zurückgekehrt war.

Um das Land zu verlassen und seine Rache zu nehmen, war Kade gezwungen gewesen, einen Handel mit den unwahrscheinlichsten Verbündeten abzuschließen – dem Einigen Russland, der einzigen Organisation, die den Tod der Maskhadovs mehr wollte als die CIA. Als Teil des Deals hatte Kade zugestimmt, Calder an das ER zu übergeben, tot oder lebendig.

Er hatte die Absicht, bei Calders Leiche zu bleiben, bis er absolut sicher war, dass sie in dem Besitz des ER war. Erst dann würde er wissen, dass der Albtraum, der vor mehr als zwanzig Jahren begonnen hatte, endlich vorbei wäre.

2

KADE

Stunden später geschah die Übergabe von Calders Leiche schnell und im Geheimen, was bedeutete, dass er sich mit den anderen in Harmony treffen konnte.

„Quinn schläft", informierte Mercer Kade, als er zu der Tür hereinkam, die von der Garage ins Haus führte.

„Wo ist Ma?", fragte er, als sie gerade um die Ecke kam und ihn fast umwarf.

Sie hielt ihn ganz fest, während ihr Körper zitterte, als sie vor Freude weinte und etwas murmelte, von dem Kade nur vermuten konnte, dass es sich um ein Dankgebet handelte. Gleichzeitig legte sein Vater eine Hand auf seine Schulter.

Aus den Augenwinkeln sah er Quinn um die gleiche Ecke kommen wie seine Mutter vorher. Ihr verwirrter Blick ging zwischen ihm und Mercer hin und her.

„Wie geht es dir?", fragte Kade, nachdem ihn seine Mutter losgelassen hatte.

„Gut", murmelte sie.

„Würdest du gern reden?"

„Jetzt?", fragte sie und sah erneut zu Mercer.

„Es muss nicht sein", sagte Kade. „Aber wir können, wenn du möchtest. Ich bin mir sicher, du hast Fragen."

Erst als Mercer die Hand nach ihr ausstreckte, kam Quinn ganz ins Zimmer.

„Es gibt keine Eile, Schatz", hörte Kade ihn sagen.

„Mein Kopf tut weh." Sie drehte sich zu Sorcha, die zur Spüle eilte, um Quinn ein Glas Wasser zu holen.

„Trink das, Schatz", sagte sie, was Quinn und Mercer zum Lächeln brachte. „Und nimm diese hier", fügte sie hinzu und gab ihr etwas, das wie Aspirin aussah.

„Was ist mit dir, Da?", fragte Kade und überlegte, ob sie in Betracht ziehen sollten, ihn und Quinn ins Krankenhaus zu bringen.

Ehe sein Vater antworten konnte, deutete seine Mutter auf einen Beutel, der auf dem Tisch lag. „Lass das von jemandem zum Krankenhaus bringen und Susan im Labor bitten, es zu analysieren."

Natürlich hatte sein Vater daran gedacht, dafür zu sorgen, dass der Lappen mitgenommen wurde, der benutzt worden war, um ihn bewusstlos zu machen, oder vielleicht war es auch der, der bei Quinn benutzt wurde. Wie auch immer, es sollte sofort untersucht werden, ob simpler Äther verwendet worden war oder etwas Stärkeres. Kade wünschte sich, sie hätten ihn das vorhin wissen lassen; er hätte ihn mit nach Camp Roberts nehmen können. Er sah zu Mercer hinüber, der auf sein Handy konzentriert war.

„Was ist los?", fragte Kade.

„Es war Chloroform. Es ist euch jemand zuvorgekommen", berichtete er.

„Wer?"

„Dutch. Offenbar hat er einen zweiten Lappen vom Tatort mitgenommen."

„Wer benutzt heutzutage noch Chloroform?", sagte seine Mutter.

Das war eine berechtigte Frage, allerdings hing es bei den Russen mehr davon ab, was sie in die Finger bekommen konnten.

„Auf wessen Anweisungen hat Dutch gehandelt?", raunzte Kade niemanden im Speziellen an.

„Auf meine", sagte sein Vater.

„Entschuldige, Da." Kade rollte seine Schultern. Er musste sich entspannen – etwas, bei dem er in der Vergangenheit immer dafür gesorgt hatte, dass er das tat, bevor er nach Hause kam. Diesmal war seine Rückkehr wie keine andere. Er war über zwei Jahre lang weg gewesen. Zuerst war er tief in eine verdeckte Ermittlung eingetaucht, dann wurde er die meiste Zeit davon in Gefangenschaft gehalten. Ganz zu schweigen davon, für tot erklärt worden zu sein.

„Ich brauche eine Minute." Kade ging zur Hintertür hinaus.

Mercer kam später heraus und bot ihm ein Bier an. „Willst du eins?"

„Ein Sixpack wäre besser."

Kade drehte den Deckel ab und stürzte die halbe Flasche hinunter. „War 'ne verdammt lange Zeit."

„Mach, was du machen musst, Doc."

„Ja?"

„Ja. Alle werden es verstehen, und wenn nicht, können sie dich mal."

„Selbst wenn das, was ich machen muss, ist, irgendwo auf eine verlassene Insel abzuhauen?"

Mercer lachte und nickte.

So verlockend das war, musste Kade diesmal zum ersten Mal seine Familie vor sich selbst stellen, etwas, was er noch nie zuvor gemacht hatte. Quinn brauchte ihn jetzt, und wenn es nur war, um ihr die vergangenen einundzwanzig Jahre ihres Lebens zu erklären.

Er beugte sich vor und stützte die Unterarme auf den Knien ab. „Ich weiß nicht, wo ich anfangen soll", sagte er. „Wie geht es ihr?"

„Quinn? Ihr geht's gut. Sie hat Fragen, aber sie weiß mehr, als du denkst."

Mercer erzählte ihm von der Zeit, die sie in der Casa Carrizo, dem Haus in Montecito, verbracht hatten, in dem sie während der ersten sieben Jahre ihres Lebens gewohnt hatte. Und dass Laird ihr auch Zutritt zu dem Apartment über der Weinkellerei gewährt hatte.

„Sie erinnert sich an mich."

„Das tut sie. Zumindest bruchstückhaft. Sie erinnert sich daran, dass du ihr das Fahrradfahren beigebracht hast."

Kade lächelte. Er erinnerte sich gut an den Tag wegen seiner Normalität. Lena, Quinn und er hatten den Morgen in der Stadt verbracht. Als sie zurückkamen, hatte er gefragt, ob sie bereit wäre, dass er die Stützräder von ihrem Fahrrad abmontieren würde. Sie hatte ihm gesagt, dass sie Angst hätte, und er hatte ihr versprochen, dass er nicht loslassen würde, bis er sicher war, dass sie bereit wäre. Quinn hatte die Pedale keine zwanzigmal getreten, als sie ihm gesagt hatte, dass sie es allein versuchen wollte. Sie hatte Runde um Runde in der kreisförmigen Auffahrt gedreht, dass ihm schwindelig wurde. Er konnte noch immer den Klang ihres Kicherns hören.

Zwei Tage später war er vor Tagesanbruch zu einem weiteren Einsatz aufgebrochen. Lena hatte ihn angebettelt, nicht zu gehen, obwohl sie verdammt gut wusste, dass er keine Wahl hatte. Die Freude, die er mit Quinn gespürt hatte, wurde durch Schuldgefühle und Gewissensbisse ersetzt. Seine Schuldgefühle rührten allerdings nicht daher, dass es ihm leidtat wegzumüssen. Stattdessen war der Grund, dass er es kaum erwarten konnte, da wegzukommen.

„Ich bin ein egoistischer Mistkerl", murmelte er. „War ich schon immer." Er sah zu Mercer auf. „Gerade ist alles, was ich will, wegzugehen. So ehrlich war ich wohl noch nie, Eighty-eight."

Mercer trank einen großen Schluck von seinem Bier. „Rede erst mit Quinn, und dann fahr los. Wie viel Zeit du auch brauchst, nimm sie dir. Ich weiß, ohne dass du ein Wort sagen musst, dass du durch die Hölle gegangen bist. Und so siehst du auch aus."

Kade lachte. Das wusste er auch. Sein Körper war schlapp und er wog vermutlich fünfzig Pfund weniger als vor seinem Weggang.

„Ich kann nicht. Erst muss ich alle gesehen haben. Wie geht es übrigens Lena?"

„Hat sich nicht verändert."

Kade lachte wieder. „Sie kann jetzt wieder zurückkommen."

Mercer schüttelte den Kopf und sah weg.

„Was?"

„Wenn Quinn nicht wäre, würde ich sagen, wir sollten sie verschwunden lassen."

Kade wusste genau, was Mercer meinte. „Sie war nicht immer so schlimm."

„Das hat Paps mir erzählt."

„Paps? Interessant."

Mercer lachte auch. „Ich habe sich zwei Menschen nie mehr hassen sehen als Paps und Lena."

„Du weißt, was man über Liebe und Hass sagt."

„Hier nicht." Mercer schüttelte den Kopf. „So, wer ist Fatale?"

„MI6."

„Wie ist er in deinen Auftrag in Moskau hineingekommen?"

„Sie."

„Hä?"

„Fatale ist eine Frau, und um deine Frage zu beantworten, sie hat die Maskhadovs vor ungefähr sechs Monaten unterwandert."

„Worauf hatte sie es abgesehen?"

„Dasselbe wie sie." Dasselbe, worauf Calder es abgesehen hatte. Ebenso wie er selbst, der MI6, die CIA, das ER – alle hatten es darauf abgesehen, was Calder vor mehr als zwanzig Jahren versteckt hatte.

„Muss wichtig sein, wenn man bedenkt, dass Calder bereit war zu töten, um es zu bekommen", sagte Quinn.

Er hatte sie nicht zur Hintertür herauskommen hören. Kade stand auf. „Setz dich doch."

„Nein, danke. Ich bin nur herausgekommen, um zu fragen, ob ihr Hunger habt. Sorcha hat schottische Hühnersuppe gemacht."

„Hat sie das? Hm." Kade kratzte sich am Kinn.

„Cock-a-leekie ist eins meiner Lieblingsessen."

„Früher hast du ... Na ja, das ist lange her."

„Nein, erzähl's mir. Bitte." Quinn setzte sich auf einen der freien Stühle und bedeutete Kade, sich zu ihr zu setzen.

Er erzählte ihr, dass ihre Mutter beharrlich behauptet hatte, sie würde es nicht mögen, aber sie hatte es gemocht, sogar als sie noch so klein war, dass sie einen Hochstuhl brauchte.

„Du konntest es nicht richtig aussprechen und hast sie −"

„Kukie-lukie genannt." Quinn lachte. „Jetzt erinnere ich mich."

„Entschuldigt mich." Mercer stand auf und ging hinein.

„Ich, äh, schätze, ich sollte mich daran gewöhnen, das hier zu machen. Es gibt vieles, was ich dir erzählen muss, nicht nur Geschichten über Suppe, sondern über dein Leben, Quinn."

„Nicht heute", murmelte sie und ihre Augen füllten sich mit Tränen.

„Du hast mir eine Frage gestellt −"

Sie stand auf. „Beantworte sie nicht. Nicht jetzt."

„Wo zum Teufel sind denn alle?", sagte Kade am nächsten Morgen vor sich hin. Er erinnerte sich daran, nach dem Abendessen im Relaxsessel gesessen zu haben, und danach an nicht viel mehr. Irgendwann musste er ins Schlafzimmer gegangen sein, denn da war er aufgewacht.

In einem Schrank fand er Kaffee, kochte sich eine Kannevoll und ging zur Tür hinaus auf die Terrasse. Er setzte sich auf den Stuhl, auf dem Quinn am Abend vorher gesessen hatte, und dachte über ihre Reaktion auf ihn nach. Sie hatte direkt gefragt, ob er ihr

Vater wäre, und als er versucht hatte, darauf zu antworten, hatte sie sich geweigert, ihn das tun zu lassen.

Er schüttelte den Kopf. Er hätte nicht überrascht sein sollen; sie war ihrer Mutter sehr ähnlich. Sie sah auch aus wie sie. Bevor Calder sie fast umgebracht hätte, hatten Lenas Augen genauso geleuchtet wie Quinns.

Er hatte nie jemand mit Augen wie ihren gesehen – dunkelmahagonifarbene Teiche, so satt wie die Erde der Weinfelder, mit Blitzen von Zimt. Ihre Porzellanhaut war wie die ihrer Mutter, aber statt weißblond wie ihre, waren Lenas Haare goldblond.

Ihr Deckname war Barbie, und Kade erinnerte sich noch immer an den Abend, an dem sie ihn bekommen hatte.

🪷

„MIR IST NOCH IMMER NICHTS EINGEFALLEN, WIE ICH DICH nennen soll", hörte Kade Calder murmeln, als er an ihm vorbeiging.

„Lena ist in Ordnung."

„Wie heißt die Schauspielerin ... Lena Horny?", flüsterte er, aber Kade konnte ihn trotzdem verstehen.

„*Geilen* Sinn für Humor hast du. Man spricht es ‚Horn' aus", schnauzte Kade.

„Mir gefällt es anders besser", erwiderte er, ehe er wegging.

Kade sah, wie Lenas Wangen erröteten, und hätte Calder am liebsten seine Faust dafür ins Gesicht gerammt, sie zu beschämen. Er erkannte die Überreaktion. Das passierte ihm oft bei seinem Mitrekruten und das machte ihm zu schaffen.

Er entschuldigte sich von der Unterhaltung zwischen seinem Vater und ihrem.

„Lena, richtig?", fragte er. „Du bist zur Paso Robles High gegangen. Warst du eine oder zwei Stufen unter mir?"

„Nur eine Stufe", antwortete sie. „Ich hätte nicht gedacht, dass du mich bemerkt hast."

„Natürlich habe ich das hübscheste Mädchen der Schule bemerkt."

„Komm, Barbie", sagte ihr Vater. „Sehen wir zu, dass wir etwas Fleisch auf deine Knochen bekommen."

Lena verzog das Gesicht.

„Barbie?" Calders feixendes Grinsen brachte Kade dazu, die Hand zur Faust zu ballen.

„Hast du je diese verdammten Puppen gesehen? Groß gewachsen und dünn, genau wie sie hier."

„Es ist meine Schuld", sagte Lenas Mutter, als sie am Tisch saßen. „Als ich die Spielzeuge weggepackt habe, die sie als kleines Mädchen hatte, habe ich die Puppe hervorgezogen und den Kommentar gemacht, dass sie lange, dünne Arme und Beine und eine winzige Taille hat wie Lena." Ihre Mom wandte sich zu ihr. „Es tut mir leid, Süße. Dein Dad hat den Namen aufgeschnappt und seitdem bekommst du den immer von ihm zu hören."

„Blonde Haare hat sie auch", fügte ihr Vater hinzu.

„Danke, Dad", murmelte sie und weigerte sich, irgendwo anders hinzusehen als auf ihren Teller.

Kade hatte null Ahnung von Puppen, aber wenn Lena wie diese „Barbie" aussah, musste sie wunderschön sein. Er wünschte sich, sie würde lächeln. Wenn sie das tat, bogen sich ihre rosa Lippen so perfekt, dass sie wie aufgemalt aussahen.

Es war ihm nicht bewusst, dass er sie anstarrte, bis ihr Blick seinem begegnete und ihre Wangen den gleichen Rosaton annahmen wie ihre Lippen. Er ließ den Blick einen Moment lang verweilen und hoffte, sie würde wissen, dass, egal wie peinlich ihr die Frotzeleien ihres Vaters sein mochten, es mindestens einen Mann gab, der sie atemberaubend fand.

Als er wegsah, begegnete sein Blick dem ihres Vaters. Leech war nichts davon entgangen, was zwischen Kade und seiner Tochter vorgegangen war, und während er erwartet hatte, Verärgerung zu sehen, sah er stattdessen Zustimmung.

„Brich ihr das Herz und ich werde dir dein Genick brechen", murmelte Leech später, als sie halfen, den Tisch abzuräumen.

„Wie war das?", fragte Calder.

„Das geht dich überhaupt nichts an", antwortete Kade.

VON DIESEM TAG AN WAR IHR DECKNAME BARBIE, AUCH WENN Kade sie nie so genannt hatte. Er wusste, wie sehr sie ihn hasste.

Sein Handy pingte mit einem Bewegungsmeldungsalarm der App, die sein Vater gestern Abend darauf installiert hatte. Er wischte mit dem Finger über das Display und sah Paps, Razor und jemand, von der er nicht damit gerechnet hatte, dass sie bei ihnen wäre: Merrigan „Fatale" Shaw.

3

MERRIGAN

D ies hier war eine furchtbare Idee. Ihr Instinkt hatte ihr das gesagt, als Paps vorschlug, sie sollte mit ihnen in die Staaten zurückfliegen. Als sie widersprach, hatte er darauf bestanden und ihr gesagt, dass es ihr Chef gewesen wäre, der den Vorschlag gemacht hatte.

„Unser Auftrag ist noch nicht beendet", hatte Paps sie heute Morgen erinnert, als sie zu dem Haus fuhren, wo Kade wohnte. „Das Einige Russland wird nicht aufhören, danach zu suchen, was immer sie glauben, was Calder gegen sie in der Hand gehabt hat. Auch wenn sie die Übereinkunft einhalten werden, die sie mit Doc getroffen haben, weil sie keinen Grund haben zu glauben, dass Barbie oder Skipper etwas damit zu tun hatten, garantiere ich dir, dass sie gerade in diesem Moment dabei sind, ihre Zelte in Kalifornien aufzuschlagen."

„Barbie und Skipper?"

„Docs Frau und Tochter."

Er war verheiratet? Als sie Doc Butler das letzte Mal sah, hatten sie sich geküsst, dass ihr die Knie weich geworden waren und ihre sämtlichen anderen Körperteile hatten reagiert, als wäre er ihr persönliches sexuelles Leuchtfeuer. Und jetzt fand sie heraus, dass der Mistkerl verheiratet war? Sie war so wütend, wie sie enttäuscht war. Außerdem wäre sie am liebsten mit dem ersten Flug, den sie buchen konnte, ins Vereinigte Königreich zurückgekehrt.

Je mehr sie allerdings darüber nachdachte, desto mehr kam sie zu dem Schluss, dass seine Ehe eigentlich ein Segen war. Eine Affäre zwischen einem ehemaligen hochrangigen CIA-Agenten und einer MI6-Agentin von gleicher Stellung wäre mehr als unprofessionell.

Als sie an dem Haus ankamen, stand Merrigan auf der Veranda und sah dem Wiedersehen von Kade, Paps und Razor zu. Sie wurde emotional, weil sie wusste, wie sie sich fühlen würde, wenn sie einen Kollegen sehen würde, der lange für tot gehalten worden war.

Sie warf Kade verstohlene Blicke zu, als er mit seinen Teamkollegen sprach. Sogar nach mehreren Monaten, in denen er gefoltert und mangelhaft ernährt worden war, waren seine Arme so muskulös geblieben, dass sie wie Felsbrocken wirkten, und nichts konnte die Breite seiner Schultern schmälern. Kade hatte einen stolzierenden Gang, der das Selbstvertrauen eines Mannes ausstrahlte, der wusste, dass er der Beste in dem Geschäft war, ungeachtet der Tatsache, dass er mehrere Monate lang gefangen gehalten und gefoltert worden war. Seine Augen waren so blau, dass sie wie Meerwasser aussahen, und er hatte ein warmes Lächeln, das sie selten gesehen hatte. Doc Butler konnte leicht jede Frau dazu bringen, ihr Höschen fallen zu lassen. Merrigan eingeschlossen.

„Fatale", sagte Kade mit einem Kopfnicken.

„Doc", antwortete sie.

„Komm herein." Er machte eine Handbewegung zu der Tür, durch die Paps und Razor gingen.

Sie ging hinein und sah sich nach der verdammten Ehefrau um. Es war nicht fair von Merrigan, die Frau zu verdammen; es war nicht ihre Schuld, dass ihr Mann ein verflixter Frauenheld war.

„Was suchst du?", fragte er und kam zu ihr geschlendert.

„Nichts", antwortete sie kurz angebunden und fühlte sich an den Tonfall ihrer Mutter erinnert, wenn sie wütend war.

Er lächelte. „Wie geht es dir, Fatale?"

„Es geht mir gut. Danke."

„Was machst du hier?"

„Sie ist im Auftrag des MI6 hier, Doc", antwortete Paps für sie.

„Tatsächlich wollte ich gerade gehen."

„Wohin?"

Sie schoss einen verärgerten Blick in seine Richtung ab, noch immer ungläubig, dass er in der Zeit, seit sie ihn kannte, nie daran gedacht hatte, eine Frau oder Tochter zu erwähnen.

„Ich habe gefragt, wo du wohnst."

„Da bin ich mir noch nicht sicher." Sie wandte sich an Paps. „Ich werde mich später melden."

Sie tat so, als hätte sie nicht bemerkt, dass Kade ihr zur Haustür hinaus gefolgt war, stieg ins Auto und hatte die Tür fast geschlossen, als er sie einholte.

„Merrigan?"

„Wir sprechen uns später, Doc."

„Kade."

Sie drehte sich um und sah ihn zum ersten Mal an, seit sie das Haus verlassen hatte. „Was?"

„Mein Name ist Kade."

Unfähig, ihn noch einen Moment länger anzusehen, wandte sie den Kopf ab.

„Als wir uns das letzte Mal gesehen haben –"

„Ernsthaft? Das bringst du jetzt zur Sprache? Und dann auch noch hier?"

„Was hat das damit zu tun, wo wir sind?"

„Ich muss los."

„Du könntest hierbleiben", sagte er, ehe sie die Tür schließen konnte.

„Du bist *unmöglich*." Sie zerrte an dem Griff, zog die Tür krachend zu und setzte rückwärts aus der Einfahrt.

❧ 4 ❧
KADE

Kade marschierte zurück zum Haus. Merrigan benahm sich wie eine Teenagerin, der ihr Kuss peinlich war, statt wie die knallharte, gnadenlose Agentin, die sie in Moskau gewesen war.

„Was zum Teufel war das denn gerade?", fragte er Paps, als er wieder hineinkam.

„Keine Ahnung."

„Warum ist sie hier?"

„Weil der Auftrag nicht zu Ende ist, Doc", schaltete Razor sich ein.

„Richtig." So viel wusste Kade. Aber nun, da Quinn und ihre Mutter nicht mehr in Gefahr waren, und Leech und er persönlich den Niedergang der Maskhadov-Organisation mit angesehen hatten, empfand er nicht die gleiche Dringlichkeit, sich oder sein Team in die Schusslinie zu bringen. Nur um etwas zu finden, das größere Auswirkungen auf das Einige Russland haben würde als auf seine Familie, sein Land oder sich.

„Wie viel weißt du über Eighty-eight und Skipper?", fragte Paps.

„Alles, was ich wissen muss." Die Natur ihrer Beziehung war offensichtlich. Was immer er nicht mitbekommen hatte, als er Calder tötete, hatte er gestern erfahren.

„Es kommt jemand", sagte Razor, als er aus dem Fenster sah.

Für den Bruchteil einer Sekunde hoffte Kade, dass Merrigan zurück war, bis er seinen Bruder Maddox sah, der aus einem SUV stieg, der in der Einfahrt geparkt war. Er wartete, um zu sehen, ob jemand bei ihm war, und stellte erleichtert fest, dass sonst niemand aus dem Fahrzeug stieg. Mit einem Bruder nach dem anderen konnte er besser umgehen als mit allen drei gleichzeitig.

Kade atmete tief durch, öffnete die Tür und wartete darauf, dass sein Bruder ihn bemerkte. Als sich ihre Blicke trafen und festhielten, ging er Maddox auf halbem Weg entgegen.

„Oh, Mann, Gott sei Dank. Als Da mir gesagt hat, dass du lebst, habe ich gebetet, dass ich nicht träume." Maddox' Augen füllten sich mit Tränen, als sie nah genug waren, um sich zu umarmen.

„Wie geht es dir, Mad?", fragte Kade, weil er nicht wusste, was er sonst sagen sollte.

„Verdammt viel besser, nachdem ich dich leibhaftig sehe."

Sie hielten sich weiter umarmt, weil keiner von beiden loslassen wollte. Auch wenn das Wiedersehen mit Paps und Razor emotional gewesen war, war das nichts im Vergleich dazu, seinen Bruder wiederzusehen. Mit seinen anderen Geschwistern würde es das Gleiche sein.

„Komm herein", sagte Kade etwas später. „Lass uns reden."

„Was für eine Art, Neujahr zu feiern. Ich glaube, dies wird ein großartiges werden", sagte Maddox und lächelte unter Tränen.

„Verdammt. Das Datum ist völlig an mir vorbeigegangen." Kade drückte Mads Schulter. „Es ist so gut, dich zu sehen, Bruder."

„Du hast keine Ahnung, wie oft ich hiervon geträumt habe. Naught und Brodie wissen noch nicht, dass du zurück bist", erzählte Maddox ihm. „Wie gesagt, Da hielt es für besser, wenn ich wüsste, was mich erwartet."

„Ich werde sie so bald wie möglich sehen."

„Wie wäre es mit jetzt? Naught ist auf der Butler Ranch. Ich bin mir nicht sicher, wo Brodie ist."

„Gehen wir." Kade wandte sich zu Paps und Razor um, die ihn wegwinkten.

AUF DER FAHRT INFORMIERTE KADE MADDOX ÜBER ALLES IN seinem Leben während der letzten zwei Jahre, das er ihm erzählen konnte, und über seine Ehe mit Lena und ihre Tochter. Dann erzählte er ihm von dem K19-Team und dass er sie gebeten hatte, sich um seine Familie zu kümmern.

„Sie waren mit euch in Argentinien", erklärte Kade. „Obwohl ich zu der Zeit nichts davon wusste, was hier vor sich ging."

„Erzähl mir, was du davon weißt", sagte Maddox.

„Eighty-eight – einer meiner Partner – und Da haben mir gestern einen kurzen Überblick gegeben." Kade konnte nicht glauben, dass alle seine drei Brüder verheiratet waren, dass Brodie und Peyton frischgebackene Eltern eines kleinen Mädchens waren, und dass Alex schwanger war.

Ainsley war die einzige seiner Geschwister, die nicht verheiratet war, aber Ma hatte ihm erzählt, dass sie und Cristobal Avila sich an Weihnachten verlobt hatten. Sie hatte ihm außerdem von Brodies und Peytons Beziehung erzählt, und dass sein jüngster

Bruder für tot gehalten wurde, nachdem das Flugzeug, in dem er saß, in den argentinischen Bergen abgestürzt war.

Was er seiner Mutter nicht gesagt hatte, weil es sich angehört hätte, als wäre er völlig durchgeknallt, war, dass es ihm so vorkam, als wüsste er bereits so vieles von dem, was sie ihm erzählte. Vielleicht keine speziellen Einzelheiten, aber genügend, dass er ein Déjà-vu-Gefühl hatte.

Maddox schickte Naughton eine Nachricht, in der stand, dass er auf dem Weg zur Butler Ranch war und sich dort mit ihm treffen müsste. In typischer Naught-Manier machte er Mad ordentlich zur Sau, weil er ihm nicht sagte, weshalb.

„Da hat es für mich leichter gemacht", erklärte Maddox ihm. „Ich weiß nicht, wie ich reagiert hätte, wenn du ohne Vorwarnung aufgetaucht wärst."

Kade verstand das, aber Naughton war anders. Es im Vorhinein zu wissen, wäre für ihn nicht besser gewesen.

„Vielleicht sollte ich zuerst hineingehen", schlug Mad vor.

„Nein. Ich werde das schon machen."

Als sie durch das Tor der Ranch fuhren, auf der er aufgewachsen war, überkam ihn ein Gefühl des Friedens. Er hatte die Entscheidung getroffen, nicht gestern Abend herzukommen, weil er noch nicht bereit gewesen war, seine Brüder zu sehen, aber jetzt, da er hier war, wusste er, dass er keine weitere Nacht in Harmony verbringen würde.

Vielleicht würde Merrigan in Betracht ziehen, lieber in dem Haus zu wohnen als in einem Hotel, wenn er nicht dort wäre. Allerdings könnte sie sich unwohl mit Paps und Razor fühlen. Das hätte er früher bedenken sollen.

Könnte das hinter ihrem seltsamen Verhalten stecken? Im Moment konnte er jedoch nicht über sie nachdenken; er würde gleich seinen Bruder zum ersten Mal seit zwei Jahren sehen.

Er klopfte an und die Tür flog auf.

„Was zum Teufel −", begann Naughton, sprach aber nicht weiter, als er Kade vor sich stehen sah.

Wie bei Maddox umarmten sie sich eine ganze Weile lang.

„Ich wusste, dass du lebst", murmelte Naughton. „Ich habe gebetet, dass ich mich nicht irre."

Im Gegensatz zu Maddox wollte er nicht wissen, wo Kade gewesen war oder warum er für tot erklärt worden war. Alles, was ihn interessierte, war, dass sein Bruder zu Hause war. „Du kannst es mir ein andermal erzählen. Im Moment gibt es da jemand, von der ich gern hätte, dass du sie kennenlernst."

Kade und Maddox gingen mit Naught hinein und warteten im Wohnzimmer, während er ging, um seine Frau zu holen.

„Das ist Bradley", sagte er, als sie herunterkamen. „Und, Süße, das ist mein Bruder Kade."

Bradleys Augen füllten sich mit Tränen, und statt seine ausgestreckte Hand zu schütteln, umarmte sie ihn. „Es ist so schön, dich kennenzulernen", murmelte sie.

Ehe sie ihn losließ, flog die Haustür auf.

„Oh mein Gott", schrie Alex und kam auf ihn zugerannt. „Sag mir, dass du real bist. Sag mir, dass ich nicht träume. Ich habe von dir geträumt, nur dass du es weißt. Und ich bin die Standpauken verdammt leid, die du mir dann hältst. Gott, bin ich froh, dich zu sehen." Sie löste sich von ihm und sah an ihm auf und ab. „Du siehst übrigens scheiße aus, aber ich schätze, tot zu sein, macht

das mit einem." Sie atmete tief durch. „Wow, was für eine Art, das neue Jahr zu feiern."

Alex hielt ihn so fest, dass Kade jeden ihrer zittrigen Atemzüge spüren konnte, als sie ihre Wange an seine Brust lehnte und weinte.

„Woher wusstest du es, Al?", fragte Maddox sie.

„Sorcha hat mir gesagt, jemand, den ich sehen möchte, besucht gerade Naughton. Ich war schon halb hier, bis sie ihren Satz beendet hat. Ich *wusste* es. Frag mich nicht, woher, aber ich wusste es."

Kade hatte sich unzählige Male gefragt, ob die Verbindung zwischen seiner Familie und ihm stark genug wäre, dass sie wüssten, dass er nicht tot war. Das Gleiche hatte er sich bei seinen K19-Partnern gefragt, allerdings hatte die Vereinbarung mit ihnen gelautet, die Meldung zu akzeptieren und entsprechend zu handeln. Aber sie sollten kein Grabmal aufstellen, bis sie die Leiche mit eigenen Augen gesehen hätten. Deshalb hatte er gewusst, dass sie niemals aufhören würden, nach ihm zu suchen.

„Wann wirst du zu Peyton und Brodie gehen?", fragte sie und fuhr dann fort, ohne ihm die Möglichkeit zu geben zu antworten. „Du weißt, dass sie verheiratet sind und ein Baby haben, oder?" Alex tätschelte ihren Bauch und nahm dann Kades Hand und legte sie darauf. „Ich bin schwanger. Hat Mad dir das erzählt? Im Juli soll es so weit sein."

Kade lächelte. Er hatte Alex schon immer geliebt und darauf vertraut, dass Maddox dahinterkäme, dass er nicht ohne sie leben könnte. Dem Gesichtsausdruck seines Bruders nach zu urteilen, hatte er es begriffen.

„Sie haben das Baby Kismet Kadence genannt, zum Teil nach dir. Ach, und Skye und Mac haben ihren Jungen Kade genannt.

Wusstest du das?" Sie ging hinüber und legte die Arme um Mads Taille. „Danke übrigens für das Haus und die Weinfelder und alles andere, das du uns geschenkt hast."

„Gern geschehen", sagte er und sah zu Naughton und seiner Frau hinüber.

„Jetzt, da du zurück bist ...", begann Naughton, aber Kade unterbrach ihn.

„Es ändert sich nichts."

„Aber –"

„Nichts." Er sah zwischen seinen Brüdern hin und her. „Es gehört alles euch beiden."

„Also wegen Peyton ...", sagte Alex.

Kade machte sich wegen Peyton keine Sorgen. Er hatte viel über sie nachgedacht, wenn die Russen ihn lange genug allein ließen, dass sein Verstand alles über den täglichen Schmerz hinaus verarbeitete, den sie seinem Körper zufügten.

Sie hatte sogar schon gewusst, bevor er aufgebrochen war, um Leech zu retten, dass sie nicht dazu bestimmt waren, zusammen zu sein. Er vergötterte sie und ihre Jungs und hatte sogar versucht, sich selbst davon zu überzeugen, dass er sie heiraten wollte. Sobald er das seiner Familie erzählt hatte, wusste er, dass es falsch war. Es war, als hätte es genügt, die Worte laut auszusprechen, um einzusehen, dass es sich nicht richtig anfühlte. Er freute sich zu hören, dass sie und Brodie zusammen waren; das war, was er gewollt hatte.

„Sie hatten gedacht, Brodie wäre auch tot", hörte er Alex sagen. „Jamie und Finn werden das gut aufnehmen, denke ich. Meinst du nicht auch?"

Kade wurde bewusst, dass sie die Frage an ihn gerichtet hatte, und er wusste nicht, wie er darauf antworten sollte. Bei diesen beiden machte er sich die meisten Sorgen um ihre Reaktion. Er liebte Peytons Jungs und hoffte, sie würden ihn mit der Zeit als Onkel akzeptieren.

„Hat ihn sonst noch jemand gesehen?", hörte er Alex Mad fragen.

„Ich bin mir nicht sicher. Warum?"

„Du weißt, wie schnell sich in diesem Tal Neuigkeiten verbreiten. Ich fände es schrecklich, wenn Brodie und Peyton über Klatsch erfahren, dass Kade zurück ist."

Sie hatte recht. Das wollte Kade auch nicht. „Weißt du, wo sie sind?", fragte er.

„Zu Hause", antwortete Naught. „Warte, bis du ihr Haus siehst."

Nach einem weiteren emotionalen Wiedersehen mit Brodie saß Kade auf der Vorderveranda und sprach mit Peyton. Er berichtete, so viel er konnte, von seinem Martyrium, und sie erzählte ihm davon, wie sie sich in seinen Bruder verliebt hatte, und dankte ihm dafür, sie zusammengebracht zu haben.

„Ich habe eine Frage, aber nicht über etwas Wichtiges. Es ist eher etwas, worauf ich neugierig bin."

„Du kannst mich alles fragen."

Peyton lächelte. „Aber das heißt nicht, dass du antworten kannst."

Kade lächelte auch. „Du weißt, wie es läuft."

„Am Abend bevor du als *vermisst* gemeldet wurdest, hast du mir ein Foto geschickt. Ich hätte schwören können, dass es aussah, als wäre es in Bagram in Afghanistan aufgenommen worden."

„Gutes Auge. Und ja, ich habe da einen Zwischenstopp für eine Geheimdienst-Einsatzbesprechung eingelegt."

Peyton nickte. „Wie gesagt, ich war neugierig." Sie stand auf, um hineinzugehen. „Ich möchte, dass du weißt, dass ich dich wirklich lieb habe, Kade."

„Und ich habe dich lieb. Das werde ich immer."

Sie reckte sich auf Zehenspitzen hoch, gab ihm einen Kuss auf die Wange und lächelte dann. „Du bist jetzt mein Schwager."

„Und der Onkel der Jungs. Was denkst du, wie sie reagieren werden?"

„Mit ihnen wird alles gut sein. Glaub mir. Kinder sind so widerstandsfähig."

„Ma hat für heute Abend ein Familienessen geplant. Sie hat auch Skye und Ainsley eingeladen, schließlich ist das gemeinsame Abendessen am Neujahrsabend eine Familientradition", erzählte Brodie Kade, als Peyton und er ins Haus kamen.

Er wollte mehr Zeit mit all seinen Geschwistern und das Abendessen, das seine Ma geplant hatte, würde ihm die Möglichkeit dazu geben. Innerhalb von einigen Tagen, so hoffte er, würden seine Beziehungen mit ihnen wieder so sein, wie sie vor seiner Abreise nach Moskau waren.

Wenn erst einmal alle von seiner Rückkehr wüssten und er dafür gesorgt hätte, dass Leech und vielleicht sogar Lena hier wieder zur Ruhe gekommen wären, würde er mehr Zeit mit Quinn verbringen, bevor er entscheiden würde, was er mit dem Rest seines Lebens anfangen wollte. Das Einzige, was er wusste, war, dass er nicht in die Spionagebranche zurückkehren würde. Niemals, wenn er es irgendwie verhindern könnte. Es gab andere Möglichkeiten, wie er seinem Land dienen konnte.

. . .

Als Maddox ihn am Haus in Harmony absetzte, stand der alte Pick-up seines Vaters in der Einfahrt, aber als Kade hineinging, war er nicht da; Paps und Razor allerdings schon.

„Hey, Doc", sagte Razor. „Die hier sind für dich." Er warf Kade einen Schlüsselbund zu.

„Wisst ihr, wo Merrigan ist?"

Paps nickte. „Moonstone Cottages. Nummer vier. Das liegt vorn. Ich habe ein Treffen um neunzehnhundert Uhr angesetzt", erklärte Paps ihm. „Ach, und Barbie wird morgen zurück sein."

„Verstanden", antwortete er. „Aber verschieb das Meeting auf morgen."

Er ging hinaus und schloss die Haustür hinter sich. Sobald er die Dinge mit Merrigan geradegerückt hatte, wollte er sich mit Quinn und Mercer treffen.

Naught hatte ihm gesagt, dass sie zu dem Essen heute Abend eingeladen waren, aber er hoffte, vorher etwas Zeit mit den beiden allein zu haben, um dabei zu helfen, sie darauf vorzubereiten, was auf sie zukommen würde. Als er nach der Uhrzeit sah, wurde ihm klar, dass er es vielleicht nicht schaffen würde, das einzuschieben, es sei denn, die Dinge mit Merrigan ließen sich einfach lösen, und das bezweifelte er.

❦ 5 ❦

MERRIGAN

Merrigan checkte in einer von mehreren Bed-and-Breakfast-Unterkünften ein, die entlang der Moonstone Beach Road in Cambria verstreut lagen. Kade hatte so oft davon erzählt, als die Russen sie allein gelassen hatten, dass sie das Gefühl hatte, sie wäre schon einmal hier gewesen, und sie war verblüfft, als sie feststellte, dass es ganz genauso aussah, wie sie es sich vorgestellt hatte.

Sie würde allerdings nicht lange hierbleiben. In ein paar Stunden hatte sie einen Telefontermin mit ihrem Vorgesetzten angesetzt, während dem sie vorhatte, darum zu bitten, ersetzt zu werden. Wenn es sein musste, würde sie zugeben, dass die Beziehung zwischen Doc und ihr persönlich geworden war. Das könnte bedeuten, dass sie gebeten werden würde, den MI6 zu verlassen, aber damit würde sie fertigwerden. Kade mit seiner Frau zu sehen, war mehr, als sie ertragen konnte.

Meeting um 1900 Uhr, lautete eine Nachricht von Paps.

Wo?, antwortete sie.

Als Paps ihr mitteilte, sie würden sich in dem Haus treffen, wo sie sie abgesetzt hatte, sträubte sie sich und bat um einen alternativen Ort. Sie wartete noch immer auf eine Antwort, als eine Nachricht von Kade kam.

Wir müssen reden, lautete sie.

Merrigan begann verschiedene Antwortnachrichten, die sie alle abbrach, und letztendlich antwortete sie nicht. Zehn Minuten später klingelte ihr Handy.

„Fatale", antwortete sie, obwohl ihr die Anrufererkennung anzeigte, dass Kade anrief.

„Ich weiß, dass du meine Nachricht erhalten hast, also hör auf, Spielchen zu spielen. Wir müssen reden."

„Du solltest wissen, dass ich um einen neuen Einsatz gebeten habe."

„Gut."

Gut? Was fiel dem denn ein? Offensichtlich wollte er ebenso sehr, dass sie verschwand, wie sie selbst wegwollte.

„Dann gibt es nichts, worüber wir reden müssten."

„Klar müssen wir das. Wo bist du? An der Moonstone?"

„Nein."

„Lüg mich nicht an."

Gott, dieser Mann machte sie so wütend. Sie sollte ihn einfach abhängen, aber sie konnte sich nicht dazu durchringen, die Verbindung zu unterbrechen. Wenn dies das letzte Mal sein würde, dass sie seine Stimme hörte, nach der sie sich mittlerweile so sehnte, würden ein paar Minuten mehr keinen Unterschied machen.

„Du weißt, dass ich dich finden werde, ob du mir erzählst, wo du bist oder nicht."

„Ich werde in Kürze nach Los Angeles aufbrechen; ich kehre nach London zurück."

„Du lügst mich schon wieder an und ich will wissen, warum."

„Kade, bitte. Wir wissen beide, wie unangebracht diese Unterhaltung ist. Was in Moskau passiert ist, hätte nicht geschehen sollen. Ich habe Rivet über die Situation informiert und er –"

„Hör auf. Ich weiß, dass du Rivet über gar nichts informiert hast. Wir sehen uns in einer Stunde."

Ihr Handy piepte und signalisierte das Ende der Unterhaltung. Anstatt das Handy wegzulegen, machte sie den Anruf, von dem sie Kade bereits erzählt hatte.

„Fatale", sagte Rivet am anderen Ende der Leitung.

„Sir."

„Die Antwort ist Nein."

„Wie lautet die Frage?"

„Ich werde Sie nicht neu zuweisen, ebenso werde ich keinen Ersatz schicken."

Rivet konnte so verdammt nervig sein. „Warum denn bitte schön nicht?"

„Bleiben Sie auf Kurs. Sie sind so weit gekommen. Ziehen Sie es durch."

„Aber –"

„Es ist mir schnurzegal, was zwischen Ihnen und Butler passiert ist. Sie sind beide erwachsen."

Das Telefonat endete auf dieselbe Weise wie ihr Telefonat mit Kade.

Sie rollte die Schultern. Eine Versetzung würde vielleicht nicht umgehend geschehen, aber das hieß nicht, dass Kade und sie etwas anderes als Agentenkollegen sein würden, die demselben Auftrag zugeteilt waren. Ihr Wille, professionell zu sein, würde einfach ihren Willen bezwingen müssen, seinen nackten Körper an ihrem zu spüren.

ALS SIE DAS KLOPFEN AN DER TÜR HÖRTE, WUSSTE MERRIGAN, dass Kade auf der anderen Seite davon stand. Sie straffte die Schultern und riss sie auf, bereit, ihm gründlich den Marsch zu blasen.

Er überquerte die Türschwelle und hob sie in seine Arme hoch, ehe sie auch nur Hallo sagen konnte. Sein Mund senkte sich hart auf ihren, als seine Zunge Einlass forderte.

Hiervon hatte sie fantasiert, seit sich ihre Wege in Moskau nach ihrem versengenden Kuss getrennt hatten.

Als er sie zum Bett trug und sie gerade mit seinem Körper unter sich halten wollte, kam Merrigan wieder zu Sinnen und rollte unter ihm hervor.

„Was zur Hölle glaubst du eigentlich, was du da machst?" Sie wischte sich mit dem Handrücken seinen Geschmack von den Lippen.

Kade schritt auf sie zu und drängte sie in eine Ecke. „Da weitermachen, wo wir aufgehört haben", murmelte er und küsste sie wieder.

„Hör auf damit", sagte sie und drückte ihn zurück.

Anstatt sie loszulassen, setzte Kade sie zwischen der Wand und sich fest. Er senkte den Kopf, bis er sein Ziel fand, und presste seine Lippen auf ihre. Es waren auch nicht nur ihre Lippen, die er küsste. Seine Zunge fuhr an ihrem Hals hinunter und seine Hand stahl sich unter ihren Pulli.

Es war, als hätte ihr Körper seine eigene Meinung und weigerte sich, auf ihr Hirn zu hören, das ihm sagte, er sollte ihm entkommen, besonders als er ihren Nippel in seinen Mund nahm.

Endlich fand sie das einzige Wort, von dem sie wusste, dass es diese Verführung zu einem abrupten Ende bringen würde.

„Barbie", murmelte sie, als er Atem holte.

„Sie wird nicht vor morgen hier sein."

Merrigan stieß Kade mit ganzer Kraft von sich, womit sie ihn so überrumpelte, dass sie unter seinem Arm wegtauchen konnte. *„Du Mistkerl!"*, schrie sie ihn an. *„Wie kannst du es wagen?"*

Kade streckte die Hand nach ihr aus, aber sie ging mit energischen Schritten von ihm weg. In dem kleinen Zimmer blieb ihr nicht viel Platz, um von ihm wegzukommen, aber sie konnte sich näher zur Tür manövrieren, vielleicht könnte sie hinauslaufen, in ihr Auto steigen und davonfahren, ehe ihm klar wurde, was vor sich ging.

Leider war er schneller als sie. Er hob sie schwungvoll hoch, setzte sie auf die Bettkante und nagelte sie mit seinem Körper fest.

„Erklär das", schnauzte er sie an. „Jetzt sofort."

„Ich weiß ja nicht, was für eine Sorte Frauen du gewohnt bist, Doc, aber ich bin keine von ihnen."

„Soll das heißen, dass du das hier nicht willst?"

Seine Lippen waren nah genug, dass er sie leicht wieder küssen konnte, und wenn er das tun würde, bezweifelte sie, dass sie in der Lage wäre, ihre Entschlossenheit aufrechtzuerhalten.

„Genau das soll es heißen", sagte sie und weigerte sich, ihn dabei anzusehen.

Sein Griff lockerte sich, aber nicht genügend, dass sie wieder von ihm hätte wegrutschen können. „Was hat das mit *Barbie* zu tun?"

„*Oh. Mein. Gott*", brüllte sie. „Das hat alles mit ihr zu tun. Kade, hast du keinen Respekt ihr oder mir gegenüber oder gegenüber irgendeiner anderen Frau? Wie konnte ich dich so völlig falsch einschätzen?"

Er ließ sie los, stand auf und ging zu dem Tisch am Fenster. Er zog einen der Stühle heraus und drehte ihn so, dass er ihr gegenübersaß. „Fangen wir noch mal von vorn an. Woher weißt du, wer Barbie ist?"

„Woher ich das weiß, ist unwichtig."

„Sag es mir."

„Sei nicht albern. Ich bin nicht in der Stimmung für Spielchen."

„Das bin ich auch nicht. Jetzt sag mir, was du glaubst, wer Barbie ist."

„Um Himmels willen. Sie ist deine verdammte Frau."

Seine Gesichtszüge wurden weicher und Merrigan glaubte, sie hätte vielleicht sogar ein Lächeln gesehen. „Sie ist meine verdammte *Ex*-Frau. Wir sind seit fünfzehn Jahren geschieden."

„Aber ..."

Kade hob eine Augenbraue und wartete, dass sie weitersprach. Als sie das nicht tat, ergriff er das Wort. „Wie kommst du auf die Idee, dass sie noch immer meine Frau wäre?"

Sie dachte angestrengt über Paps' Worte vorhin nach. Hatte sie ihn irgendwie missverstanden? Hatte er Ex-Frau gesagt statt Frau? „Ich muss es missverstanden haben", sagte sie mit hochgerecktem Kinn.

Als er aufstand, tat sie es ihm nach.

„Komm mal her", sagte er, obwohl sie nah genug war, dass er sie leicht in seine Arme hätte ziehen können.

Sie zögerte und kam sich dämlich vor, dass sie ihn hatte sehen lassen, welche Wirkung es auf sie gehabt hatte zu glauben, er sei verheiratet. Es hatte bis heute einen Kuss zwischen ihnen gegeben. Nur einen. Es spielte keine Rolle, dass der ihre Zehen dazu gebracht hatte, sich einzurollen, und ihren Körper in Flammen setzte. Ein Kuss, egal wie funkensprühend, gab ihr nicht das Anrecht, eifersüchtig zu sein.

Sein Blick blieb auf ihrem noch immer ungeöffneten Koffer hängen und statt näher zu ihr zu kommen, hob er ihn hoch und wandte sich zur Tür.

„Was glaubst du, wo du damit hingehst?"

„Es gibt da einen Ort, an den ich dich bringen möchte."

„Wenn dafür andere Kleidung nötig ist, kann ich mich hier umziehen. Wir brauchen nicht meinen gesamten Koffer."

„Ich bringe dich zur Ranch meiner Familie. Du kannst dort wohnen."

Sie verschränkte die Arme. „Ich fühle mich hier vollkommen wohl."

Kade sah sich in dem kleinen Zimmer um und schüttelte den Kopf. „Ich nicht." Er ging mit ihrem Koffer zur Tür hinaus. „Gehen wir", sagte er über die Schulter.

„Kade, ich –"

Er ließ ihren Koffer fallen, wo er stand und marschierte zu ihr zurück, griff mit einer Hand in ihren Nacken und mit der anderen um ihre Taille, während seine Lippen auf ihre trafen. Seine Zunge wand sich ihren Weg durch ihre geöffneten Lippen und seine Finger vergruben sich in das Fleisch ihrer Hüfte. Sie wimmerte, als sich sein Körper an ihren drückte und sie seine Härte spürte.

Er löste sich weit genug von ihr, um in ihre Augen zu sehen, aber sein Körper blieb an ihren gepresst.

„Ich habe meine Familie seit zwei Jahren nicht gesehen. Die meisten von ihnen dachten, ich sei tot. Ich habe meine Tochter zum ersten Mal seit vierzehn Jahren gesehen, sie tatsächlich im Arm gehalten, in ihre Augen gesehen und mit ihr gesprochen, und doch bist du alles, woran ich denken kann. Meine Mutter gibt heute Abend ein Essen für die ganze Familie, und damit ich bei den Menschen anwesend sein kann, die mir mehr als alles andere auf dieser Welt bedeuten, brauche ich dich bei mir. Verstehst du das, Merrigan? Zwing mich nicht zu betteln, dass du mit mir kommst. Komm mit mir, weil du es möchtest."

Sie atmete tief durch und betrachtete ihn forschend. „Okay."

Er seufzte. „Danke."

Er ließ sie los und legte ihren Koffer auf die Ladefläche eines alten Trucks, dann öffnete er die Beifahrertür für sie. „Was ist mit meinem Auto?", fragte sie mit einem Blick zu dem Fahrzeug, das daneben geparkt war.

„Jemand wird es zur Ranch bringen."

„Wäre es nicht einfacher, wenn ich dir hinterherfahren würde?"

Kade bedeutete ihr einzusteigen und als sie das tat, beugte er sich zu ihr, sodass seine Lippen ihre fast berührten. „Nein."

Merrigan lachte, als er sich aufrichtete und die Tür schloss. Wie könnte sie auch nicht? Das ganze Drama wegen einer Vorsilbe.

KADE

Er warf einen Blick zu Merrigan, die, statt ihn anzusehen, ihre Aufmerksamkeit auf den Pazifik gerichtet hatte, während er sie von dem Ozean wegfuhr.

Vielleicht war er ein Arsch, weil er sie bat, fünfzig Kilometer im Inland bei ihm zu wohnen, aber er konnte nicht anders. Er konnte sich nicht von ihr fernhalten. Selbst in der Zeit, zwischen seinem Verlassen Moskaus und ihrer Ankunft mit Paps und Razor, hatte er sie vermisst. Als sie unerwartet aufgetaucht war, hatte sich eine Hälfte von ihm gefragt, warum sie da war, während die andere Hälfte Gott gedankt hatte, dass sie nah genug war, um sie zu berühren.

Es war so lange her, seit er sich erlaubt hatte zu *fühlen*. An jedem Tag seiner Gefangenschaft hatte er jede mögliche Emotion tiefer und tiefer in sich vergraben, bis er sich mehr wie eine Maschine denn als ein Mann gefühlt hatte.

War das alles, was sein unbeugsames Verlangen nach ihr war – dass seine Emotionen schneller an die Oberfläche sprudelten, als er damit umgehen konnte? Nein, es musste mehr als das sein. Wenn er Merrigan ansah, war es, als würde sich sein Blick zum ersten Mal in seinem Leben fokussieren.

Die Farben waren heller. Er spürte die leichte Berührung des Windes an jeder Stelle seiner entblößten Haut, und der Klang ihres Lachens war wie ein Chor von Engeln. Dieser Scheiß war so nicht er. Ein Chor von Engeln? *Fuck.*

Was er wirklich fühlte, war, am Leben und frei zu sein – frei, endlich die wunderschöne Frau berühren zu können, die neben ihm saß. Ihr rotes Haar war dunkler als das seiner Ma und sowohl Braun als auch Blond durchzogen die wogenden Ringellocken, die über ihre Schultern hinunterflossen. Ihre Haut war blass, besaß jedoch ein natürliches rosa Leuchten, und ihre blauen Augen funkelten, als wären sie mit Diamanten besetzte Saphire.

Endlich hatte er heute die nackte Haut ihrer Brüste unter seinen Händen gespürt, und er sehnte sich nach so viel mehr.

Als er Merrigan zum ersten Mal gesehen hatte, war er in dem Höllenloch, in dem die Russen Leech und ihn festhielten – gerade noch am Leben, doch genügend bei klarem Verstand, dass sie glaubten, die nächsten Schläge würden die Antworten aus ihnen hinauszwingen, die sie aus ihnen herausbekommen wollten. Anfangs hatte er geglaubt, sie sei ein Engel und seine Zeit sei schließlich gekommen.

Als er sie russisch mit den Männern hatte sprechen hören, hatte er gedacht, er würde halluzinieren. Eine Frau, die so schön war und eine Reinheit besaß, die aus ihrer Haut zu sickern schien, konnte unmöglich Teil einer Gruppe sein, die ihn tagein, tagaus zu Brei schlug.

Es dauerte drei Wochen, in denen er sie kommen und gehen sah und auf ein Zeichen wartete, dass sie kein weiterer Dämon war, bis er wusste, er hatte sich bei ihr nicht geirrt. An dem Tag, an dem sie schließlich zu ihm sprach, in einem leicht singenden schottischen Tonfall, der ihn an seine Mutter erinnerte, fragte er sie, ob er tot wäre.

„Du bist nicht tot, Doc", flüsterte sie. „Und ich bin hier, um dafür zu sorgen, dass das so bleibt, bis ich dich und Leech hier rausbringen kann."

MERRIGAN ATMETE TIEF DURCH UND LIEß DEN KOPF GEGEN den Sitz zurückfallen. Ihr Blick schweifte zu ihm und ein winziges Lächeln erschien auf ihrem Gesicht.

„Woran denkst du gerade?", fragte er.

„Wir sind hier. Es ist wie ein Traum, nicht wahr? Nach Monaten, in denen ich von der Schönheit dieses Ortes gehört habe, bin ich hier, und er ist all das, wie du ihn beschrieben hast. Tatsächlich ist er mehr."

Kade antwortete nicht. Er konnte nicht. Es fühlte sich an, als würde ihm das Herz aus der Brust springen. Als sie ihre feingliedrige Hand ausstreckte und auf seine legte, spürte er diese Reinheit von ihrer Haut zu seiner fließen. Wie konnte jemand, die die gleichen furchtbaren Dinge gesehen und getan hatte wie er, noch immer so strahlend und übernatürlich bleiben wie Merrigan? Hatte Gott ihre Seele irgendwie gereinigt und sie frei von der Dunkelheit gehalten, die ihn zu umschließen schien? War es verrückt zu denken, dass, wenn sie ihn mit ihrer Güte und ihrem Licht umhüllen würde, er auch von dem Bösen gereinigt werden könnte?

„Danke", murmelte sie.

„Gern geschehen", schaffte er zu sagen und hatte beinahe Angst vor dem Klang seiner eigenen Stimme.

„Weißt du, wofür ich dir danke?"

Er lachte. „Ich habe mich schon gefragt, ob du meine Gedanken lesen kannst." Kade wandte sich zu ihr, sodass er ihr in die Augen sehen konnte. „Ich habe gerade gedacht, dass du die schönste Frau bist, die ich je kennengelernt habe."

Ihre Wangen nahmen einen hellrosa Ton an und sie wandte den Blick ab.

„Dann danke ich dir nochmals", murmelte sie.

„Wofür hast du mir das erste Mal gedankt?"

„Dass du dies hier real gemacht hast."

„Ich bin mir nicht so sicher, dass du das noch so empfinden wirst, nachdem du gesehen hast, wie ‚real' meine Familie sein kann."

Sie drehte sich auf ihrem Sitz, sodass sie ihm fast direkt zugewandt war. „Erzähl mir, worauf ich mich einstellen sollte. Gib mir eine Kurzzusammenfassung über den Butler-Clan."

❦ 7 ❦

MERRIGAN

Keine noch so ausführliche Vorwarnung hätte Merrigan auf Kades Familie vorbereiten können, selbst wenn sie ein zweihundertseitiges Dossier gelesen hätte.

Seine Mutter Sorcha war wie ein orkanartiger Sturm, und sie hüllte all jene um sie herum in eine Decke aus Zuckerwatte ein. Sein Vater Burns Butler – auch wenn ihn außer Kade und Sorcha niemand in der Familie so kannte – war eine Legende. Die Geschichten, die sie über ihn gehört hatte, wurden ihm nicht annähernd gerecht, obwohl sie beinahe mystisch waren. Es war offensichtlich, dass sein ältester Sohn ihn sowohl als Vorbild als auch als liebenden Vater bewunderte.

Maddox, der mit Alex verheiratet war, lächelte aus tanzenden Augen. Die beiden verströmten zusammen eine Verschmitztheit, die so warm war wie ein Holzfeuer an einem kalten Tag im schottischen Hochmoor.

Auch wenn Naughtons Gesichtszüge nicht eindeutig die gleichen waren wie Kades, war ihr Temperament, als würde man auf zwei Hälften von etwas sehen, was einmal eine Seele gewesen war.

Eine sehr schöne Frau mit einem gleichermaßen engelsgleichen Baby auf dem Arm kam mit zwei Jungen im Schlepptau auf sie zu. Sie hatte Kade vorhin mit ihnen und seinem Bruder Brodie gesehen. Das Wiedersehen zwischen ihnen und ihrem Jetzt-Onkel war voller Freude, aber auch tränenreich gewesen.

„Ich bin Peyton", stellte sie sich selbst vor. „Ich bin Brodies Frau. Und das hier sind Kismet, unsere Tochter, und unsere beiden Jungs, Jamison und Finn."

Ah. Das war also Peyton. Merrigan wusste, dass sie weitaus mehr als Brodies Frau war; sie war einmal Kades Geliebte gewesen. „Ich freue mich, dich kennenzulernen. Kade hat mir so viel von euch allen erzählt."

Die Jungen schüttelten ihr höflich die Hand, ehe sie auf der Suche nach etwas zu essen davonrannten. Als Peytons Wangen erröteten, nahm Merrigan ihre freie Hand in beide Hände und lächelte. Der Ausdruck auf dem Gesicht der Frau änderte sich sofort, als ihr klar geworden sein musste, dass Merrigan und Kade mehr als Kollegen waren.

„Ich freue mich auch, dich kennenzulernen", sagte Peyton. „Ich hoffe, wir werden dich öfter hier auf der Ranch sehen."

„Ich denke, dass ihr das werdet."

Merrigan ließ den Blick durch das Zimmer schweifen und begegnete Kades Augen, die auf ihr verweilten. Er stand etwas entfernt und kam nun in ihre Richtung, ohne sie aus den Augen zu lassen. Wusste er, was sein glühendes Lächeln mit ihr anstellte? Dass sich alles an ihr erwärmte, wenn er in der Nähe war? War es möglich, dass er wusste, er bräuchte nur mit den Fingern zu schnippen, und sie würde ihm bis ans Ende der Welt folgen?

„Wie hältst du dich?", fragte er.

„Ganz gut. Deine Familie ist wunderbar. Überhaupt nicht der einschüchternde Haufen, als den du sie hingestellt hast."

„Sie sind noch nicht alle hier."

„Deine Schwestern", murmelte Merrigan, die sich erinnerte, dass er zwei hatte, aber nicht an ihre Namen.

SKYE TRAF ZUERST MIT IHREM MANN, DEN KADE ALS MAC vorstellte, und zwei Kindern ein, die so schön waren wie Peytons Kismet.

„Das ist Spencer", sagte Kade und hob das kleine Mädchen auf seine Arme hoch. „Spencer, das ist Merrigan."

Sie streckte dem kleinen Mädchen die Hand entgegen, das in die Arme seines Onkels zurückschreckte.

„Sie ist schüchtern", sagte Skye. „Obwohl sie keine Probleme mit ihrem Onkel Kade zu haben scheint."

„Das ist Kade", sagte Spencer und deutete auf ihren kleinen Bruder. „Du bist nicht Kade." Sie legte eine Hand an sein Gesicht. „Sag mir deinen richtigen Namen."

„Tja, der ist Kade, genau wie bei deinem kleinen Bruder. Aber manche nennen mich Doc."

„Hmm. Okay, Onkel Doc. Ist Merry deine Frau?"

„Nein, süßes Mädchen, ich bin eine Freundin von ihm."

„Du klingst wie G'ma Sorcha." Spencer wand sich von Kade frei und rutschte zu Boden, dann nahm sie Merrigans Hand und führte sie zu ihrer Großmutter.

„Grandma, ich glaube, Merry ist Schottin."

„Aye, Lass. Ich glaube, du hast recht, aber ihr Name ist Merrigan. Versuch es noch mal, Spencer. Sag ,Merr-i-gan'."

„Aber mir gefällt Merry."

„Mir auch", sagte Kade und legte eine Hand an Merrigans Taille. „Sehr sogar", flüsterte er.

„Ich finde, Onkel Doc sollte Merry heiraten", beschloss Spencer und war so begeistert von ihrer Idee, dass sie durch das Zimmer tanzte und singend verkündete: „Onkel Doc heiratet Merry, Onkel Doc heiratet Merry."

„Ist dir das real genug?", fragte er.

„Sie ist ein Schatz."

„Mo thruaigh mise", rief Sorcha. *„Càite bheil* Quinn?!"

„Sie und Eighty ... äh ... Mercer sind auf dem Weg."

Seine Mutter klatschte in die Hände, als sie ging, um Baby Kade aus Skyes Armen zu nehmen.

„Ich wusste gar nicht, dass du Gälisch sprichst", sagte Merrigan.

„Das tue ich auch nicht und sie auch nicht. Nicht wirklich. Hin und wieder rutschen ihr ein paar Worte und Sätze heraus, was ihr normalerweise gar nicht auffällt. Meine Brüder und ich achten mehr auf ihren Tonfall als auf die Worte, die sie benutzt."

„Also wegen Quinn ..." Kade hatte Merrigan auf der Fahrt ein wenig von ihr erzählt. Sie hatte seine Zögerlichkeit gespürt und nicht gedrängt, als er seine Erzählung nicht weiter ausführte.

„Ich fürchte, sie wird sich überwältigter fühlen als du."

„Vielleicht, aber deine Familie heißt einen sehr herzlich willkommen."

„Sie wird ..."

„Was? Sprich deinen Gedanken zu Ende."

„Ich wollte gerade sagen, dass sie mehr unter die Lupe genommen wird als du, aber ich glaube nicht, dass das möglich ist."

Die Haustür ging auf und ein wirbelnder Derwisch, von dem Merrigan nur annehmen konnte, dass es Ainsley war, flog in die Arme ihres Bruders.

Merrigan ging weg, weil sie ihr emotionales Wiedersehen nicht stören wollte. Als sie an der Seite stand, kam Alex zu ihr.

„Du bist gut für ihn", sagte sie und stieß Merrigan mit dem Ellbogen an. „Ich kenne Kade schon mein ganzes Leben lang, und ich habe es nie erlebt, dass er jemand so angesehen hat, wie er dich ansieht. Das schließt Peyton mit ein."

„Wir sind Freunde –"

„Genau." Alex lachte. „Maddox und ich waren früher auch *Freunde*."

Ein Mann kam zu ihnen und gab Alex einen Kuss auf die Wange. „Hey, kleine Schwester. Wen haben wir denn hier?"

„Das ist Merrigan Shaw, Kades Date ..., ich meine, eine *Freundin* von Kade." Sie grinste. „Das ist mein Bruder Cristobal. Er ist mit Ainsley verlobt."

„Ach", rutschte ihr heraus, ehe sie sich zurückhalten konnte.

„Yep, es geht doch nichts über Paso Robles Inzucht, um die Trauben zum Wachsen zu bringen."

„Sie weiß nicht, was sie da von sich gibt", sagte Cris, als Alex ging, um nach Maddox zu suchen. „Wie hältst du dich?"

„Ich? Liebe Güte, mir geht's prima. Ich komme mir allerdings ein wenig wie ein Eindringling vor."

„Nee. Die Butlers sind eine große, glückliche Familie, und wenn du hier bist, bist du ein offizielles Mitglied."

„*Das* ist überwältigend."

Einige Minuten später gesellten sich Kade und seine Schwester zu Cris und ihr.

„Es tut mir leid", sagte sie. „Ich kann nicht aufhören zu weinen. Ich bin Ainsley." Statt die Hände zu schütteln, zog sie Merrigan in eine Umarmung. Sie drückte sie fest und trat dann einen Schritt zurück. „Verdammt, Kade. Sie ist umwerfend. Stimmt's, Cris?"

„Ja, Ains", sagte er und schlang die Arme um ihre schmale Taille. „Aber ich denke, du könntest Merrigan vielleicht in Verlegenheit bringen."

„Alles gut", sagte sie und bemerkte, dass Kade konzentriert auf sein Handy sah.

Er blickte auf und sah ihr in die Augen. „Sie sind hier", sagte er und drückte ihre Hand.

Merrigan war überrascht, Paps und Razor hinter den Leuten hereinkommen zu sehen, von denen sie vermutete, dass es Quinn und Mercer waren, aber sie waren ein willkommener Anblick inmitten all der Butlers. Es war nicht so, als wären sie nicht nett und ausgesprochen herzlich gewesen, aber Kade hatte recht gehabt: Sie wurde einer intensiven Überprüfung unterzogen.

Jetzt waren jedoch alle Blicke auf Quinn gerichtet, und sie wirkte, als würde sie das Gewicht von jedem einzelnen davon spüren. Kade ging zu ihr, zuerst zögerlich, aber dann zog er sie schwungvoll in eine Umarmung, was sie zu beruhigen schien. Die ganze Zeit behielt Mercer eine Hand erst auf ihrer Schulter, dann, als sie sich von Kade löste, legte er sie auf ihren unteren Rücken.

Wie Merrigan ließ Mercer den Blick durch das Zimmer schweifen und nahm jede Reaktion in sich auf, bereit zu handeln, wenn nötig. Paps und Razor waren da nicht anders. Es spielte keine Rolle, dass sie bei Kades Familie waren; der Instinkt war tief in ihnen verwurzelt.

Als Kade sie herbeiwinkte, ging Merrigan zu ihm und Quinn. Nachdem er sie miteinander bekannt gemacht hatte, gingen Kade und Mercer weg.

„Geht es dir gut?", fragte Merrigan, die bemerkte, dass ihre Hände zitterten.

„Ich habe keine Ahnung", antwortete Quinn.

„Sie freuen sich sehr, dass du hier bist", murmelte sie.

Sorcha und Ainsley gesellten sich als Erste zu ihnen und zogen Quinn bald in die Mitte ihrer Familie.

Kade erschreckte Merrigan, als er ihr einen Arm um die Schulter legte.

„Ich habe von diesem Tag geträumt", sagte er und lehnte den Kopf an ihren. „Sie ist endlich in Sicherheit."

Paps und Razor kamen aus der Küche, jeder mit einer Flasche Bier in der Hand. Naughton und Bradley kamen mit fünf Gläsern herbei und öffneten eine unetikettierte Flasche Wein.

„Das ist einer von Bradleys erlesenen Weinen", erklärte Naught.

„Ich möchte dir danken, dass du mir das Leben gerettet hast", sagte Bradley zu Mercer und schenkte ihm das erste Glas ein.

Merrigan beobachtete, wie Kades Teamkollege um eine Antwort rang. In seinem Beruf „wurde die Brücke in Brand gesetzt und abgebrochen", sobald der Auftrag erledigt war, sodass alle Verbindungen zu einem bestimmten Agenten zerstört waren.

Dafür war Laird berühmt, und daher hatte er seinen Decknamen Burns erhalten.

„Gern geschehen, und danke", murmelte Mercer, erhob sein Glas und wirkte auf Merrigan so beklommen, dass sie erleichtert war, als Kade mit der Hand auf die Schulter des Mannes schlug.

„Was wir tun, tun wir nicht für die Anerkennung", sagte er zu seinem Bruder und Bradley. „Deshalb ist es Eighty-eight hier offensichtlich so unbehaglich zumute."

„Darf ich?", fragte Mercer und deutete auf die Flasche und ein leeres Glas. „Quinn möchte vielleicht eine Kostprobe haben."

„Natürlich", sagte Naughton und streckte die Hand aus, um die von Mercer zu schütteln. „Ich möchte dich nicht in Verlegenheit bringen, aber ich habe dir auch zu danken. Wenn du Jason Calder an dem Abend nicht getötet hättest, als er Bradley entführt hat, hätte ich vielleicht die Liebe meines Lebens verloren", sagte er, legte den Arm um die Schulter seiner Frau und zog sie näher an sich.

„Ja, äh, gern geschehen." Er schenkte eine kleine Menge Wein in ein Glas. „Bin gleich wieder da."

Merrigan und Kade sahen zu, wie Mercer Quinn den Wein reichte, aber nicht ihre Unterhaltung mit Maddox und Alex unterbrach. Wenn es zwei Menschen gab, die dafür sorgen konnten, dass sich das arme Mädel wohler fühlen würde, dann glaubte Merrigan, dass sie es waren.

Kade zog sie an sich und gab ihr einen Kuss auf die Schläfe.

„So", begann Razor, nachdem Naughton und Bradley weggegangen waren. „Wie steht's mit euch beiden?"

Kade zog eine Braue hoch.

„Ich sag ja nur, du bist der einzige Butler, der noch nicht verlobt oder verheiratet ist."

„Er ist geschieden. Das zählt", sagte Paps mit finsterem Blick.

„Was bist du denn heute Abend so mies drauf?" Razor stieß ihn an. „Ach, warte. Ich weiß, was es ist. Barbie kommt morgen zurück."

Kade schüttelte den Kopf. „Sie hasst es, so genannt zu werden. Könnt ihr beide ihr nicht mal eine Pause gönnen und sie Lena nennen, um Himmels willen?"

„Habt ihr mal 'ne Minute?", fragte Paps.

„Klar", antwortete Kade. „Wer?"

„Ihr alle."

Kade führte sie hinaus auf die vordere Veranda und schloss die Haustür hinter ihnen.

„Ich habe Neuigkeiten zu Leech", begann Paps.

„Was ist passiert?", fragte Merrigan, der sein Gesichtsausdruck nicht gefiel.

„Sein Zustand hat sich zum Schlechteren gewendet."

„Verdammt", sagte Kade. „Wie schlimm?"

„Schlimm genug, dass *Lena* davon wissen sollte, und anstatt hierherzukommen, sollte sie nach Ramstein fliegen."

„Wann geht ihr Flug?", erkundigte sich Kade.

„Elfhundert Uhr."

„Ich werde sie dort treffen und wir werden zusammen hinüberfliegen." Kade ging zurück ins Haus und ließ Merrigan draußen mit Paps und Razor zurück.

„Alles klar bei dir?", fragte Razor.

„Natürlich. Ähm, hat Kade zufällig einen von euch beiden gebeten, meinen Mietwagen mitzubringen?"

Razor hob die Hand und wühlte in seiner Hosentasche nach dem Schlüsselanhänger. „Hier, bitte. Er ist hinter der Weinkellerei geparkt." Er deutete zu einem Gebäude, das wie eine Scheune aussah.

„Danke und gute Nacht, Gentlemen."

„Warte", sagte Paps. „Wo fährst du hin?"

„Zurück zum Strand. Ich hatte einen sehr langen Tag, wie ihr beide sicherlich auch."

8

KADE

Kade war schlecht vor Sorge um Leech. Der Mann gehörte zu seinem Leben, seit dem Tag, an dem er vor fast fünfundzwanzig Jahren am Ausbildungslager aus dem Bus gestiegen war. Zuerst war er sein Kommandooffizier. Dann sein Mentor. Als Lena und er heirateten, wurde Leech sein Schwiegervater. Damals änderte sich ihre Beziehung. Sie standen sich nicht mehr so nahe, wie es einmal gewesen war.

Nach der Scheidung rechnete er damit, dass Leech die Verbindung ganz abbrechen würde. Er hatte das Gegenteil getan. Da waren sie dann zu Freunden geworden.

„Ich muss mit dir reden", sagte Kade zu seinem Vater. „Mit Ma auch."

Laird wies zur Küche und Kade folgte seiner Mutter hinein.

„Bei Leech hat es eine Wende gegeben."

„Oh, lieber Gott." Seine Mutter schnappte nach Luft und schloss mit gefalteten Händen die Augen.

„Ich werde den Flug organisieren und treffe mich morgen mit Lena am Flugplatz", informierte er sie.

„Ich werde auch mitkommen", sagte sein Vater.

Seine Mutter öffnete die Augen und sah zwischen den beiden Männern hin und her.

„Was ist, Sorcha?"

„Quinn."

„Was ist mit Quinn?", fragte sein Vater.

„Sie sollte auch mitfliegen."

Kade nickte und ging zurück in den Hauptraum des Hauses, während er sich fragte, was sie davon halten würde mitzukommen. Er sah, wie Paps, Razor und Mercer die Köpfe zusammengesteckt hatten, aber Merrigan sah er nicht.

Quinn hielt den kleinen Kade auf dem Schoß und sprach mit Skye und Ainsley, als er herankam. „Es tut mir leid zu stören", begann er.

„Was ist los?", fragte Ainsley.

„Ich muss kurz mit Quinn sprechen."

Skye nahm das Baby und folgte Ainsley zur anderen Seite des Zimmers.

„Was ist los?", wiederholte Quinn Ainsleys Frage.

„Es geht um deinen Großvater."

Ihre Augen füllten sich mit Tränen.

„Er ist in einem Krankenhaus in Deutschland. Mein Vater und ich werden deine Mutter morgen früh am Flugplatz von San Luis

Obispo treffen. Ich werde einen Flug nach Deutschland organisieren."

„Okay", flüsterte sie.

„Würdest du gern mit uns kommen?"

Sie riss die Augen auf und sah an ihm vorbei. „Ähm, hast du Mercer gesehen?", fragte sie.

Kade drehte sich um, fing den Blick des Mannes auf und winkte ihn herüber. „Ich habe Quinn gefragt, ob sie morgen mit uns nach Ramstein fliegen möchte."

Mercer nickte und ergriff Quinns Hände, als sie sie nach ihm ausstreckte. „Was meinst du, Schatz?"

„Ich bin mir nicht sicher. Meine Mutter ..." Ihre Augen füllten sich wieder mit Tränen und Mercer legte die Arme um sie.

„Ist schon gut", murmelte er.

„Was, wenn sie ..."

„Sag es, Quinn", ermunterte er sie.

„Sie wird mich vielleicht nicht dort haben wollen."

„Darf ich?", fragte Kade.

„Natürlich", antwortete Mercer und trat beiseite.

Kade nahm ihre Hände in seine, so wie Mercer es getan hatte, und sah ihr in die Augen. „Hör mir mal zu. Deine Mutter kommt hierher zurück, um *dich* zu sehen. Ich weiß, dass es schwer zu begreifen ist, aber ihre Abkehr von dir war immer, um dich zu schützen, nicht weil sie nicht bei dir sein wollte."

Sie sah über seine Schulter zu Mercer und dann zurück zu ihm.

„Okay. Ich werde mitkommen", sagte sie.

Kade drehte sich um. „Was ist mit dir?“

„Deine Entscheidung, Sir“, antwortete Mercer.

„Wir werden um null-neunhundert Uhr zum Flugplatz aufbrechen.“

„Verstanden.“

Kade wandte sich zum Hauptraum. „Es tut mir leid, euch das heute Abend sagen zu müssen, aber ich muss nach Deutschland zurückkehren. Leech Hess ist in einem kritischen Zustand ...“ Er konnte nicht weitersprechen. Er fühlte sich genauso, als müsste er seinen Geschwistern sagen, dass ihr Vater oder ihre Mutter sterben würde, und dass Leech ihm so viel bedeutete, war etwas, was sie nie verstehen würden.

„Ich werde auch fliegen“, sagte Laird. „Wir werden gleich morgen früh aufbrechen.“

Einer nach dem anderen kamen seine Brüder, Schwestern und ihre Partner heran, um sich zu verabschieden. „Ich werde in ein paar Tagen zu Hause sein“, wiederholte er bei jedem von ihnen. Die ganze Zeit über suchten seine Augen allerdings den Raum ab. Es war mindestens zwanzig Minuten her, dass er Merrigan zum letzten Mal gesehen hatte.

„Entschuldigt mich für einen kurzen Moment“, sagte er zu Ainsley, die mit Cris Avila wartete. „Wo ist sie?“, formte er mit den Lippen in Razors Richtung.

„Sie ist gegangen.“

Kade wandte sich zurück zu seiner jüngsten Schwester, sagte ihr, wie lieb er sie hatte, und gab ihr einen Abschiedskuss. Sobald sie und Cris gegangen waren, marschierte er zu Paps und Razor hinüber, die mit seinen Eltern sprachen.

„Was meinst du mit ‚Sie ist gegangen‘?“

„Sie sagte, sie hätte einen langen Tag gehabt und würde zurück zum Strand fahren."

„*Gottverdammt*", sagte er leise vor sich hin und hoffte, seine Mutter hatte es nicht gehört. „Gute Nacht, Ma." Er beugte sich hinunter, um ihr einen Kuss auf die Wange zu geben, dann wandte er sich an seinen Vater. „Wir sehen uns morgen früh am Flugplatz."

„Wo gehst du hin?", fragte Paps.

„Zum Strand."

Während der dreißigminütigen Fahrt überschlugen sich die Erinnerungen an Leech in seinem Kopf. Er konnte jetzt verflucht nochmal nicht sterben. Nicht nach allem, was sie zusammen durchgestanden hatten. Nicht nachdem sie so hart darum gekämpft hatten, am Leben zu bleiben.

❧

Zu den Marines zu gehen, war etwas, das Kade schon immer angestrebt hatte. Aber es war nur der erste Schritt, sein ultimatives Ziel zu erreichen, für die Central Intelligence Agency der Vereinigten Staaten zu arbeiten, genau wie sein Vater vor ihm.

Das Rekrutenausbildungslager in San Diego lag für ihn nicht zu weit von seinem Zuhause entfernt, wenn man bedachte, dass andere Rekruten aus jedem Teil des Landes westlich des Mississippis anreisten. Und doch war die Fahrt eine der längsten seines Lebens. Die Albträume, die ihn normalerweise nur nachts plagten, wenn er schlief, wiederholten sich während der fünfstündigen Busfahrt immer wieder.

Konnte er es schaffen? Wenn er mit Dingen konfrontiert werden würde, von denen er keine Ahnung hatte, würde er mutig genug sein, die Herausforderung anzunehmen? Würde er in der Lage sein, dem Mann gerecht zu werden, der sein Vater war? Oder würde seine größte Angst wahr werden und er wäre ein zu großer Feigling?

Von dem Moment an, als er aus dem Bus stieg, wurde ihm klar, dass er keine Zeit haben würde, sich in Selbstzweifeln zu suhlen, und sogar noch weniger Energie dazu. Die mentalen und körperlichen Herausforderungen des Ausbildungslagers begannen umgehend und boten über dreizehn Wochen keine Pause länger als vier Stunden, um auch nur zu schlafen.

Er hatte den Mann bemerkt, der bei jeder von Kades Übungen aufzutauchen schien, direkt nachdem er aus dem Bus gestiegen war. Er trug Zivilkleidung, aber die Macht, die der Mann ausstrahlte, war unverkennbar. Selbst der Sergeant Major, der zweithöchste Offiziersrang im Rekrutenlager, fügte sich ihm. Nur der Brigadegeneral flößte mehr Respekt ein als dieser Mann.

Erst am Familientag, dem Tag vor dem Abschluss der Rekrutenausbildung, erfuhr Kade, wer er war.

Der Mann trat an ihn heran, als er aus dem Soldatenquartier kam. „Hey, Rekrut."

Kade, unsicher, wie er einem Zivilisten antworten sollte, der offensichtlich einmal ein hochrangiger Offizier gewesen war, blieb in leichter Habachtstellung stehen. „Ja, Sir?"

„Steh bequem, mein Junge. Gehen wir ein paar Schritte."

Kade sah in die Richtung, in der seine Einheit war, und begegnete dem Blick seines Drill-Ausbilders, der ihn wegwinkte.

„Ist deine Familie heute hier, mein Junge?", fragte der Mann.

„Ja, meine Eltern sind hier, Sir", antwortete Kade.

„Dann werden wir auch mit ihnen ein wenig plaudern."

Der Mann führte Kade zu einem Büro in einem Gebäude, in dem er vorher noch nicht war. Kurz darauf gesellten sich seine Eltern zu ihnen.

„Burns, es ist gut, dich zu sehen", sagte der Mann und stand auf, als Kades Vater hereinkam. „Dich auch, Sorcha. Du bist so schön wie eh und je."

Kade sah zwischen seinen Eltern und dem Mann hin und her. Die Verbindung war offensichtlich; dies war jemand, mit dem sein Vater bei der CIA gearbeitet hatte.

Der Mann wandte sich zu Kade. „Ich bin John Hess, stellvertretender Leiter des Ausbildungs- und Schulungskommandos hier auf der Basis", sagte er zu ihm.

Er erklärte weiter, dass er dreißig Jahre lang beim US-Marine-Korps gedient hatte und 1988 als General aus dem Dienst ausgeschieden war.

Seinen Hintergrund zu kennen, machte Kade nur noch neugieriger, warum sich ein Mann vom Rang mindestens eines Brigadegenerals für einen Rekruten interessierte.

„Euer Sohn hat ebenso außergewöhnliche Führungsqualitäten wie eine Begabung für, sagen wir, beschleunigtes Lernen gezeigt. Ihr solltet sehr stolz auf ihn sein", sagte er zu Kades Eltern.

Zwanzig Minuten später wusste Kade, dass sich sein Leben unwiderruflich ändern würde. Anstatt zur Infanterieschule zu gehen oder eine militärische Fachausbildung zu durchlaufen, wurde er nach North Carolina geschickt, um eine neunmonatige Ausbildung bei den Spezialkräften zu absolvieren.

„Danke, Mr. Hess", sagte Kade, als sie gingen.

„Nenn mich Leech, mein Junge", sagte er zu Kade, dann wandte er sich an seinen Vater. „Noch einmal, Burns, du und Sorcha solltet stolz auf diesen feinen, jungen Mann sein."

Leech informierte ihn, dass es am Tag, bevor er sich zum Dienst melden sollte, einen Spezialtransport für ihn geben würde und fügte hinzu: „Genieß deinen Urlaub. Es wird lange dauern, bis du den nächsten haben wirst."

Er schüttelte Kade und seinem Vater die Hand, ehe er seine Mutter umarmte.

ER KONNTE IHN JETZT NICHT VERLIEREN, VERDAMMT. ES HATTE Jahre gedauert, um dahin zu kommen, wo sie jetzt waren. Lena und Quinn waren sicher. Kade konnte endlich seine Tochter kennenlernen und Leech konnte aus nächster Nähe die Schönheit seiner Enkelin – sowohl die innere als auch die äußere – sehen.

Sobald das Flugzeug in Ramstein landete, würde Doc alles in seiner Macht Stehende tun, um Leech davon zu überzeugen, dass jetzt nicht die Zeit war aufzugeben. Sie hatten beide so verdammt viel, für das es sich zu leben lohnte.

❦ 9 ❦

MERRIGAN

Dies war das Leben, für das sie sich alle verpflichtet hatten, dachte Merrigan, als sie sich ein Gläschen Scotch einschenkte, für den sie auf dem Weg zum Strand an einem Spirituosenladen angehalten hatte.

Während der Jahre, seit sie ihren ersten Auftrag vom MI6 annahm, hatte sie sich von mehr Kollegen, die liebe und vertraute Freunde geworden waren, verabschiedet, als sie zählen wollte. Bei nur sehr wenigen davon hatte sie die Möglichkeit, dies wirklich zu tun; die meisten waren in Ausübung ihres Dienstes getötet worden.

Sie wusste noch nicht, ob sie nach Europa zurückkehren würde, um Leech einen Besuch abzustatten. Das würde sie am Morgen entscheiden, nachdem sie etwas Schlaf bekommen hätte.

Die Laken des Bettes fühlten sich kalt an, als sie nackt hineinkroch. Sie griff hinüber und trank noch einen Schluck ihres Scotchs, dann schaltete sie die Lampe neben dem Bett aus. Sie hatte das Fenster aufgelassen, damit sie das Geräusch der Wellen hören konnte, die an die Küste schlugen, weil sie hoffte, das würde sie in den Schlaf lullen. Stattdessen starrte sie in die Dunkelheit und dachte an Kade.

Dass er weggegangen war, ohne noch einen weiteren Gedanken an sie zu verschwenden, nachdem er verkündet hatte, dass er vorhatte, am nächsten Tag mit seiner Ex-Frau nach Deutschland zu fliegen, hatte ihr wehgetan. Es hatte sie als Frau verletzt, aber die Agentin in ihr wusste genau, wie er sich fühlte, und sie hätte das Gleiche getan. Sie waren dazu ausgebildet, augenblicklich zu reagieren, im Bruchteil einer Sekunde eine Entscheidung zu fällen und dann sofort entsprechend zu handeln. Es war ebenso sehr einem Mann wie Kade zur zweiten Natur geworden wie ihr.

Im Bett zu liegen und sich über sein Verhalten aufzuregen, war also kindisch. Sie drehte sich auf die Seite, zog das Kissen zu sich, drückte es an sich und wünschte sich, sie hätte daran gedacht, sich ihren Koffer von Kades Truck zu schnappen. Dann hätte sie wenigstens ihr Tablet und könnte lesen, bis ihr die Augen zufielen.

Merrigan streckte sich gähnend und hoffte, der glückselige Friede des Schlummers wäre nicht mehr weit. Sie war gerade weggedriftet, als sie ein Klopfen an der Tür aus dem Schlaf riss. Zuerst dachte sie, sie hätte es geträumt, aber dann erklang es wieder. Es war ein leises Klopfen, als würde jemand nur einen Fingerknöchel statt der ganzen Faust benutzen.

Sie blieb still und hoffte, wer immer es war, hätte sich im Zimmer geirrt, bis sie Kades Stimme hörte.

„Lass mich rein, Fatale. Ich würde die Nacht viel lieber da drinnen mit dir verbringen, aber, wenn es sein muss, werde ich auf deiner Türschwelle schlafen."

Sie kroch aus dem Bett und erinnerte sich, dass sie vorhin einen Frotteebademantel an der Rückseite der Badezimmertür hängen gesehen hatte. Sie schlüpfte hinein, ging auf Zehenspitzen zur Tür und öffnete sie einen Spaltbreit.

„Was machst du hier?"

„Lass mich rein."

Sie trat einen Schritt zurück und öffnete die Tür weiter, drückte den Schalter, um das Licht einzuschalten, und wartete auf seine Antwort.

„Warum bist du weggegangen?"

„Es ist spät und ich war müde –"

„Du hättest nicht kommen und mir das sagen können?"

„Du warst anderweitig ... beschäftigt."

„Was heißt das? Ich bin hineingegangen, um mit meinem Vater zu reden, und als ich wieder zurückkam, warst du weg."

Sie ging zum Bett und setzte sich an dessen Ende, wobei sie den Gürtel des Bademantels enger zusammenzog und ihre Arme verschränkte. „Wirklich? Ist es so abgelaufen?"

Kade schüttelte den Kopf und sah hinüber zu der Flasche Scotch. „Darf ich?"

Sie nickte. „Natürlich."

Er nahm das Papier von einem zweiten Glas, schenkte sich eine kleine Menge ein, dann noch etwas in das Glas, das sie auf dem Nachttisch hatte stehen lassen. Als er ihr das gab, streiften seine Finger über ihre, was einen Schauer durch ihren Körper schickte.

Er zog einen Stuhl heran und setzte sich vor sie, nah genug, dass sich ihre Knie berührten. Er behielt den Blick auf ihre Augen geheftet, während er mit den Fingern über die Innenseite ihres Schenkels strich.

„Öffne sie für mich", flüsterte er.

Merrigan atmete tief durch, machtlos, etwas anderes zu tun, als das, was er ihr gesagt hatte.

„Zieh den Bademantel aus. Lass mich dich sehen."

Sie stellte ihr Glas auf den Boden neben seins, knotete den Gürtel auf und streifte sich den Frotteestoff von den Schultern.

„Leg dich zurück."

Als sie das tat, stellte er sich über sie, öffnete die beiden obersten Knöpfe seines Hemds und zog es sich über den Kopf. Seine Hände gingen zu der Schnalle seines Gürtels. Er schnallte ihn auf und zog den Reißverschluss hinunter.

„Sieh mich an", sagte er, als sie die Augen schloss.

Sie sah zu, wie seine Hose zu Boden glitt und er so nackt vor ihr stand, wie sie war.

Merrigan rutschte näher zum Kopfbrett hinauf, als Kade zu ihr kam.

„Das hier wollte ich, seit dem ersten Tag, an dem ich dich sah", murmelte er und leckte von ihrem Nabel über ihren Bauch, bis seine Lippen ihre Brüste erreichten. Seine Hand schloss sich um eine, während sein Mund an dem Nippel der anderen saugte.

Ihr Körper bewegte sich aus eigenem Willen gegen ihn, ihr Geschlecht wurde zu seiner Härte hingezogen.

Er fuhr mit der Zunge an ihrem Hals hinauf bis direkt unterhalb ihres Ohrs. „Ich wollte nie mehr in einer Frau sein, als ich es im Moment sein will."

„Bitte, Kade. Lass mich nicht länger warten."

Er rollte sich ein Kondom über und beobachtete dabei ihre Reaktion auf ihn.

Schließlich vereinigten sich ihre Körper miteinander. Merrigan fühlte sich nicht nur ausgefüllt, sie fühlte sich vollständig. Während er sich langsam in ihr bewegte, jeder Stoß entschlossen, hielt er ihren Blick fest.

„Sag mir, was du fühlst."

„Alles", sagte sie und bewegte sich unter ihm, als er sein Tempo verlangsamte.

„Nichts, keine, hat sich je so angefühlte wie dies, Merrigan. Fühlst du das auch?"

Sosehr sie ihm auch sagen wollte, dass sie genau wusste, was er meinte, dass sie kein anderer so hatte fühlen lassen, konnte sie es nicht. Er war zu nah.

Ihre Emotionen lagen an der Oberfläche und warteten darauf, vor Liebe für diesen Mann zu explodieren, der dafür sorgte, dass sie sich wie die meistgeschätzte Frau auf Erden fühlte. Seine Lippen und Hände liebten jeden Teil ihres Körpers, während er in sie stieß, wieder und wieder.

„Komm mit mir, Baby", sagte er an ihren Lippen, und das tat sie.

Das war ihr erster Orgasmus von vielen, während sie den Körper des anderen erkundeten, bis die Sonne aufging. Es war keine Zeit gewesen, Fantasien wahr werden zu lassen, als sie endlich in der Lage waren, den Auslieferungsplan auszuführen, den sie monatelang in Arbeit gehabt hatten. Kade war auf dem baldmöglichsten Flug hinaus gewesen, und Gott sei Dank dafür. Wäre er zu dieser Zeit nicht angekommen, hätte Calder vielleicht Burns und Quinn getötet. Vielleicht sogar Mercer. Bei dem Gedanken erschauderte sie.

„Das hat sich nicht wie ein Nachbeben angefühlt", sagte er und sah ihr in die Augen. „Was war das?"

„In meinem Kopf überschlagen sich gerade die Ereignisse der letzten Tage."

„Ich möchte, dass du mit uns zu Leech kommst."

„Keine gute Idee."

„Was meinst du? Du hast die vergangenen Monate damit verbracht, dein eigenes Leben zu riskieren, um unseres zu retten. Wenn ihn jetzt irgendjemand besuchen sollte, um mit ihm zu sprechen, dann bist du es. Rette noch einmal sein Leben, Merrigan."

„Kade, ich ..."

„Komm mit mir."

„Du brauchst Zeit mit deiner ... Familie."

„Hier geht es um Leech. Ich bin nicht bereit, ihn gehen zu lassen. Du etwa?"

„Nein, natürlich bin ich das nicht."

„Dann hilf mir, ihn zu überzeugen, dass er nicht während der letzten zwei Jahre gekämpft hat, um am Leben zu bleiben, nur um jetzt aufzugeben."

Merrigan nickte. „Ich werde hinfliegen, aber ich möchte einen anderen Flug nehmen."

„Warum?"

„Weil ich es möchte."

„Ich gebe nach, was den Flug angeht, aber ich will, dass du bei mir wohnst, wenn wir ankommen."

Merrigan nickte und stimmte fürs Erste zu. Wenn sie in Ramstein ankommen würde, würde sie sehen, ob er das noch immer so wollte.

❦ 10 ❦

KADE

K ade hörte Quinn nach Luft schnappen, als sie in ihre Richtung kam. „Sie sieht so anders aus", murmelte sie.

Es war lange her, seit er Lena zum letzten Mal gesehen hatte, aber selbst für ihn sah sie zehn Jahre jünger aus. Sie hatte wenig oder gar kein Make-up aufgetragen, und ihre Haare sahen natürlicher aus, mit einer Mischung aus Grau, Blond und Braun, statt dem gefärbten Platinblond, das sie jahrelang gehabt hatte. Es war allerdings mehr als das. Die Angespanntheit ihres stets mit Stressfalten gezeichneten Gesichts war weicher geworden, und zum ersten Mal, seit Quinn geboren war, neigten sich ihre Mundwinkel nach oben statt nach unten, auch wenn sie nicht unbedingt lächelte.

Lena hatte sie noch nicht bemerkt und Kade machte sich Sorgen, wie ihre Reaktion sein würde, wenn sie Quinn sah. Jetzt wünschte er sich, er hätte ihr eine Nachricht geschickt, um sie wissen zu lassen, dass sie sie hier treffen würden.

Er wusste, Quinn beobachtete sie so aufmerksam wie er, und wenn ihre Mutter ein Anzeichen zeigen würde, sich nicht zu freuen, sie zu sehen, würde ihre Tochter am Boden zerstört sein und am Ende vielleicht noch ihre Meinung darüber ändern zu fliegen, um Leech zu besuchen.

Es gab keinen überzeugenderen Grund, dafür zu kämpfen, am Leben zu bleiben, als endlich in der Lage zu sein, seine Enkelin kennenzulernen, ohne dass jeder Tag von Sorge besudelt wurde.

Lenas Blick begegnete seinem, erst fragend, dann ging er zu der Frau, die neben ihm stand, und blieb auf ihr. Er hielt den Atem ebenso an wie Quinn, bis sich die Augen ihrer Mutter mit Tränen füllten und sie so lächelte, wie er sich nicht erinnern konnte, es schon jemals bei ihr gesehen zu haben.

Zum ersten Mal, seit er Merrigan heute Morgen in der Bed-and-Breakfast-Unterkunft zurückgelassen hatte, war er dankbar für ihren Vorschlag, einen anderen Flug zu nehmen. Dieser Moment zwischen Quinn, ihrer Mutter und ihm war heilig. Selbst Mercer trat beiseite, um ihrer Familie den Freiraum zu lassen, den sie brauchte, um eine Verbindung herzustellen, wie es nicht möglich gewesen war, seit Quinn sieben Jahre alt war.

Kade beobachtete, wie seine Tochter langsam auf ihre Mutter zuging und die beiden Frauen sich umarmten, wie er es mit seinen Geschwistern getan hatte, als sie sich wiedersahen.

Auch seine Augen füllten sich mit Tränen, während er ihr Lächeln unter Freudentränen sah. Als Lena die Hand in seine Richtung ausstreckte, ging er vor und gesellte sich in ihre Umarmung.

„Es tut mir so leid", hörte er Lena Quinn zuflüstern.

„Es gibt nichts, was dir leidtun müsste", sagte Kade zu ihr.

„Aber all die Jahre –"

Es war Quinn, die ihre Mutter zum Schweigen brachte, als sie sagte: „Mom, es gibt keine Zukunft in unserer Vergangenheit.

zu verharren, die wir nicht ändern können, lasst uns neue Erinnerungen schaffen, die wir wertschätzen können."

So stolz er auf Quinn und ihre Reife war, die sie gerade bewiesen hatte, hing die Frage, wer ihr Vater war, noch immer über ihnen allen. Er konnte nicht zulassen, dass sie es weiter vor sich herschob, die Wahrheit zu erfahren, indem sie die Vergangenheit mied.

„Warum seid ihr alle hier?", fragte Lena, als sie Mercer bemerkte, der etwas fernab stand.

„Es ist wegen Leech", begann Kade, hielt aber inne, als Lena nickte.

„Fliegen wir jetzt los?"

„Ja. Ich habe einen Flug in weniger als einer Stunde organisiert. Es tut mir leid, dass du gerade aus einem Flugzeug gestiegen bist und so bald schon wieder in das nächste musst, aber es besteht eine gewisse Dringlichkeit."

„Ich verstehe", sagte Lena. „Ich gehe mich nur kurz frisch machen und hole mein Gepäck ab."

„Das werde ich holen", bot Mercer an.

„Hallo, Eighty-eight", sagte sie grinsend zu ihm.

„Fang nicht damit an", zog Kade sie auf. „Ich habe sie überzeugt, damit aufzuhören, dich Barbie zu nennen."

„Sie? Paps zählst du da sicherlich nicht mit dazu."

„Das tut er, Lena", sagte Paps, als er zu ihnen kam.

„Heißt das, ich muss dich Gunner nennen?"

„Nenn mich, wie du willst, allerdings bedeutet das nicht, dass ich antworten werde." Er beugte sich vor. „Du siehst übrigens gut aus."

Das hübsche rosa Erröten, an das Kade sich so gut erinnerte, breitete sich über Lenas Wangen aus, als sie Paps Lächeln erwiderte. „Danke", murmelte sie.

Razor hatte vorhin eine Nachricht geschickt, in der er schrieb, dass sie auch zu Leech wollten. Der Mann war genauso ein zweiter Vater für sie, wie er es für Kade war.

„Wo ist Merrigan?", fragte Razor, als Quinn und Lena weggingen, vermutlich um zur Toilette zu gehen.

„Sie nimmt einen anderen Flug", erklärte Kade ihm.

„Ihr beide scheint ziemlich eng miteinander zu sein."

Kade zuckte mit den Schultern, denn diese Unterhaltung wollte er überhaupt nicht führen, aber besonders nicht vor Lena.

KADE BEDEUTETE DER GRUPPE, UM DIE ECKE ZU GEHEN, dorthin, wo sie laut der Frau am Informationsschalter Leech finden könnten. Er blieb zurück und war dankbar, dass niemand fragte, warum. Wenn sein Instinkt stimmte, und das war gewöhnlich so, war Merrigan in dem Erker um die Ecke hinter der Aufzugreihe.

Er drehte sich mit dem Rücken zur Wand und verschränkte die Arme. „Hallo, Fatale. Versteckst du dich vor jemandem?"

„Hi, ähm ... nein."

„Es hat keinen Sinn, mich anzulügen."

„Ich lüge nicht, und ich verstecke mich nicht. Ich bin hergekommen, um Leech zu besuchen, und die Krankenschwester sagte mir, ihr wärt noch nicht angekommen, und das Hotel, in dem ich untergekommen bin, liegt gleich um die Ecke. Ich war nur für ein paar Minuten bei ihm, damit ich ihn nicht ermüde."

„Das ist eine sehr lange und ausführliche Erklärung", sagte er, als er näher zu ihr trat, in ihren Nacken griff und sie still hielt, um sie zu küssen.

Verdammt, er liebte das Gefühl ihrer weichen Lippen an seinen. Für jemanden, der es nicht so mit dem Zeigen von Zuneigung in der Öffentlichkeit hatte, war es Kade, was Merrigan anging, egal, wo sie waren; er konnte einfach nicht die Finger von ihr lassen.

„Ich habe dich vermisst", murmelte er.

Sie lachte. „Es ist jetzt, was, fünfzehn Stunden oder so her?"

„Fünfzehn Minuten sind für mich zu lange, um von dir getrennt zu sein."

Merrigan lachte wieder. „Wer bist du?"

Kade lachte auch. „Genau das habe ich mich auch schon gefragt." Er zog sie näher an sich, um seine Härte leicht an sie zu drücken. „Wenn es um dich geht, bin ich unersättlich."

„Vielleicht holst du einfach verlorene Zeit nach."

Das hatte er sich sicherlich auch schon gefragt, aber so fühlte es sich nicht an. Stattdessen fühlte es sich eher so an, als hätte er sich Hals über Kopf in sie verliebt.

Er legte seine Lippen auf ihre und glitt mit seiner Zunge hinein, als sie ihren Mund für ihn öffnete. Er griff nach unten, packte ihren Hintern mit beiden Händen, dann rieb er sich an ihr. „Du bist nicht zufällig irgendwo an einer Abstellkammer vorbeigekommen, oder?"

„Nein, aber wie gesagt, das Hotel –"

„Kade?"

Er zog sich von Merrigan zurück, drehte sich um und sah Lena mit in die Hüften gestemmten Händen dastehen.

„Lena, das ist Merrigan." Er trat beiseite, damit die beiden Frauen sich die Hände schütteln konnten, während er ahnte, dass er zumindest von einer von beiden etwas zu hören bekommen würde.

„Jemand, die du auf dem Korridor kennengelernt hast?", fragte sie.

„Eigentlich –", begann Merrigan.

„Das ist die Frau, die nicht nur mein Leben gerettet hat, sondern auch das deines Vaters."

Die Erklärung erreichte, worauf er gehofft hatte. Auch wenn Lena noch immer angefressen zu sein schien, war sie zumindest nicht länger im Angriffsmodus. Jedenfalls hoffte er das.

„Mein Vater fragt nach dir", sagte sie zu Kade und ignorierte Merrigan völlig, als sie sich bei ihm einhakte, um ihn zu seinem Zimmer zu leiten.

Kade wand sich aus ihrem Griff. „Ich komme in einer Minute nach", sagte er und bedeutete Lena abzuschwirren.

„Es tut mir leid", sagte er und fasste wieder nach Merrigan.

„Nicht nötig." Sie rollte mit den Schultern und gähnte. „Ich bin erschöpft. Geh du nur zu Leech, der übrigens eine erneute Wendung genommen zu haben scheint und mir gesünder vorkommt, als ich ihn je gesehen habe. Obwohl das nicht viel sagt."

„Ich frage mich, was er im Schilde führt."

„Genau das habe ich zu ihm gesagt."

„Und?"

Merrigan zuckte mit den Schultern. „Bilde dir selbst ein Urteil."

KADE SAH ZU, WIE LEECH MIT LENA UND QUINN UMGING, UND war Merrigans Meinung, dass er etwas im Schilde führte.

„Kann ich eine Minute mit meinen Jungs haben?", frage Leech einige Minuten später.

„Erzählt mir von Calder", sagte er, sobald Kade die Tür hinter Quinn und ihrer Mutter geschlossen hatte.

„Er ist tot."

„Ich hätte dich ihn vor zwanzig Jahren umbringen lassen sollen", murmelte Leech.

„Wie Quinn vor unserem Flug zu ihrer Mutter gesagt hat: Es gibt keine Zukunft in unserer Vergangenheit. Sie hat auch vorgeschlagen, dass wir jetzt von vorn anfangen und neue Erinnerungen schaffen."

Leech sah zwischen Paps, Razor, Mercer und Laird hin und her, dann wieder zu Kade. „Wer zum Teufel seid ihr?", fragte er.

Sie lachten alle los, er eingeschlossen. „Genau das habe ich mich selbst gefragt."

„Er ist verliebt", posaunte Razor heraus.

Leechs Gesichtsausdruck änderte sich drastisch. „In wen?"

„Fatale", antwortete Paps.

„Ich verstehe", sagte Leech und wandte sich an Kades Vater. „Was hältst du davon, Burns?"

„Wenn du mich fragst, ob ich eine Beziehung zwischen meinem Sohn und der MI6-Agentin gutheiße, wie könnte ich nicht?"

„Das heißt?", fragte Leech.

„Es unterscheidet sich nicht allzu sehr davon, wie ich Sorcha kennengelernt habe."

Erneut beobachtete Kade, wie Leech über die Antwort seines Vaters nachdachte.

Kade ging zur Tür und hielt sie auf. „Würdet ihr uns entschuldigen, Gentlemen?"

Als die vier Männer das Zimmer verlassen hatten, wandte Kade sich an Leech.

„Worum geht es hier?", fragte er.

„Bist du sicher, dass du Fatale nicht irreführst?"

„Inwiefern?"

„Sich in die Frau zu verlieben, die dein Leben gerettet hat? Ziemlich klassisch, oder? Ebenso wie die Abwärtsspirale, wenn dir erst einmal klar wird, dass das nie Liebe war, lediglich Dankbarkeit."

Kade setzte sich verdutzt über Leechs Worte auf den Stuhl am Fenster. Auch wenn es für ihn zu früh war, um endgültig sagen zu können, dass er sich in sie verliebt hatte, besonders, es laut zu sagen, war er ganz sicher nicht verwirrt darüber, warum er Zeit mit ihr verbringen wollte. Genau genommen war es kein Wollen. Es war ein Müssen, und das hatte nichts damit zu tun, dass sie ihn gerettet hatte.

„Ich frage dich noch einmal. Worum geht es hier?"

Als Leech sich weigerte, ihm in die Augen zu sehen, dämmerte es Kade, was es sein könnte.

„Der Zug ist schon vor langer Zeit abgefahren."

„Die Dinge könnten jetzt aber anders sein. Das hast du selbst gesagt, oder Quinn hat es gesagt. Es ist Zeit, neue Erinnerungen zu schaffen, von vorn anzufangen."

„Hast du uns deshalb alle zusammen hergeholt, um ‚Abschied zu nehmen'?"

Leech antwortete nicht, aber Kade ahnte seine Bestätigung.

„Ich hätte nicht gedacht, dass du das ganze Team mitbringst."

Kade vermutete, Leech hatte sich gedacht, er würde Lena und Quinn mitbringen und die drei wären einen Schritt näher, die glückliche Familie zu bilden, die sie vorher nie waren.

„Das wird nicht passieren, Leech", sagte Kade, so ernst er konnte. „Lena will das genauso wenig wie ich."

„Das wollte sie immer schon."

„Das sehe ich anders. Vielleicht gab es einmal eine Zeit, in der sie das dachte, aber wenn sie es sich gestattet, einen ehrlichen Blick auf den Beginn unserer Ehe zu werfen, würde sie ebenso gut sehen wie ich, dass wir nur für Quinn zusammen waren."

„Ich habe dir schon einmal gesagt, dass du Lena nicht das Herz brechen sollst."

„Dad", kam eine Stimme von der Tür her. „Kade hat mir nicht das Herz gebrochen. Calder hat das getan, und nicht, weil ich ihn geliebt hätte. Er hat uns allen das Herz gebrochen durch seinen Verrat. Er war die Inkarnation des Bösen, und jetzt ist er tot. Ich hoffe, dass ich mit meinem Leben weitermachen kann, jetzt, da ich weiß, dass er nicht länger eine Bedrohung für Quinn oder mich ist. Aber das bedeutet nicht, dass Kade und ich wiedererwecken können, was vor all den Jahren zerstört wurde."

Sie kam herüber und setzte sich auf den Rand des Krankenhausbetts. „Du hast ihn gehört. Der einzige Grund, warum wir zusammen waren, war Quinn."

„Nicht der einzige Grund", murmelte Kade.

Lena zuckte mit den Schultern, aber ihr Gesichtsausdruck brach Kade das Herz. Er wünschte sich, er könnte zurücknehmen, was er zu ihrem Vater gesagt hatte, aber nur, weil sie ihn gehört hatte, nicht weil er nicht glaubte, dass es stimmte.

„Was habt ihr meiner Enkelin erzählt?"

„Noch nichts. Sie hat gefragt, ob ich ihr Vater bin, aber das Timing war nicht richtig, um zu antworten. Als ich später versucht habe, mit ihr darüber zu reden, ließ sie mich nicht."

Lena drehte sich zu ihm. „Was meinst du?"

„Als Calder Quinn gefangen hielt, hat Mercer versucht, ihn zu beruhigen, indem er ihm erzählt hat, sie wäre seine Tochter. Nachdem ich ihm eine Kugel ins Hirn verpasst hatte, habe ich ihr gesagt, dass sie nie seine war. Sie war schon immer meine."

„Weiß sie von ...?"

„Ich glaube nicht. Wie gesagt, wann immer ich versucht habe, darüber mit ihr zu sprechen, ließ sie mich nicht."

„Ich will nicht, dass sie es weiß. Ich wollte nie, dass sie es erfährt."

„Etwas müssen wir ihr sagen, Lena."

„Verdammter Mercer."

„Süße –", begann ihr Vater.

„Nein, Dad. Das mache ich nicht." Sie funkelte Kade wütend an, ehe sie hinausstürmte.

„Großes, verdammtes Chaos", murmelte Leech. „Ich wünschte, ich könnte zurückgehen und ändern, was passiert ist."

„Aber dann hätten wir Quinn nicht."

Leech nickte. „Übrigens, was hast du gemacht, ein Flugzeug gechartert?"

„Yep. Du kostest mich eine ganz ordentliche Stange Geld", sagte Kade mit einem Lächeln auf dem Gesicht. „Und so kommen wir auch wieder zurück. Nur wirst du dann bei uns sein."

„Er braucht seine Ruhe, wenn er aus diesem Krankenhaus kommen möchte", sagte die Krankenschwester, als sie in das Zimmer kam. „Für heute keine Besucher mehr, Mr. Hess", tadelte sie.

Als Kade kurz darauf alle zu den Aufzügen dirigierte, winkte sein Vater ihn zu sich beiseite.

„Ich werde noch eine Weile bleiben."

„Kein Problem, Da."

„Habe ich dir je erzählt, dass ich deine Mutter hier kennengelernt habe?"

„Das hast du." Kade lächelte. Er hatte die Geschichte mindestens hundertmal gehört.

„Verbring Zeit mit ihnen."

„Was meinst du?"

„Du und Merrigan habt ein ganzes Leben vor euch. Im Moment braucht Quinn dich, und Lena auch, selbst wenn das nicht auf romantische Art ist. Mach das, mein Junge. Du wirst es nicht bereuen. Tatsächlich wirst du mir dankbar sein."

Kade nahm sich die Worte seines Vaters zu Herzen, während er mit Paps, Razor und Mercer im Aufzug hinunterfuhr. Lena und Quinn waren vorgegangen, weil sie noch in einen Laden, den sie ein paar Türen weiter gesehen hatten, gehen wollten, ehe er schloss.

„Hört mal, ich muss euch um einen Gefallen bitten. Für dich wird das am härtesten sein, Eighty-eight."

„Alles, Doc."

„Ich würde gern etwas Zeit allein mit Lena und Quinn verbringen."

„Natürlich", murmelte Mercer.

„Nimm's mir nicht übel, aber ich glaube, es wird leichter für sie sein, mich kennenzulernen, und ihre Mutter, was das betrifft, wenn du nicht dabei bist. Sie neigt dazu, nach deiner Zustimmung zu suchen."

„Ich nehme es nicht übel und ich stimme dir zu."

„Es hat eine Weile gedauert, aber irgendwann ist sie mit mir warm geworden, als Eighty-eight für ein paar Monate abtauchen musste", sagte Razor.

Der Einzige, der still blieb, war Paps, aber die finstere Miene, die er machte, sagte, was Worte nicht hätten sagen können.

„Was ist los?", fragte Kade ihn direkt.

„Nichts", murrte er.

„Hast du was zu sagen?"

„Das fehlte noch. Was immer zwischen dir, Barbie und Skipper vorgeht, geht mich gar nichts an." Paps sah zwischen Mercer und Razor hin und her. „Wir sind heute Abend unter uns, Jungs. Wo geht's hin?"

Kade merkte sich das Restaurant, das sie erwähnten, damit er dort nicht mit Lena und Quinn auftauchen würde. Als er auf den Bürgersteig trat, war er unentschlossen, ob er Merrigan anrufen oder ihr eine Nachricht schicken sollte.

Noch einmal Familienessen heute Abend, schrieb er. *Ich werde es dir ersparen.* Es war die Ausflucht eines Feiglings, und das wusste er.

Er sah die Straße hinauf und hinunter und entdeckte Lena und Quinn, die in eine Schaufensterscheibe spähten. Er ging zu ihnen und stellte sich zwischen sie, wobei er eine Hand auf beider Schultern legte. „Wie wäre es, wenn ich meine beiden Mädchen heute Abend zum Essen ausführen würde?", fragte er und hoffte, dass Lena diesen Moment mit ihrer Tochter nicht ruinieren würde, weil sie wütend auf ihn war.

Quinn sah sich um, offensichtlich nach Mercer.

„Ich habe darum gebeten, dass es heute Abend nur wir sind. Geht das für dich in Ordnung?"

„Natürlich. Ähm, können wir erst einen Zwischenstopp im Hotel einlegen, um uns frisch zu machen?"

Kade nickte und sie gingen die zwei Blocks zu dem Hotel, in dem er mehrere Zimmer reserviert hatte.

„Ich habe gemeint, was ich gesagt habe, Kade. Ich will nicht, dass Quinn erfährt, dass ich vergewaltigt wurde", sagte Lena, nachdem Quinn den Aufzug auf ihrer Etage verlassen hatte.

Er nickte. „Etwas wirst du ihr erzählen müssen. Ich werde nicht für dich lügen."

„Du brauchst gar nichts zu sagen."

Es dauerte eine Weile, bis ihm klar wurde, dass der Aufzug nirgendwohin fahren würde, weil keiner von ihnen beiden den

Knopf für ihre Etage gedrückt hatte. „Wirst du auch hier wohnen?", fragte Lena.

„Wo sollte ich sonst wohnen?"

„Ich dachte, dass du vielleicht ..., vergiss es. Welche Etage?"

Kade wühlte den Umschlag aus seiner Hosentasche hervor, in dem seine Zimmerinformationen standen. „Zehn."

„Oh", sagte sie und drückte den entsprechenden Knopf. „Ich auch."

Razor hatte sie alle eingecheckt und um Entschuldigung gebeten, dass die Zimmer im Hotel verteilt lagen, statt alle auf derselben Etage. Er hatte gleichzeitig die Schlüssel ausgeteilt und Kade hatte seinen in seine Gesäßtasche gesteckt, ohne sich bis jetzt die Mühe zu machen, nach seiner Zimmernummer zu sehen.

Als der Aufzug auf der zehnten Etage anhielt, wartete Kade, dass Lena ausstieg, und hoffte, ihr Zimmer würde nicht in der Nähe von seinem liegen.

„Ich bin in 1014", sagte sie.

Kade war direkt nebenan untergebracht. Wenn sie später am Abend von ihrem Essen zurückkommen würden, hatte er vor, herauszufinden, was sich Razor dabei gedacht hatte. Vielleicht steckte er mit Leech unter einer Decke und hatte noch nicht kapiert, dass weder Lena noch er daran interessiert waren, ihre Beziehung als etwas anderes als Freunde neu zu entfachen. Zumindest hoffte er, dass sie nicht daran interessiert war.

„Sollen wir −", sagte sie mit der Hand an der Tür.

„Wir treffen uns um neunzehnhundert Uhr in der Lobby."

„Hört sich gut an. Ich sage Quinn Bescheid."

Er öffnete die Tür zu seinem Zimmer und ihm wurde bewusst, dass sie nicht besprochen hatten, wo sie gern essen würden. Wenn sie so müde waren wie er, wäre es ihnen vermutlich egal, aber trotzdem, ein Gentleman hätte zumindest gefragt, worauf sie Lust hatten.

Für morgen Abend würde er vorausplanen und eine Reservierung machen. Heute Abend würden sie improvisieren. Er öffnete seinen Handgepäckskoffer und nahm sich ein frisches Hemd. Nach einer schnellen Dusche würde er hinuntergehen. Er würde zu früh sein, aber das gäbe ihm die Möglichkeit, sich einen Drink zu genehmigen, und vielleicht hätte er genug Zeit, um Merrigan anzurufen.

Im Aufzug checkte er sein Handy noch einmal, wie er es schon zuvor getan hatte, bevor er in die Dusche gegangen war, und erneut, ehe er sein Zimmer verlassen hatte, aber es war noch immer keine Antwort auf seine Nachricht da, die er ihr geschickt hatte. Vielleicht hatte sie beschlossen, früh zu Bett zu gehen. Sie hatten in der Nacht zuvor nicht viel Schlaf bekommen und angesichts des zwölfstündigen Flugs schleppte er sich auch mühsam herum.

Er hatte ein Bier teilweise ausgetrunken, als Lena zu ihm an die Theke kam.

„Was kann ich dir bestellen?", fragte er.

„Was trinkst du da?"

„Ein Hefeweizen."

„Das ist perfekt. Quinn sollte in Kürze dazukommen."

„Prost", sagte Kade, als der Barkeeper Lenas Bier brachte.

„Prost. Auf ... die Freiheit."

„Ich weiß, wie hart die letzten Jahre für dich waren."

„Die letzten Jahre? Wie wäre es mit meinem ganzen Leben? Zumindest der Teil, nachdem der Teufel in die Stadt kam."

„Ich wünschte, ich hätte dich vor ihm beschützen können. Ich träume noch immer –"

„Nicht", fuhr sie ihn an. „Ich weiß, ich habe es angeschnitten, aber ich will nicht über irgendetwas davon reden, was mit ihm oder diesem Abend zu tun hat."

Er trank noch einen Schluck von seinem Bier und betrachtete sie über den Rand seines Glases hinweg. Sie hatte den Blick von ihm abgewandt und kämpfte offensichtlich gegen die Tränen an.

Was er zu sagen begonnen hatte, stimmte. Er träumte noch immer von diesem Abend, sogar noch mehr, während er von den Russen festgehalten wurde. Jedes Mal, wenn er das tat, traf er eine andere Entscheidung als die, die er vor einundzwanzig Jahren getroffen hatte.

Er drehte sich zum Aufzug und sah Quinn auf sie zukommen. Sie sah ihrer Mutter so ähnlich, wie sie vor all diesen Jahren ausgesehen hatte. Gott sei Dank war er in der Lage gewesen, sie vor den Schrecken des Lebens zu beschützen. Er betete nur, er würde weiterhin in der Lage sein, sie für den Rest ihres Lebens zu beschützen. Und wenn nicht er, dann Mercer.

Kade stand auf und empfing Quinn mit offenen Armen, als sie herankam, und er hoffte, ihn zu umarmen, würde zur selbstverständlichen Gewohnheit werden, wenn sie zusammen waren.

„Hi", sagte sie und akzeptierte seine Umarmung.

„Als du klein warst, hast du darauf bestanden, dass er dich, sofort wenn er nach Hause kam, einmal Huckepack durch das ganze Haus trug", sagte Lena. „Manchmal wusste ich, dass du zum Umfallen müde warst, aber du hast ihr das nie abgeschlagen."

„Ich erinnere mich an mehrere Runden die Treppe rauf und runter, raus auf die Terrasse, die Auffahrt entlang ..." Kade lachte. „Mir hat es jedes Mal genauso viel Spaß gemacht wie dir", sagte er und berührte Quinns Nasenspitze mit dem Finger. „Ihr habt das gleiche Lächeln", sagte er mit einem Blick zwischen Mutter und Tochter hin und her. „Es ist schön, das zu sehen."

Der rosa Farbton, den ihre Wangen annahmen, wenn sie erröteten, war auch der gleiche, aber darauf wies er nicht hin. „Es tut mir leid, dass ich nicht vorher gefragt habe, aber worauf habt ihr beide Hunger?"

„Auf alles", stöhnte Quinn. „Ich komme um vor Hunger."

„Es gibt da das Restaurant Emma einen kurzen Fußmarsch von hier entfernt. Es geht dort leger zu und sie servieren traditionelles deutsches Essen", schlug er vor.

„Perfekt", sagte Quinn und sah dann ihre Mutter an.

„Hört sich gut für mich an."

Kade winkte den Barkeeper herbei, ließ ihre Getränke auf das Zimmer schreiben und führte dann Lena und Quinn zu dem Restaurant. Wenn er jetzt so darüber nachdachte, hatte er auch einen Riesenhunger, und im Brauhaus Emma gab es die besten Schnitzel, die sich ein Mensch wünschen konnte: Jäger-, Rahm-, Paprikaschnitzel. Es war eines seiner Lieblingslokale, auch wenn es an Fast Food grenzte.

„Sieht das okay aus?", fragte er, als sie zur Tür hereinkamen.

Quinn klatschte in die Hände und lief zur Theke, um zu sehen, was die anderen Leute bestellt hatten. „Oh mein Gott. So viel besser als okay."

„Danke", sagte Lena.

„Für?"

„Heute Abend. Die Dinge sind so ... vorsichtig herantastend zwischen uns. Dass du hier bist, hilft. Ungemein."

„Ich bin sicher, es wird gute und schlechte Tage geben, während sie sich durch ihre Erinnerungen laviert. Alles, was wir tun können, ist, für sie da zu sein und ihre Fragen so gut wir können zu beantworten."

„Wirst du das? Hier sein, meine ich."

Kade legte die Speisekarte, die er sich angesehen hatte, auf den Tresen und wandte sich zu Lena. „Ja. Das werde ich. Sobald sich der Staub von Calders Tod gelegt hat und wir deinen Dad zurück in die Staaten gebracht haben, werde ich mich zur Ruhe setzen. Offiziell."

Lena zog ihre Augenbrauen hoch. „Für wie lange?"

Kade lächelte. „Ich kann dir versichern, nach dem, was wir während der letzten zwei Jahre durchgemacht haben, wird dein Vater genau dasselbe machen. Vielleicht fangen wir sogar mit dem Angeln an."

„Was ist mit deinem Vater? Hat er sich nicht vor mehreren Jahren zur Ruhe gesetzt?"

„Ich schätze, es gibt noch immer niemanden, der Burns' Rekord schlagen kann, gut genug aufzuräumen, sodass niemand weiß, dass die Firma da war." Er fragte sich, wie viel Hilfe das Team von seinem Vater erbeten hatte, während er in Gefangenschaft war. Wusste er überhaupt, dass Calder nach etwas suchte, was wichtig genug war, um dafür zu töten?

„Was?"

„Nichts. Eine Arbeitssache."

„Zur Ruhe setzen, hm?" Sie lachte, und er dann auch.

11

MERRIGAN

Merrigan hatte eine Hand an der Tür, aber anstatt sie zu öffnen, trat sie zurück aus dem Eingang und spähte durch das Fenster vom Emma, einem ihrer Lieblingsrestaurants in diesem Teil Deutschlands.

Da, vor ihr, stand Kade, lachte und unterhielt sich mit seiner Ex-Frau. Hin und wieder legte sie eine Hand auf seinen Arm, dann nickten sie und sahen einander in die Augen. Sie suchte die Tische des Restaurants nach Anzeichen von dem „Familienessen" ab, das er ihr erspart hatte, sah aber nur Quinn, als sie zu ihren Eltern kam und dabei genauso lächelte wie ihre Mutter und ihr Vater.

Was er genau genommen getan hatte, war, ihr ein sehr *intimes* Familienessen zu ersparen. Eines, bei dem ein Außenstehender jeglicher Art nicht in ihrer Familienkeimzelle willkommen gewesen wäre.

Sie beobachtete sie sehr viel länger weiter, als sie hätte sollen, als sie zu dem Tresen gingen, und vielleicht besprachen, was sie zu Abend essen würden. Als Kade die Hand auf die Schulter seiner

Ex-Frau legte und sie drückte, wie er es bei Merrigan bei dem Familienabendessen gemacht hatte, an dem sie teilgenommen hatte, verlor sie ihren Appetit und ihre Bereitschaft, sich weiter zu quälen. Sie wandte sich ab und ging zurück zu ihrem Hotel. Dumme, mädchenhafte Tränen liefen auf dem ganzen Weg über ihre Wangen.

Sie war müde. Mehr als müde, sie war erschöpft. Das war die einzige Erklärung für ihre Überreaktion darauf, Kade mit seiner ... Familie zu sehen. Das waren sie nun einmal. Und egal, wie sehr er dachte, dass er jede Minute des Tages mit ihr zusammen sein wollte, das war Sex. Mit der Zeit würde die Familie den Sex allemal übertreffen.

Sie hatten eine Nacht zusammen verbracht, und er schickte ihr bereits Nachrichten, in denen er Ausflüchte machte, warum er sie nicht sehen konnte, auch wenn sie gar keine Pläne gemacht hatten.

VORHIN WAR SIE PERPLEX GEWESEN, DASS SIE ES IRGENDWIE geschafft hatte, vor Kade und wer noch alles mit ihm gekommen war, im Krankenhaus einzutreffen.

Als sie sein Zimmer betreten hatte, fand sie Leech in guter Laune vor, für jemanden, von dem es geheißen hatte, er stünde auf der Schwelle zum Tod.

„Was führst du im Schilde?", hatte sie gefragt, als sie ihn am Fenster stehen sah.

„Fatale, es ist gut, dich zu sehen, auch wenn es eine ziemliche Überraschung ist."

„Ich bin hier, weil du angeblich eine Wendung zum Schlechteren genommen hast. Ich soll dich überzeugen, dass das Leben lebenswert ist."

„Ramstein ist kein schlechter Ort für einen Besuch, nicht wahr?"

„Da hast du recht, aber demnächst wird eine ganze Schar Menschen aus Amerika hereingeschneit kommen. Ich schlage vor, du täuschst zumindest deine Wendung vor."

Als er ins Bett zurückgegangen war, beugte sie sich vor und gab ihm einen Kuss auf die Stirn. „Du bist warm", murmelte sie und fragte sich, wann eine Krankenschwester zum letzten Mal seine Vitalwerte überprüft hatte. Gerade als sie überlegte, sich auf die Suche nach Hilfe zu machen, kam eine herein.

„Wenn Sie uns entschuldigen", sagte sie zu Merrigan.

„Ich wollte ohnehin gerade gehen. Ich werde später zurückkommen, Leech." Sie warf ihm eine Kusshand zu und ging. Jetzt wünschte sie sich, sie hätte bis später gewartet, ihn zu besuchen, und hätte Kade überhaupt nicht gesehen.

Sie schüttelte sich, als würde das Kade aus ihrem Kopf schütteln. „Du weißt es besser als das hier", sagte sie laut.

So versucht sie war, Rivet erneut anzurufen, sobald sie in ihr Zimmer zurückgekommen war, wusste sie, dass er das Gleiche wie zuvor sagen würde. Sie hatte sich für diesen Auftrag verpflichtet und er erwartete, dass sie ihn zu Ende brachte.

Der schnellste Weg, Doc Butler endgültig aus ihrem Leben zu bekommen, wäre, ihren Hintern zurück in die Staaten zu schaffen und selbst zu finden, wonach auch immer Calder gesucht hatte. Sobald ihr das gelungen wäre, könnte der MI6 entscheiden, wie er davon zu seinem Vorteil Gebrauch machen würde. Sie bezweifelte sehr, dass sie es einfach an das Einige Russland übergeben würden, auch wenn deren Leute mitgeholfen hatten, dass sie die Maskhadovs unterwandern und schließlich Kade und Leech retten konnte.

. . .

ES WAR EGAL, WIE OFT MERRIGAN IN IHREM KOPF wiederholte, dass es aufregend war, zurück in Kalifornien zu sein, bereit, jeder denkbaren Spur nachzustöbern, um Calders Versteck zu finden, wie sie es anfangs gesehen hatte; aber sie fühlte es nicht.

Das war es, wofür sie ausgebildet worden war und wofür sie ihr ganzes Leben lang gearbeitet hatte. Sie war in ihrem Element, war nie glücklicher, richtig? Falsch. Das war kompletter Blödsinn. Es ging ihr miserabel und dafür konnte sie sich bei Kade Butler bedanken.

Wie sich herausstellte, war einer der hilfreichsten Menschen, der ihr in den zwei Tagen seit ihrer Rückkehr begegnet war, Sorcha Butler. Ja, bei Kades Mutter zu sein, war ein Stich in ihr Herz, aber die Frau besaß nicht nur einen überlegenen Geist; sie war eine ehemalige Agentin. Der Vorschlag, Merrigan sollte mit ihr sprechen, war von Rivet gekommen, und da sie wusste, dass Kade noch immer in Ramstein war, würde sie nicht riskieren, ihn zu sehen.

„Du solltest den MI6 leiten", sagte Merrigan zu ihr.

„Aye, Lass. Das sollte ich."

Sie lachte, bis Sorcha weitersprach.

„Aber du könntest wirklich die erste Frau auf dem Chefposten werden, Merrigan."

Es hatte eine Zeit gegeben, da war das alles, was sie angestrebt hatte. Aber bei jetziger Betrachtung: Wollte sie wirklich tagein, tagaus am Schreibtisch sitzen und Hunderte Agenten auf der ganzen Welt steuern?

In jede Ecke der Welt zu reisen, war eines der Dinge, die sie an dem Beruf am meisten liebte, den sie für sich ausgewählt hatte. Unter der konstanten Bedrohung von Gefahr zu agieren, nagte allerdings an ihr.

Oberflächlich betrachtet, wirkte ihr gegenwärtiger Auftrag gar nicht so gefährlich oder auch nur rätselhaft. Sie wusste jedoch, dass das Einige Russland nicht wirklich die Absicht hatte, seine Suche danach aufzugeben, was Calder versteckt hatte.

Der Deal, den Kade mit ihnen ausgehandelt hatte, lautete, ihnen den Doppelagenten tot oder lebendig zurückzubringen – es war nichts darüber gesagt oder dazu vereinbart worden, wofür genau sie Calder haben wollten. Aber alle wussten, dass das ER nicht den Mann selbst wollte; sie wollten, was er gegen sie in der Hand hatte. Wenn der MI6 oder die CIA es zuerst finden würden, hätten sie das ultimative Druckmittel bei Verhandlungen mit der gegenwärtigen russischen Führungsriege.

Es war noch unentschieden, wer das mehr wollte. Die Beziehungen des Vereinigten Königreichs mit Russland befanden sich in einem stetigen Abwärtsstrudel, seit der Ermordung eines britisch eingebürgerten, übergelaufenen Russen und ehemaligen Agenten des russischen Geheimdienstes, der sich auf die Bekämpfung des organisierten Verbrechens spezialisiert hatte.

Der MI6 hatte den Mord dem Inlandsgeheimdienst der Russischen Föderation zugeschrieben und entsprechend gehandelt – Vermögen wurde eingefroren, Geheimdienst-kooperationen wurden beendet und Diplomaten ausgewiesen.

Als sich vor ein paar Monaten ein weiterer Mord an einem Doppelagenten im Vereinigten Königreich ereignete, ging es mit den englisch-russischen Beziehungen rapide bergab und sie erreichten ihr schlechtestes Stadium seit beinahe vier Jahrzehnten.

Warum sich das Vereinigte Königreich für das Einige Russland interessierte? Weil es die Regierung kontrollierte, was bedeutete, es kontrollierte die Exporte von Erdöl und Gas. Davon entfielen auf Großbritannien und andere EU-Länder achtzig Prozent, und ohne die würden in ihrem Heimatland buchstäblich eisige Zeiten anbrechen.

Was Merrigan sich nicht zusammenreimen konnte, war, warum Calder etwas nicht finden konnte, das er selbst versteckt hatte. Angesichts seiner Wichtigkeit, konnte er da wirklich vergessen haben, wo es war? Die einzige logische Erklärung war, dass es jemand anders gefunden hatte. Aber wer? Und was hatte er oder sie damit gemacht?

Merrigan lächelte. Rätsel wie dieses zu lösen, war der Teil ihrer Arbeit, der ihr am meisten Spaß machte. Wenn sie sich darin verlieren konnte, Theorien zu entwickeln, dachte sie nicht so viel über die anderen Dinge in ihrem Leben nach.

Als sie sich am folgenden Tag trafen, erzählte Sorcha ihr, dass das K19-Team im Verlauf der Woche zurückkommen würde, und zwar zusammen mit Leech.

Auch wenn sie den Mann mittlerweile ins Herz geschlossen hatte, machte es sie stinksauer, dass es ihr so vorkam, als hätte er seine Familie und sie manipuliert, damit sie kamen, um ein letztes Mal „Abschied von ihm zu nehmen". Da seine Genesung gut voranging, hatte Merrigan keine Schuldgefühle, weil sie ihn nicht besuchen wollte, wenn er in den Staaten eintreffen würde.

Was Kade betraf, war die Chance größer, dass „aus den Augen, aus dem Herzen" funktionieren würde. Sie gehörte zum MI6; er war früher bei der CIA, und sie suchten beide nach derselben Sache. Wer immer es zuerst finden würde, wäre nicht unbedingt daran interessiert zu teilen. Sie würde gut beraten sein, den Auftrag über alles andere zu stellen – das hieß, über ihn.

„Geh ihm nicht aus dem Weg, Lass", sagte Sorcha und unterbrach Merrigans abgelenkte Gedanken, als hätte sie die lesen können.

„Sorcha, ich ..." Sie schüttelte den Kopf. „Ich habe einen Auftrag auszuführen."

„Aye. Einen Auftrag."

Sie hörte die Anklage in der Stimme von Kades Mutter, wie freundlich die auch vorgebracht worden war.

„Ich weiß nicht, was ich anderes sagen soll, als dass ich denke, dass das Interesse deines Sohnes anderweitig ausgerichtet ist."

„Das glaube ich nicht."

Sie würde es bald selbst sehen, so wie Merrigan es an dem Abend erkannt hatte, als sie sie durch das Fenster ihres einstigen Lieblingsrestaurants in Ramstein beobachtet hatte. Ein Restaurant, in das sie nie wieder einen Fuß würde setzen können, ohne daran erinnert zu werden, wie sehr es ihr wehgetan hatte zu sehen, wie Kade und Lena ihre Romanze von Jahren zuvor neu entfachten.

„Es war nie Liebe", setzte Sorcha hinzu. „Er hat sie gerettet."

„Und ich habe ihn gerettet."

Sorcha schüttelte den Kopf. „Mein Kade kennt sein Herz. Er hat Jahre darauf gewartet, dass es zu ihm spricht. Nun, da es das getan hat, wird er nicht ignorieren, was es ihm sagt."

„Was ist mit der anderen Frau, Peyton? Er war in sie verliebt."

Wieder schüttelte sie den Kopf, diesmal energischer. *„Níl, tá tú mícheart."*

„Warum sagst du, dass ich mich irre?"

„Sie hat er auch gerettet."

Vielleicht war das die einzige Art, auf die Kade lieben konnte. Er war von Natur aus ein Retter und Beschützer, was ein wichtiger Grund war, warum er einen Beruf gewählt hatte, bei dem er seinem Land diente.

„Wir erkennen wahre Liebe nicht, bis wir sie gefunden haben, Lass. Wenn wir sie finden, vergeht alles andere, was wir vorher geglaubt haben."

„War es so zwischen dir und Burns?"

Sorcha lächelte. „Aye, Lass. Ich wusste es in dem Augenblick, als ich ihn sah. Wusstest du, dass ich im Krankenhaus von Ramstein war?"

Merrigan schüttelte den Kopf.

Sorchas Augen verengten sich. „Vielleicht ist etwas dran, sich in einen Menschen zu verlieben, der einen gerettet hat."

„Wie meinst du das?"

„Es war Burns, der mir das Leben gerettet hat, auch wenn ich das erst mehrere Jahre später erfahren habe."

Sie erzählte Merrigan weiter, dass sie als Agentin die Provisorische Irisch-Republikanische Armee unterwandert hatte, besser bekannt als IRA. „Am ‚blutigen Freitag' war ich am Busbahnhof Oxford Street." Sorcha knöpfte ihre Bluse auf und zeigte Merrigan die Vernarbungen an ihrem linken Arm und auf ihrem Rücken. „Ich habe überlebt, aber wir haben bei der Explosion zwei Agenten verloren."

Merrigan wusste über die Ereignisse dieses Tages Bescheid. Insgesamt waren vierundzwanzig Bomben von der IRA in und um

Belfast herum gelegt worden, durch die neun Menschen getötet und über hundert verletzt wurden. Mindestens siebzig dieser schwer verletzten Zivilisten waren Frauen und Kinder.

„In wenig mehr als einer Stunde haben diese Dreckskerle Belfast in eine Kriegszone verwandelt."

„Warum war Burns dort?"

„Als die Bomben mehr als eine Stunde lang detonierten, erhielt der MI6 die Information, dass eine Warnung an die Polizei von Nordirland geschickt worden war, die besagte, eine weitere Bombe würde in der Oxford Street detonieren, am geschäftigsten Busbahnhof in ganz Nordirland." Sorcha schüttelte den Kopf. „Die beiden, die wir verloren haben, weigerten sich, den Ort zu verlassen, und suchten nach der Bombe, als sie losging." Sie stand auf und ging zum Fenster hinüber. „Aber du hast mich nach Burns gefragt, nicht wahr, Lass?"

Merrigan nickte.

„Er gehörte zu dem Team, das die CIA per Heli schickte. Er war es, der mich vom Explosionsort weggetragen hat."

„Wie bist du am Ende nach Ramstein gekommen?"

„Er hat darauf bestanden, mich dorthin zu bringen. Ich bin mehrmals fast an einer Infektion gestorben, Lass. Wäre ich in Belfast geblieben, hätte mich das umgebracht, wenn die IRA es nicht zuerst getan hätte."

„Du bist enttarnt worden."

„Aye", wiederholte Sorcha. „Er hat mein Leben auf mehr als eine Art gerettet." Sie tätschelte Merrigans Hand. „Genug davon."

Merrigan hätte gern mehr Fragen gestellt. Zum Beispiel, was im Krankenhaus zwischen ihnen passiert war, wie sie am Ende zusammengekommen waren und wieso Kade wusste, dass seine

Eltern Spione gewesen waren, während keins seiner Geschwister etwas zu wissen schien. Es war jedoch offensichtlich, dass Sorcha nicht weiter darüber reden wollte.

„Wirst du zum Abendessen kommen, wenn sie zu Hause sind?"

Merrigan legte eine Hand auf die von Sorcha, eine Geste, die sie selten gebrauchte, aber es war ihr wichtig, dass die Frau dem zuhörte, was sie gleich sagen würde, wichtiger noch, dass sie ihre Wünsche respektieren würde. „Ich kann nicht. Ich hoffe, du verstehst, warum."

„Aye, Lass. Und ich werde mich nicht einmischen."

„Ich würde es sehr zu schätzen wissen, wenn du das nicht tust."

Sorcha senkte den Blick mit verhaltener Einwilligung.

MERRIGAN SAH AUS DEM FENSTER DES HAUSES, DAS SIE IN Cayucos gemietet hatte, einer Stadt südlich von Cambria. Die Gegend war dichter besiedelt als das kleine Dorf an der Küste, und diesmal war sie klug genug gewesen, einen neuen anderen Namen zu benutzen, um sich das Haus und das Auto zu beschaffen, das sie fuhr. Wenn Sorcha ihr Versprechen hielt, würde es für Kade sehr schwer sein, sie zu finden.

„WER IST ,ANIMUS'?"

„Ich weiß es nicht, aber das ist der Deckname, den die Quelle genannt hat."

Die Information, die Sorcha weitergab, ließ vermuten, dass jemand mit dem Decknamen Animus derjenige war, der Calders Versteck gefunden und seinen Fund an anderer Stelle versteckt hatte. Ihr kam der Name nicht bekannt vor und eine ansatzweise

Suche, die sie durchgeführt hatte, hatte nichts hervorgebracht. Sie gab es an ihr MI6-Team weiter, das weitaus tiefer graben konnte als sie.

Das war der vielversprechendste Hinweis, den sie erhalten hatte, und der einzige, der Sinn ergab. Calder hätte nicht vergessen, wo er die Versicherung versteckt hatte, die er brauchte, um die Maskhadovs davon abzuhalten, ihn zu eliminieren.

„Wer besitzt diese Information noch?", fragte Merrigan Sorcha einige Tage später.

„Laird, und wem er es noch mitgeteilt hat."

„Heißt, das K19-Team."

„Ich bin mir nicht sicher, Lass."

12

KADE

Seit zwei Tagen plagte Kade sich morgens mit dem inneren Kampf, Quinn ganz für sich haben zu wollen, um sie besser kennenzulernen, und sie die Seite ihrer Mutter kennenlernen zu lassen, die sie nie wirklich gesehen hatte. Es war nicht seine Entscheidung; es war die seiner Tochter, doch er ahnte, dass sie in einem ebenso großen Dilemma steckte wie er.

Mercer bot mehrmals an beiseitezutreten, um sie allein zu lassen, aber Kade hatte das Angebot nicht angenommen. Auch hier war es eine Entscheidung, die Quinn treffen musste.

Egal um was für eine Frage es ging, sie sah zu seinem K19-Partner für die Antwort, ehe sie sprach. Mercer ermunterte sie, ihre eigenen Entscheidungen zu treffen, aber ihr Zögern jedes Mal war etwas, von dem er hoffte, sie würde es überwinden. War sie in seiner Nähe nervös? Oder in der Nähe ihrer Mutter? Oder war das einfach Quinns Art? Wenn ja, trugen Lena und er die Schuld dafür?

War ihr Wunsch, nicht zu wissen, ob er ihr Vater war, eine weitere Sache, bei der sie im Zwiespalt war? Seit sie in Deutschland angekommen waren, hatte er keinen Versuch mehr unternommen, diese Unterhaltung zu führen, aber er wollte sie nicht länger aufschieben. Es war wichtig, dass sie es wusste.

Das K19-Team, ebenso wie Lena, Quinn und sein Vater hatten sich darauf geeinigt, sich jeden Morgen zum Frühstück zu treffen, um einen Zeitplan für Besuche bei Leech aufzustellen. Obwohl der Mann bei vollkommener Gesundheit zu sein schien, blieben die Ärzte und das Pflegepersonal verhalten bezüglich seines Zustands, besonders angesichts seines Alters und des Traumas, das er während der letzten beiden Jahre erlebt hatte. Wenn sich sein Zustand weiter verbesserte, sagten sie voraus, dass er in dieser Woche Ramstein würde verlassen können.

Kade wünschte sich, es wäre morgen schon so weit, oder besser noch heute, aber sein Verlangen, zurück in die Staaten zu kommen, hatte nichts mit Leech zu tun. Stattdessen lag es daran, dass er kein Wort von Merrigan gehört hatte, seit er sie an dem Tag, als sie angekommen waren, im Krankenhaus gesehen hatte. Seine zahllosen Anrufe und Nachrichten waren unbeantwortet geblieben. Als er schließlich mit seinem Latein am Ende war, rief er ihren Chef an.

„Was zum Teufel meinen Sie damit, sie ist zurück in den Staaten?", brüllte Kade ins Handy.

„Sie hat Deutschland weniger als vierundzwanzig Stunden nach ihrer Ankunft verlassen. Natürlich ist sie nicht direkt zurückgeflogen. Sie hat auf ihrem Weg nach Amerika einen Abstecher bei mir im Büro gemacht", erzählte Rivet ihm.

Sir Ranald „Rivet" Caird war ein britischer Berufsoffizier des britischen Geheimdienstes, auch als MI6 bekannt. Vor drei Jahren war er zum Chief ernannt worden. Dass Merrigan nicht nur ihm direkt unterstellt war, sondern für ein nichtterminiertes Meeting in sein Büro spazieren konnte, bedeutete schon etwas.

„Sie hat gedroht zu kündigen", fügte Rivet hinzu.

„Kündigen?"

„Ganz richtig."

Was zum Teufel war passiert, nachdem sie das Krankenhaus verlassen und gesagt hatte, ihr Hotel läge auf der anderen Straßenseite und sie würde sich ausruhen? Es musste etwas zutiefst Erschütterndes gewesen sein, wenn es sie dazu gebracht hatte zu drohen, den MI6 zu verlassen, denn sie musste wissen, dass sie dazu aufgebaut wurde, Rivets Nachfolgerin zu werden.

„Sie ist die verdammt Beste von allen meinen Agenten, Butler", blaffte Rivet. „Bleiben Sie gefälligst aus ihrem Bett und lassen Sie sie ihre Arbeit machen."

Kade wünschte sich, es wäre so einfach. Er verstand, was Rivet sagte, aber das bedeutete nicht, dass er sie so leicht aufgeben konnte.

Vielleicht waren ihre Gefühle für ihn nicht so stark, wie seine für sie waren. Außer als sie mit Paps und Razor zusammen aufgetaucht war, war er derjenige, der sich unermüdlich um sie bemühte. War er der Grund dafür, dass sie gedroht hatte zu kündigen? Er hatte nicht die Eier, um Rivet direkt zu fragen.

Sie hatte einen Auftrag zu erledigen, und darin war sie verdammt gut. Dass Leech und er noch immer am Leben waren, war Beweis genug. Gott allein wusste, wie viele andere verbündete Agenten sie vor dem sicheren Tod gerettet hatte, während sie sich selbst ebenso oder noch mehr in Gefahr brachte, als jene, die sie in Sicherheit gebracht hatte.

Es war sehr viel mehr an Fatale Shaw dran, als Farbe in Kades Welt zu bringen. Was für ein Arschloch er doch gewesen war, sie zu behandeln, als wäre alles, was ihn an ihr interessierte, sie ins Bett zu kriegen.

Sie hatte keine Ahnung, was er wirklich fühlte. Es war nicht nur Farbe, die sie brachte; sie hatte seinem Leben eine Bedeutung gegeben. Auch wenn er sein Land noch immer mit jedem seiner Atemzüge liebte, wusste er in seinem Herzen, dass, wenn er das nicht schon tat, er Merrigan eines Tages mehr als alles andere lieben würde.

SIE HATTEN GERADE IHR FRÜHSTÜCK BESTELLT, ALS PAPS LEISE vorschlug, sie sollten am Nachmittag ein Meeting abhalten, um ihre weitere Vorgehensweise zu besprechen.

„Dafür wird Zeit im Flugzeug auf dem Rückflug sein", erwiderte Kade.

„Verstanden", grummelte Paps mit finsterem Blick.

Er wünschte fast, Paps würde sich über ihn hinwegsetzen und das Meeting trotzdem einberufen. Kade hatte nicht mehr Entscheidungsbefugnis bei K19 als seine anderen drei Partner; es war einfach die Rolle, in die er sich eingefügt hatte. Das würde sich allerdings bald ändern, angesichts seines Plans, die Firma, die er mit ihnen zusammen gegründet hatte, zu verlassen.

Sein Hauptgrund, warum er sich heute nicht mit dem Team treffen wollte, war seine Entschlossenheit, endlich die Unterhaltung mit Quinn zu führen. Er hatte vor, sie und Lena zu bitten, nach dem Frühstück noch zusammenzubleiben. Zuerst hatte er in Betracht gezogen, eine Zeit auszumachen, um sich ungestört zu unterhalten; nach etwas Überlegung hatte er seine Meinung geändert. Es wäre besser, das Pflaster heute Morgen schnell abzureißen, statt dass sie drei voller Erwartungsangst sein würden.

„Es ist an der Zeit, dass wir uns unterhalten", begann Kade, als Quinn und Lena ihm in sein Hotelzimmer folgten.

Lena wurde gespenstisch blass. „Kade, bitte –"

„Nein, wir werden das jetzt machen. Setzt euch doch", sagte er zu den beiden.

Kade atmete tief durch, fest entschlossen, das jetzt durchzuziehen und nicht zuzulassen, dass Lena oder Quinn ihm in die Parade fuhren.

Er zog einen Stuhl nah zu ihnen heran, beugte sich vor und stützte die Ellbogen auf seinen Knien ab. „Dies ist für keinen von uns eine leichte Unterhaltung –"

Er hielt inne, als Quinn die Tränen kamen.

„Lass mich ausreden, Süße", flehte er sie an und nahm ihre Hand in seine.

Sie nickte.

„Du bist auf jede Art, die zählt, meine Tochter. Das ist das Wichtigste, an das du denken musst."

„Dann ist es Calder", murmelte sie und blickte zwischen ihm und ihrer Mutter hin und her.

„Wir wissen es nicht", sagte Kade und wünschte sich, Lena würde etwas sagen.

Stattdessen sah sie aus, als würde sie sich gleich übergeben.

„Wie meinst du das?", fragte Quinn.

„Bevor du zur Welt kamst, haben wir die Entscheidung getroffen, dass es nichts ändern würde, es zu wissen."

„Ihr wart aber ... zusammen?"

„Ja, Süße", antwortete er.

Kade wartete darauf, dass Lena weiterführen würde, was er begonnen hatte. Wie viel ihre Tochter erfahren würde, lag bei ihr. Dies war ihre Geschichte, die sie erzählen musste, nicht seine.

Niemand wollte das Grauen dieses Abends mehr vergessen als er, außer Lena, aber ihre Tochter verdiente es zu wissen, was geschehen war. Kade erschauderte bei der Erinnerung daran.

❧

„HAST DU MAL EINE MINUTE?", FRAGTE LEECH, ALS SIE AM letzten Tag ihrer Ausbildung alles zusammenpackten.

„Ja, Sir", sagte Kade.

„Lass uns ein paar Schritte gehen."

Er folgte Leech den Weg entlang, der zu den Hütten führte, in denen Calder und er sich einquartiert hatten.

„Wir müssen über Boiler sprechen."

Kade nickte. Sein hitziges Temperament hatte Calder den Decknamen eingebracht.

„Burns und ich haben entschieden, dass er sich nächste Woche nicht mit dir zum Dienst melden wird."

„Scheiße", murmelte Kade. Auch wenn er nicht überrascht war, würden die Folgen dieser Entscheidung weitreichend für den Mann sein, der nicht nur zu seinem Kojennachbarn, sondern mehr und mehr zu seinem Erzfeind geworden war. Das Stadium des bloßen Wetteiferns, hatten sie schon vor Wochen hinter sich gelassen.

„Wir werden im Laufe des Tages mit ihm reden, und auch wenn es nicht unbedingt im Rahmen dessen ist, was du wissen musst, gebe ich dir eine Vorwarnung im Hinblick darauf, wie die Dinge zwischen euch beiden stehen."

„Das weiß ich zu schätzen, Sir."

„Weiter zu einem angenehmeren Thema. Was habt ihr beide wegen der Hochzeit entschieden?"

„Etwas im kleinen Rahmen, nur mit unseren Eltern, Sir."

Angesichts der Aufgabe, für die Kade sich verpflichtet hatte und mit der er bald beginnen würde, hatten sie entschieden, die Zeremonie im kleinsten Kreis abzuhalten und die Ehe fürs Erste geheim zu halten.

„Du solltest dich heute Abend vielleicht besser verdünnisieren, um Boiler etwas Freiraum zu geben, seine Sachen ohne Publikum zu packen und zu gehen."

„Verstanden, Sir."

Es gab nicht sehr viele Tage, an denen Kade es nicht bereute, das Gelände an diesem Abend verlassen zu haben.

„Als mein Vater mir erzählt hat, dass Calder aus dem Programm entlassen wurde, habe ich versucht, ihm meinen Trost anzubieten und ihm meine Anteilnahme auszusprechen", hörte er Lena zu Quinn sagen. „Er war nicht der erste Rekrut, der es nicht ins Team geschafft hat ..."

„Mom, du musst das hier nicht machen. Ich weiß, was geschehen ist."

Lenas Gesicht verlor jegliche Farbe, als sie zwischen Kade und Quinn hin- und hersah. „*Woher?*"

Kade fragte sich das Gleiche.

„Ich habe den Polizeibericht gesehen."

Er war ebenso erschüttert wie Lena, und auch wenn er versuchte, nicht zu reagieren, konnte er sich nicht zurückhalten. „Was meinst du damit, du hast den Polizeibericht gesehen?"

„Er war bei den Dingen, die ich in der Hütte gefunden habe. Ihr wisst schon, zusammen mit meiner Geburtsurkunde."

„Lass uns ein paar Schritte zurückgehen. Was genau hast du gefunden und wo hast du es gefunden?"

Quinn erklärte, dass sie bei dem Haus ihres Großvaters zufällig mit Laird zusammengestoßen war und er ihr erzählt hatte, dass es ihm nicht mehr gehören würde; es gehörte seinen Söhnen. Dann hatte er ihr erlaubt, sich umzusehen.

„Ich habe mich an eine Hütte auf der Westseite des Geländes erinnert, zu der mein Großvater mich früher mitgenommen hat. Also bin ich losgegangen, um zu sehen, ob ich sie finde. Das habe ich und als ich gerade gehen wollte, ist mir etwas aufgefallen."

Sie erzählte ihnen, dass die Bodenbretter verzogen waren und sie so die Kiste mit mehreren Dokumenten gefunden hatte – einschließlich ihrer Geburtsurkunde und des Polizeiberichts.

„Das war wirklich alles, was ich mir angesehen habe", murmelte sie. „Da war aber noch einiges mehr."

„Wo ist das jetzt?", fragte Kade.

Quinn zuckte mit den Schultern. „Das weiß ich nicht, aber Mercer wird es wahrscheinlich wissen."

„Warum?" Er zitterte vor Wut, die er angestrengt zu kontrollieren versuchte.

„Weil er da war, als ich weggegangen bin. Ich nehme an, er hat sie mitgenommen."

Er wandte sich an Lena. „Was weißt du hiervon?"

„Nichts", sagte sie mit leiser Stimme.

„Es tut mir leid", sagte Quinn.

„Es gibt nichts, wofür du dich entschuldigen musst", antwortete Kade. „Meine Reaktion ... Mir war nicht bekannt ..."

„Schon gut", murmelte sie, aber er wusste, dass es das nicht war.

Seine Wut hatte ihr Angst gemacht und jetzt hatte sich der Ton der Unterhaltung geändert.

Er setzte sich wieder auf den Stuhl und beugte sich vor.

„Ich habe deinen Brief behalten", erzählte sie ihm.

Welcher Brief? In Kades Kopf überschlugen sich die Gedanken, und dann erinnerte er sich. „Der Trustfonds."

Quinn nickte.

Er konnte sich nicht mehr genau erinnern, was er geschrieben hatte, aber ihm fiel wieder ein, dass Naughton der Treuhänder war und sie sich mit ihm in Verbindung setzen sollte.

„Darin hast du geschrieben, dass du und meine Mutter mich sehr lieben würden."

„Das habe ich auch so gemeint. Es war nie für mich von Bedeutung, wer dein biologischer Vater ist. Du bist schon immer *meine* Tochter gewesen."

Sie biss sich auf die Lippe und sah zwischen Lena und ihm hin und her.

„Sag es, Quinn", ermunterte er sie.

„Was, wenn ich es wissen möchte?"

Auf diese Frage war er nicht vorbereitet gewesen, aber das hätte er sein sollen. Wenn er an ihrer Stelle gewesen wäre, hätte er die gleiche Frage gestellt.

„Lena, hast du etwas dazu zu sagen?"

„Quinn, ich bin nicht sicher –"

„*Du* musst nicht sicher sein", fuhr sie ihre Mutter an und zeigte damit eine heftigere Emotion und Beharrlichkeit, als er es bis zu diesem Moment gesehen hatte. Merkwürdigerweise war er stolz auf sie.

Lenas Verhalten störte ihn allerdings. Er verstand, dass sie nicht wollte, dass Quinn von der Vergewaltigung erfuhr, und sie vielleicht nicht wissen wollte, ob Calder Quinns biologischer Vater war, aber das war nicht alles. Es ging noch mehr vor sich und Kade konnte nicht genau ausmachen, was das war.

13

KADE

„Dein Wunsch wird dir erfüllt werden, aber ich glaube nicht, dass dir das sehr gefallen wird", sagte Kade, als Paps sich bei seinem Anruf meldete.

„Ach ja? Was für ein Wunsch ist das?"

„Ich berufe eine Dringlichkeitsbesprechung ein. *Jetzt.*"

„Was zum –"

„Jetzt", wiederholte er. „Ich bin in 1016. Sag Eighty-eight und Razor, sie sollen ihre Ärsche auch hierherschaffen."

„Verstanden." Paps beendete das Telefonat.

Kade warf sein Handy auf das Bett, erleichtert, dass Paps nicht weiter gedrängt hatte und ihm nicht noch mehr auf den Senkel gegangen war. Er war schon stinksauer.

„Was ist los?", fragte Razor, als er vor Paps und Mercer hereinkam.

„Mach die verfluchte Tür zu", schnauzte Kade. Sobald sie

geschlossen war, machte er eine Handbewegung zu den Stühlen am Fenster. „Setzt euch, Gentlemen."

Die anderen beiden setzten sich, aber Paps blieb mit verschränkten Armen stehen. „Ich werde stehen. Jetzt erzähl uns, was dieser Scheiß soll."

„Ich musste von meiner *Tochter* erfahren, dass sie bestimmte Dokumente unter den Bodenbrettern einer Hütte auf Leechs Gelände gefunden hat. Will mir einer von euch erklären, warum ich über diese spezielle Entwicklung nicht informiert wurde?"

Als sich die drei Männer ansahen, wurde ihm die Antwort klar. „Ihr habt alle angenommen, ein anderer hätte es mir erzählt?"

„Das nehme ich auf meine Kappe", sagte Mercer. „Ich hätte dich informieren sollen."

„Nee, das wirst du nicht auf deine Kappe nehmen, Eighty-eight", sagte Paps. „Das machst *du*." Er deutete auf Kade.

„*Was* —"

„Ja, ganz recht. *Das geht auf dich.* Es ist fünf *verfluchte* Tage her, dass wir dein Gesicht zum ersten Mal seit zwei Jahren gesehen haben. Davon waren wir die meiste Zeit in der Luft und zusätzlich dazu hast du dich *geweigert*, die Meetings abzuhalten, um die ich gebeten habe. Also komm mir oder ihnen nicht mit irgendeinem Scheiß dazu, worüber du informiert wurdest oder nicht."

Kade griff sich in den Nacken und wandte sich von ihnen ab. Bis zu einem gewissen Punkt stimmte er ihm zu, aber was Quinn gefunden hatte, war wichtig genug, dass sie darauf hätten bestehen sollen.

„Ich weiß, was du jetzt denkst", fuhr Paps fort. „Aber nimm nicht mal für einen Augenblick an, dass du einem von uns in den Kopf kriechen und das Gleiche machen könntest."

„Du hast recht, aber –"

Paps stürmte durch das Zimmer, baute sich vor ihm auf und brüllte ihm ins Gesicht: *„Kapierst du eigentlich nicht, dass wir sicher waren, dass du tot bist? Himmel, Doc."*

Nach ihren Gesichtsausdrücken zu urteilen, waren Razor und Mercer so verdutzt über Paps' Ausbruch wie er. Kade kannte den Mann jetzt seit fünfundzwanzig Jahren und er hatte noch nie solch ein Ausmaß an Emotion bei seinem Teamkollegen gesehen, wie er es jetzt zeigte.

„Ich weiß nicht, was ich sagen soll", murmelte Kade. Es war die ehrlichste Antwort, die ihm einfiel. „Geh nicht", sagte er, als Paps zur Tür ging.

„Ich muss. Wir sprechen später weiter", murmelte er, ehe er die Tür hinter sich zugehen ließ.

„Was war das denn?", fragte Mercer mit einem Blick zu Razor, der den Kopf schüttelte.

„Ich weiß es nicht sicher ..."

„Aber?", sagte Kade.

„Ich denke, das könnte etwas mit Barbie zu tun haben. Und mit dir."

„Inwiefern?"

„Ihr habt viel Zeit miteinander verbracht."

„Zu Quinns Wohl."

„Ja, na ja ..."

„Aber er verabscheut sie", sagte Mercer.

„Vielleicht. Und vielleicht auch nicht."

„Heilige Scheiße", murmelte Mercer und sah dann Kade an.

„Es ist nicht nur das", sagte Razor. „Du bist zurück und ich frage mich, ob er seine Rolle in der Firma infrage stellt."

Er entschied, dass er ihnen ebenso gut jetzt von seinen Plänen erzählen konnte. „Ich werde K19 verlassen. Dies wird mein letzter Auftrag sein."

„*Was?*", sagten die beiden Männer gleichzeitig.

„Ihr habt mich verstanden."

„Du suchst besser Paps und sagst es ihm, Mann. Du hättest es ihm zuerst erzählen sollen", sagte Razor. „Du bist angefressen, weil wir dich nicht darüber informiert haben, was Skipper gefunden hat? Ich muss dir sagen ..., das hier fühlt sich schlimmer an."

Kade sah hinüber zu der anderen Seite des Gangs des gecharterten Flugzeugs, wo Quinn mit dem Kopf an Mercers Schulter gelehnt schlief. Die letzten beiden Tage mussten hart für sie gewesen sein. Er bezweifelte, dass er alles, was sie erfahren hatte, mit so viel Haltung und Reife hätte bewältigen können.

Zwischen Paps und ihm war es auch nicht einfach gewesen. Als Kade ihm gesagt hatte, dass er vorhatte, K19 zu verlassen, war der Mann erneut davongestürmt, nur um ein paar Minuten später wieder zurückzukommen und ihm zu erklären, dass weder Razor, noch Mercer, noch er bereit waren, sein Ausscheiden zu akzeptieren, bis sie ihren gegenwärtigen Auftrag ausgeführt hatten. Wenn sie das getan hätten, wäre es an ihnen allen vier, zusammen zu entscheiden, ob K19 im Geschäft bleiben oder ganz aufgelöst werden würde.

„Alle oder keiner", sagte Paps. „Du bist dir besser verdammt sicher, dass du aufhören willst, denn wenn du das machst, machen wir das alle."

Leech kam heran und setzte sich auf den Sitz ihm direkt gegenüber mit Blick zum rückwärtigen Teil des Flugzeugs. „Lena hat gesagt, ihr habt es ihr erzählt", flüsterte er.

Kade nickte. „Sie musste es wissen."

„Was jetzt?"

„Sie und ich werden einen DNA-Test durchführen lassen."

„Und was, wenn –"

Kade beugte sich vor und sprach so leise wie möglich. „Ich werde dir das Gleiche sagen, was ich ihr gesagt habe. Ich bin ihr Vater. Es spielt keine Rolle, wie irgendein Testergebnis lautet. Wenn es nach mir ginge, würden wir ihn gar nicht machen. Aber es geht nicht nach mir. Es ist ihre Entscheidung."

Er dachte darüber nach, wie schwer sich Quinn genau damit tat und sie immer nach Mercer sah, um seine Meinung zu wissen, ehe sie ihre eigene sagte. Zu dieser Entscheidung war sie ohne das Einwirken eines anderen gekommen, und egal wie schwer es war, den Ausgang zu ermessen, er würde ihren Willen, es zu wissen, respektieren.

Er zuckte zusammen, als er sah, dass Quinn aufstand. „Es tut mir leid, wenn wir dich geweckt haben."

„Darf ich?", fragte sie mit einer Handbewegung zu dem Sitz neben ihrem Großvater.

„Natürlich", sagte er und nahm die Papiere und die Decke weg, die er dort hingelegt hatte.

Sie setzte sich und sah ihn an. „Ich weiß, du und Mom wollt nicht, dass ich es mache." Sie atmete tief durch. „Ich kann es nicht erklären, aber ich muss es wissen."

„Es ist in Ordnung", sagte Kade, der sofort wünschte, er hätte es nicht gesagt, als er den Ausdruck auf ihrem Gesicht sah.

„Es ist mir egal, ob du es für *in Ordnung* hältst."

Kade hob beide Hände und gab sein Bestes, nicht zu lächeln. „Hab's begriffen."

„Poppy ...", begann sie und zögerte, als wäre sie verdutzt über das Wort. „Ist es in Ordnung, wenn ich dich so nenne?"

Leech lächelte. „Immer."

„So habe ich dich früher genannt, stimmt's?"

„Stimmt. Erinnerst du dich, wie du deine Großmutter genannt hast?"

„Nonna."

„Ganz richtig", sagte er mit einem breiten Lächeln.

Quinn war jedoch schwermütiger. „Ich weiß so wenig über mein eigenes Leben, Poppy. Selbst wenn du bei meiner Entscheidung nicht meiner Meinung bist, respektiere sie bitte."

Leech war für eine Weile still und sah aus dem Fenster. Als er sich zu ihr zurückdrehte, hatte sich sein Gesichtsausdruck verändert. „Das werde ich, Quinn. Du wirst von mir keinen Widerspruch mehr hören", versprach er.

Kade sah hinüber, wo Quinn vorher gesessen hatte, und begegnete Mercers Blick.

Er sah so erschöpft aus, wie Kade sich fühlte. Er nahm an, das waren sie alle. Die zehn Tage seit Calders Tod waren für alle eine emotionale Achterbahnfahrt gewesen.

„Der Sitz neben Lena ist frei", sagte Leech, nachdem Quinn zu ihrem zurückgegangen war.

Als er mit den Augenbrauen wackelte, wäre Kade fast ausgerastet. Egal wie eindeutig er die ganze Zeit über dazu war, nicht an einer Beziehung mit Lena interessiert zu sein, blieb Leech hartnäckig. Sobald sie gelandet waren und Kade seinen früheren Mentor allein zu sprechen bekäme, hatte er vor klarzumachen, dass dieses Thema beendet war.

„Ach ja? Warum gehst du nicht und setzt dich da hin?", sagte er stattdessen.

Kades schlechte Laune hatte nicht allein etwas mit Leechs nervenden Vorschlägen zu tun. Er wurde auch zunehmend beunruhigt, weil es ihm nicht möglich war, mit Merrigan Kontakt aufzunehmen. Sie hatte nicht auf seine Nachrichten oder SMS reagiert, obwohl Rivet ihm versichert hatte, dass sie täglich miteinander kommunizieren würden.

„Da", grüßte Kade ihn, als sein Vater kam und sich zu Leech und ihm setzte.

„Bevor du dich wieder mit deinem Team triffst, gibt es etwas, was ich dich wissen lassen muss."

Kade nickte.

„Das, wonach Calder gesucht hat, und ich nehme an, dein Team sucht es auch ..."

„Sprich weiter, Da", drängte er.

„Ich glaube, ich habe Informationen, die sich als nützlich für eure Suche erweisen werden. Wir haben eventuell eine Spur ..."

„Wie lange hältst du das schon zurück?" Kade versuchte nicht einmal, seine Verärgerung zu kaschieren.

Sein Vater blickte ihm in die Augen. „Ich habe die Information erhalten, kurz bevor wir Deutschland verlassen haben."

„Interessant", sagte Leech. „Aber ich denke nicht, dass jetzt die Zeit ist, das zu besprechen."

„Da stimme ich dir zu", sagte Kade.

Die beiden einzigen Menschen in dem Flugzeug, vor denen er diese Unterhaltung lieber nicht führte, waren Quinn und Lena. Quinn schien wieder eingeschlafen zu sein, aber Kade hatte keine Ahnung, ob Lena in Hörweite war, und er hatte nicht die Absicht nachzusehen.

Er hatte bewusst vermieden, Zeit mit ihr zu verbringen, es sei denn als Familie, besonders da Lena ihn zwei Abende hintereinander in ihr Hotelzimmer zu einem „Digestif" eingeladen hatte. Er hatte beide Male abgelehnt und auch wenn sie es als keine große Sache heruntergespielt hatte, hatte er ihre verletzten Gefühle angesichts seiner Ablehnung gesehen. Als es gestern Abend zum dritten Mal geschah, hatte er ihr gesagt, dass sie miteinander reden müssten, und sie gebeten, noch einmal mit ihm hinunter in die Lobby zu gehen. Sie erwiderte, das sei nicht nötig; sie hätte versucht, freundlich zu sein, und er bräuchte deshalb nicht so einen Aufstand zu machen.

Er schloss die Augen und ließ seine Gedanken von Lena zu Merrigan abdriften. Er vermisste sie, was kein Gefühl war, das er sehr oft gehabt hatte.

Er hatte Peyton vermisst, als sie zusammen waren, und er zu einem Auftrag wegmusste, aber das hatte sich nie so stark angefühlt, wie die Sehnsucht, die er jetzt nach Merrigan hatte.

Schreib ihr einen Brief. Er hörte die Worte in seinem Kopf gesprochen, als hätte sie jemand anderes gesagt. Es war allerdings eine gute Idee. So konnte er ihr sagen, was er fühlte, ohne sie zu stalken. Wenn sie sich noch immer nicht mit ihm in Verbindung setzen würde, nachdem sie ihn gelesen hatte, würde er wissen, dass es Zeit war loszulassen.

Kade stand auf und ging zum hinteren Teil des Flugzeugs, wo es zwei Gästekabinen gab.

„Ich muss ein paar liegengebliebene Dinge abarbeiten, um auf den neuesten Stand zu kommen", sagte er, als er an Lena vorbeikam und sie eine Augenbraue hob.

Sie nickte, als er durch die Tür ging und hinter sich abschloss, dankbar, dass sie keine Anstalten gemacht hatte, mit ihm zu kommen.

Er setzte sich, zog das Briefpapier, das er immer bei sich hatte, aus seiner Aktentasche und dachte darüber nach, was er sagen wollte.

Liebe Merrigan,

es ist jetzt mehr als eine Woche her, seit ich zuletzt dein Gesicht gesehen, deine Stimme gehört habe und mit der Wärme gesegnet war, die ich spüre, wenn du in der Nähe bist. Es ist sogar noch länger her, seit ich deinen nackten Körper an meinem gehalten habe.

Mit jeder vergehenden Minute vermisse ich dich mehr. Jeder Gedanke, den ich habe, ist von dir erfüllt, ob es darum geht, dass ich etwas mit dir teilen oder ich dich einfach in meinen Armen halten möchte. Das einzige Mal, dass ich das machen kann, ist, wenn ich meine Augen schließe und mir vorstelle, dass du bei mir bist.

Ich wünschte, ich wüsste, was passiert ist und dich dazu gebracht hat, Ramstein so abrupt zu verlassen, und warum, denn du hast ja nicht auf meine Anrufe und Nachrichten geantwortet. Ich wünschte mir so sehr, du hättest das Gefühl gehabt, mit mir teilen zu können, was immer es war.

Die Welt ist trist und grau ohne dich in der Nähe, meine süße Merrigan. Erst vor Tagen war alles in meiner Welt pulsierend und lebendig, aber nur, weil du dein wunderbares Licht auf alles hast scheinen lassen, das mich umgibt.

Ich sitze im Flugzeug auf dem Weg in die Staaten, während ich dies schreibe. Ich werde mir etwas einfallen lassen, dafür zu sorgen, dass du diesen Brief erhältst, sobald wir gelandet sind, aber ich werde nicht versuchen, dich zu sehen, bis du mir sagst, dass du das möchtest. Gerade du weißt, wie schwer das für mich sein wird, aber so wichtig bist du mir – genug, um auf deine Entscheidung zu warten und dir nicht meine Wünsche aufzudrängen.

Es ist mir gerade erst klar geworden, dass ich gezögert habe, dir zu sagen, was ich fühle, und ich weiß nicht, warum. Gewohnheit, vielleicht. Aber ich kann es nicht länger für mich behalten. Du bist mein Sonnenaufgang und mein Sonnenuntergang, der Mensch, mit dem ich in jedem Augenblick jeden Tages zusammen sein möchte. Du bist die Musik in meinen Ohren und die Freude in meinem Herzen.

Bitte lass mich zurück in dein Leben.

Mit großer Liebe und tiefem Respekt

Kade

ER SCHLOSS DIE AUGEN UND STELLTE SICH VOR, WIE SIE NACKT vor ihm war und sich ihre Augen in seine bohrten, als ihre Körper sich vereinigt hatten. Er hatte ihr da sagen wollen, was er fühlte, aber die Angst hatte ihn zurückgehalten, und das bereute er nun.

Er hatte die Frau gefunden, mit der er für immer zusammen sein wollte, und er musste seine selbst geschaffenen Hindernisse überwinden, um bei ihr sein zu können. Was immer nötig sein würde, er würde es tun. Was immer sie wollte, würde er erfüllen.

Er hatte lange gebraucht, um die andere Hälfte seiner Seele zu finden, und nun, da er sie gefunden hatte, hoffte er, sie würde ihn nicht zwingen, sie loszulassen.

WÄHREND DES RESTLICHEN FLUGS HATTEN SICH DIE OHNEHIN schlechten Dinge weiter verschlechtert. Bis zur Landung war er nicht der Einzige mit mieser Laune. All seine Instinkte schrien ihn an abzuhauen, und sei es nur für etwas gute, altmodische Ruhe und Erholung.

Allerdings konnte er zurzeit nirgendwo hingehen. Das Team musste ein Meeting abhalten und die Informationen besprechen, die sein Vater erhalten hatte, und davon ausgehend Calders verdammte Dateien finden.

„Sagt irgendeinem von euch der Name Animus etwas?", fragte sein Vater Paps, Razor und ihn, sobald sich Lena, Quinn und Leech auf die Suche nach den Toiletten gemacht hatten.

„Wer hat die Hütte nach Quinns Entdeckung durchsucht?", erkundigte sich Kade.

„Zuerst Eighty-eight, aber dann habe ich noch mal alles durchforstet", antwortete Razor.

„Willst du damit sagen, du hast die Dokumente nicht unter den Bodenbrettern versteckt?", fragte Mercer.

Kade schüttelte den Kopf. „Was war dort alles?"

„Nicht sehr viel. Du weißt bereits von Quinns Geburtsurkunde und dem Polizeibericht. Der Rest war eine seltsame Ansammlung von Dingen. Hauptsächlich Ausbildungsberichte. Einige waren deine, andere waren Calders. Alles andere war wahllos zusammengeworfen. Einige Quittungen waren so verblasst, dass wir sie nicht lesen konnten", erzählte Paps ihm.

„Wo hattest du die aufbewahrt?", fragte Razor.

Kade rieb sich über das Kinn. „Einige waren in dem Haus in Montecito, aber da war nicht alles zusammen. Bei dem Brief hätte ich zum Beispiel schwören können, ich hätte ihn in das Schließfach getan. Einiges davon kommt mir nicht einmal bekannt vor."

„Wir haben alle zusammen den Inhalt aus dem Schließfach genommen, Doc. Darunter waren mehrere Briefe, aber nur einer, der an niemanden adressiert war, und der war bei Ainsleys Brief."

„Habt ihr ihn Ains gegeben?", fragte Kade Mercer.

„Das habe ich getan", antwortete sein Vater. „An Weihnachten."

„Wo ist er jetzt?"

Mercer zuckte mit den Schultern. „Für wen war er?"

„Quinn."

„Sie hat ihn nicht erwähnt."

Quinn hatte seinen Brief über den Trustfonds gefunden, bevor Ainsley ihren an Weihnachten erhalten hatte, aber das spielte nicht wirklich eine Rolle. Der erste, den er geschrieben hatte – der, den sie bereits gelesen hatte –, sollte dafür sorgen, dass sie trotz aller Rätsel darin wusste, dass er den Trustfonds für sie eingerichtet hatte.

Der zweite war persönlicher. Darin hatte er ihr von seiner Familie erzählt und dass er hoffte, sie würde sie in ihr Leben lassen. Er hatte von seiner Lieblingserinnerung geschrieben, die er mit jedem seiner Brüder und jeder seiner Schwestern verband. Und er hatte ihr gesagt, dass sie seine Tochter war und immer sein würde, komme, was wolle. Er hatte noch nicht entschieden, ob er wollte, dass sie ihn überhaupt je las. So vieles darin war jetzt überflüssig.

„Worüber denkst du nach?", erkundigte sich Paps.

„Da ich diese Dokumente nicht unter den Bodenbrettern versteckt habe, wer hat es gemacht?"

„Irgendwelche Ideen?"

„Ich denke mir –", begann Kade.

Paps schüttelte den Kopf und wies mit einer Kinnbewegung an ihm vorbei.

„Kade?", sagte Lena, die hinter ihm stand.

„Ja?"

„Können wir uns kurz unterhalten?"

Er bedeutete ihr, sich zu setzen. „Was kann ich für dich tun?"

„Ich habe mir gedacht, wir könnten etwas Zeit in dem Haus verbringen, da wir nun zurück sind."

Meinte sie Casa Carrizo in Montecito? Er hatte bereits daran gedacht, Quinn und Mercer einzuladen, eine Weile dort bei ihm zu wohnen, damit seine Tochter mehr Zeit in dem Haus verbringen konnte, in dem sie während der ersten sieben Jahre ihres Lebens gewohnt hatte. Die Einladung auf Lena auszudehnen, hatte nicht zu seinem Plan gehört.

Im Endeffekt gehörte das Haus ihm, aber konnte er ihr den Zutritt verwehren? Vielleicht hätte er das tun können, wenn ihm nicht die Hälfte dessen zugefallen wäre, was einmal ihr Familienanwesen gewesen war – Land, das nun zwei seiner Brüder gehörte.

„Wir werden später weiter darüber reden."

„Wann später? Ist dir klar, dass ich nirgends hinkann, wenn wir diesen Flughafen verlassen?"

„Das ist nicht wahr und das weißt du."

„Schlägst du vor, ich soll bei meinem Vater in dem Haus in der Stadt wohnen?"

„Lena ..."

„Das hast du gemeint, richtig?"

„Das ist jetzt nicht dein Ernst, oder?", sagte er leise genug, dass er hoffte, nur sie konnte ihn verstehen.

„Ich dachte, ich könnte in der Casa Carrizo wohnen."

„Das ist keine gute Idee."

„Warum nicht?"

„Wie gesagt, wir reden später weiter darüber."

„Ich brauche etwas Eigenes, wo ich wohnen kann."

„Such dir was."

Wo sie wohnte, war nicht sein Problem, und da die Bedrohung durch Calder neutralisiert war, konnte sie überall hingehen, wohin sie wollte. Einzig das fehlgeleitete Schuldgefühl wegen des Landes, das nun seinen beiden Brüdern gehörte, sorgte dafür, dass er überhaupt nur annähernd wohlwollend war.

Es war lange her, dass er herausgefunden hatte, dass es ihm gehörte.

„WAS IST DAS?", FRAGTE KADE, ALS LEECH IHM EINEN Briefumschlag übergab.

„Peter Wendt hat die Verlesung von Elisabettas Testament anberaumt." Die Stimme des normalerweise stoischen Mannes zitterte, und auch wenn Kade nicht respektlos sein wollte, war er nicht sicher, was das mit ihm zu tun hatte.

„Öffne ihn." Leech deutete auf den Umschlag.

Das tat er und sah, dass der Brief darin an ihn adressiert war und in ihm um sein Erscheinen bei der Verlesung gebeten wurde. Sollte er aus irgendeinem Grund nicht anwesend sein können, würde der Termin verschoben werden.

„Ich verstehe nicht."

„Das wirst du noch."

Zwei Tage später saß Kade mit Leech und Lena in einem Zimmer und hörte zu, als der Anwalt der Familie ihm sagte, dass Elisabetta ihm die Hälfte des Anwesens hinterlassen hatte, das einmal Demetria Estate genannt wurde. Weder Leech noch Lena wirkten überrascht.

„Das kann ich nicht annehmen", sagte er fassungslos.

„Wenn du die Erbschaft abschlägst, wird sie zu gleichen Teilen unter deinen fünf Geschwistern aufgeteilt", erklärte Peter ihm.

„Warum?"

„So hat es meine Mutter gewollt", antwortete Lena.

Kade wusste nicht, was er sagen sollte.

„Ich lasse euch mal eine Weile allein", bot Peter an. Er verließ das Zimmer, ehe sie weitersprachen.

„Warum hat sie das getan?", fragte Kade Leech direkt, sobald die drei unter sich waren.

„Wie meine Tochter gesagt hat, war es das, was ihre Mutter wollte. Das Land hat nie mir gehört, mein Junge. Es hat immer Elisabetta gehört."

Im Staat Kalifornien galt Gütergemeinschaft, was hieß, dass das Anwesen nach ihrem Tod direkt an Leech hätte weitergegeben werden sollen. Nur ihre ausdrücklich erklärte Absicht, das Land zu teilen, würde die standardmäßige Erbfolge ersetzen. Kade sah zwischen Leech und Lena hin und her.

„Wem gehört der Rest?"

„Ich behalte das Eigentumsrecht an dem übrigen Gelände", antwortete Leech. „Die Weinfelder könnten zu neuem Leben erweckt werden, um es zu einem lukrativen weinerzeugenden Anwesen zu machen", fügte er hinzu.

Kade sah Lena an, die gelassen zu sein schien. Sie besaß das angestammte Recht auf dieses Land, nicht er; er würde es einfach annehmen und eine Verzichtserklärung abgeben, um es ihr zu geben.

„Du kannst es deinen Geschwistern geben, aber davon abgesehen, darfst du das Land an niemand anderen urkundlich übertragen. Der Testamentsanhang ist da eindeutig", sagte Leech, als hätte er Kades Plan vorausgeahnt.

„Das ist nicht recht", sagte Kade nachdrücklich. „Ich werde das mit meinem eigenen Anwalt besprechen, und wir werden das in Ordnung bringen. Es tut mir leid, Lena."

„Warum entschuldigst du dich bei mir?"

„Weil dieses Land in deiner Familie bleiben sollte."

„Sie hat dich als Teil unserer Familie angesehen."

Kade rieb sich über das Gesicht. Hatte Elisabetta sich das erhofft? Dass Lena und er sich versöhnen und somit das Land in der Familie bleiben würde? Wenn ja, dann war das Manipulation im höchsten Ausmaß und das konnte er nicht tolerieren. Lena und er waren verheiratet gewesen und das hatte nicht funktioniert. Die Umstände, die zum Niedergang ihrer Verbindung beigetragen hatten, hatten sich nicht verändert. Kade würde auf keinen Fall eine erneute Heirat in Erwägung ziehen oder den Gedanken einer romantischen Beziehung mit ihr fortspinnen, selbst wenn er Single wäre.

„Entschuldigt mich", sagte er und stand so abrupt auf, dass sein Stuhl umzukippen drohte. Er richtete ihn auf und marschierte aus dem Büro, entschlossen, einen legalen Weg zu finden, um rückgängig zu machen, was Lenas Mutter getan hatte.

„Warte einen Moment", sagte Peter, als Kade auf dem Weg nach draußen an ihm vorbeikam.

„Ich werde meinen eigenen Anwalt engagieren", erwiderte er dem Mann, der als ehemaliger Agent ein zuverlässiger Kollege gewesen war, dem er vertraut hatte.

„Spar dir die Mühe."

„Bei allem gebotenen Respekt –"

„Es ist hieb- und stichfest. Dafür hat sie gesorgt."

„Um mich dazu zu bringen, Lena erneut zu heiraten? Das wird nicht passieren."

„Sie hätte andere Gründe haben können."

Kade hob eine Augenbraue. „Ernsthaft, Rawhide?" Er benutzte den früheren Decknamen des Mannes, um ihn an die Loyalität zu erinnern, die er von ihm angesichts ihrer vorherigen Beziehung erwartete.

„Vielleicht hatte sie andere Gründe."

„Zum Beispiel?"

Peter schüttelte den Kopf. „Das kann ich wirklich nicht sagen."

„Das ist doch Blödsinn."

Selbst jetzt war Kade noch immer wütend über die ganze Sache. Er fühlte sich manipuliert, egal ob er kapituliert hatte oder nicht. Wieder schüttelte er den Kopf und schwor sich, Lena nicht weiter sein Schuldgefühl wegen der Erbschaft ausnutzen zu lassen. Es gab viele andere Dinge, die mit ihr zu tun hatten, bei denen er sich schlecht fühlte.

❧ 14 ❧

MERRIGAN

Angesichts dessen, dass das Flugzeug vor fast zweiundsiebzig Stunden gelandet war, in dem Kade saß, war Merrigan zuversichtlich, dass sich ihr Plan zu vermeiden, dass er sie finden würde, als erfolgreich erwiesen hatte. Es bestätigte auch, dass Sorcha ihr Wort gehalten hatte, sich nicht einzumischen, indem sie ihren Aufenthaltsort preisgab.

Als sie den Postboten mit dem zu ihrem Haus kommen sah, was nur ein weiterer Haufen Post für die Tonne sein konnte, bekam sie furchtbare Schuldgefühle. Jedes Mal, wenn sie ankam, stopfte sie sie lediglich in den Mülleimer.

Sie hob sie vom Boden unter dem Postschlitz der Haustür auf und ging in die Küche, um sie wegzuwerfen, dann machte sie sich einen Tee.

Als sie den Haufen mit Rundschreiben in den Eimer fallen ließ, erregte etwas ihre Aufmerksamkeit. Sie durchsuchte den Stapel, bis sie den weißen Briefumschlag fand, den sie entdeckt hatte.

Er war mit einer Handschrift adressiert, die wie die von Sorcha Butler aussah. Merrigan fragte sich, was sie im Schilde führte, als sie sich ein Messer nahm und den Umschlag aufschlitzte. Der Brief, den sie darin fand, war in einer anderen Schreibschrift geschrieben worden.

Als der Kessel pfiff, legte sie das Blatt auf den Tisch, goss das heiße Wasser über den Teebeutel und las dann die Worte, die Kade geschrieben hatte, immer und immer wieder.

Die Welt ist trist und grau ohne dich in der Nähe, meine süße Merrigan.

Sie verstand, was er meinte. Ihre Welt war auch trist und grau ohne ihn in ihrer Nähe.

Bitte lass mich zurück in dein Leben.

Was konnte sie sagen, wenn er sie so süß anflehte? Gott steh ihr bei, aber sie konnte Kade Butler nicht widerstehen, egal wie sehr sie es versuchte. Das Sicherheitsnetz, dass er in einem anderen Land war, auf der anderen Hälfte der Weltkugel, war unter ihr weggezogen worden, und hier saß sie nun, schwankend zwischen, ihn anzurufen und ihm eine Nachricht zu schicken. Das Einzige, was sie nicht tun konnte, war, ihm weiter aus dem Weg zu gehen, nicht nach den von Herzen kommenden Worten, die er ihr geschrieben hatte.

15

KADE

K ade hatte seine Mutter praktisch auf Knien und Händen angefleht, ihm zu sagen, wo Merrigan war. Es war sein Da gewesen, der ihm erzählt hatte, dass Sorcha mit ihr zusammengearbeitet hatte, während er in Deutschland war.

Sie hatte sich immer wieder geweigert, bis Kade ihr schließlich den gefalteten Brief hingehalten hatte. „Den habe ich ihr geschrieben, um ihr zu sagen, was ich empfinde."

Sie gab trotzdem nicht nach, bis er kapitulierte und sie ihn lesen ließ. Als sie das Blatt umdrehte und seine Worte mit Tränen in den Augen zu Ende las, wusste er, dass sie ihm helfen würde.

„Ich werde ihn per Post an sie schicken", erklärte sie sich einverstanden. „Aber bitte mich nicht um mehr."

Kade dankte ihr und sagte nichts weiter, denn das war alles, was er wirklich wollte. Er hoffte, dass, wenn Merrigan seine Worte erst einmal lesen würde, sie zustimmen würde, ihn zu sehen.

. . .

Es dauerte zwei Tage, aber Kade bekam Lena schließlich dazu, es aufzugeben, in der Casa Carrizo wohnen zu wollen. Er war sich nicht sicher, aber etwas sagte ihm, dass Paps eingegriffen und sie überzeugt hatte nachzugeben.

Er war derjenige, der Kade erzählte, dass sie ein Haus in Summerland gemietet hatte, einer Stadt, die weniger als fünfzehn Minuten von Montecito entfernt lag.

Seine Absicht war jetzt, sobald er von Merrigan hörte, zur Casa Carrizo zu fahren. Er hoffte, sie würde mit ihm kommen, aber wenn nicht, würde er dorthin gehen, um seine Wunden zu lecken.

Er nahm sein Handy, um nachzusehen, ob Nachrichten eingegangen waren, ohne welche zu erwarten, aber da war sie, die Nachricht, auf die er gewartet hatte.

Danke für den wunderschönen Brief, schrieb sie.

Ich habe jedes Wort gemeint, antwortete er. *Kann ich dich bitte sehen?*

Es dauerte mehrere Minuten, ehe sie antwortete, aber als sie es tat, fragte sie, ob sie zu ihm kommen könnte.

Ich bin auf der Ranch.

Wir sehen uns um 1400.

Kade sah nach der Uhrzeit. Noch vier Stunden. Er hoffte, er könnte es so lange aushalten, ohne ein Loch in seinen Boden zu laufen mit seinem Hin- und Hertigern.

Er war versucht, sich mit Quinn und Mercer in Verbindung zu setzen, ob sie mit ihm nach Montecito kommen würden, zwang sich jedoch zu warten. Seine Tochter war im Moment der wichtigste Mensch in seinem Leben, aber Merrigan kam dicht danach. Seine Priorität war, in Ordnung zu bringen, was immer zwischen ihnen schiefgelaufen war, damit er sich auf den Rest seines Lebens konzentrieren konnte. So wie die Dinge standen, war sie alles, woran er denken konnte.

Nach einer Stunde schickte Kade eine Nachricht an Naughton und fragte, ob er sein Pferd Huck reiten könnte. Das alte Arbeitspferd war eines der wenigen, auf dem er sich wohlfühlte, abgesehen von Brodies Morgan, das nun bei seinem und Peytons Haus an der See Canyon Road eingestellt war.

„Huck ist gesattelt und abmarschbereit", gab Naughton ihm Bescheid, als er anrief.

„Das hätte ich machen können."

„Du kannst ihn abkühlen."

„In Ordnung, Naught. Danke."

„Kade?"

„Ja?"

„Ich bin sowas von froh, dass du zurück bist."

„Ich auch, Bruder."

Es war eine verdammt lange Zeit her, dass er auf der Ranch geritten war. Mehr Jahre, als er sich erinnern konnte. Wenn er vorher nach Hause gekommen war, war er ein paar Tage geblieben, hatte Neuigkeiten mit seiner Familie ausgetauscht, dann war er wieder gegangen.

Es war anders, als er Peyton begegnet war, aber selbst da war er nicht auf der Ranch geblieben. Nachdem sie sich ein paar Monate lang getroffen hatten, hatte er begonnen, stattdessen bei ihr zu wohnen.

Er hatte trotzdem Gründe gefunden aufzubrechen und eine Weile für sich allein zu sein, was sie immer gut aufgenommen hatte. Peyton war so unabhängig wie er, oder sie war es gewesen. Es schien, als wären sie und Brodie in einem wirklich schönen Leben für sich und die Jungs angekommen.

Er hatte nicht glauben können, wie sehr Jamison und Finn gewachsen waren, als er sie bei dem Abendessen bei seinen Eltern gesehen hatte.

So war es auch mit Quinn gewesen. Jedes Mal, wenn er einen weiteren Stapel Fotos von ihr erhielt, hatte er nicht glauben können, wie sehr sie sich verändert hatte. Es hatte ihm das Herz gebrochen, es nicht aus der Nähe miterleben zu können.

Wann immer er von einem Auftrag zurückkam, war er nach Langley beordert worden, ehe er zurück an die Westküste konnte. Und jedes Mal hatte er einen Abstecher nach New York gemacht, und wenn es nur war, um einen kurzen Blick auf seine Tochter erhaschen zu können.

Vielleicht fühlte er sich deshalb so seltsam. Er war immer allein gewesen, wenn er Manhattan besucht hatte. Deshalb hatte er, welchen Scheiß es auch zu verarbeiten gab oder welche Dämonen er austreiben musste, bevor er nach Hause flog, dies in der Geborgenheit seines Lieblingshotels getan, dem Mandarin.

Er hatte die Oriental Suite mit Blick auf den Central Park gebucht, Roomservice bestellt, wenn ihm nicht danach war auszugehen, und hatte sich die Stadt zu Fuß angesehen, wenn er Lust dazu hatte.

Vielleicht würde Merrigan gern einmal mit ihm zusammen dorthin fliegen. Er würde wetten, sie würde den Blick auf den Park aus der Vogelperspektive lieben, hoch über dem Columbus Circle.

Kade schüttelte den Kopf und lachte über sich. Es hatte noch nie eine Frau gegeben, bei der er auch nur im Entferntesten daran gedacht hätte, sie mit an den Ort zu nehmen, den er als seinen privaten Rückzugsort betrachtete. Aber wieder einmal war sie in erster Reihe in seinen Gedanken, egal bei welchem Thema.

Er war beinahe zurück am Stall, als er einen schnittigen Corris-grauen Jaguar F-Type Coupé durch das Ranchtor fahren sah.

Er saß ab, ließ Huck auf der Weide frei und schloss das Gatter hinter sich.

Kade winkte, als er sah, dass Merrigan am Steuer saß, und wartete, während sie parkte. Er war auf halbem Weg bei ihr, als sie aus dem Auto stieg. Die Brise, die durch ihre Haare wehte, raubte ihm den Atem, und die Art, wie ihr enger Pulli ihre Kurven umschmiegte, setzte seinen Körper in Flammen. Wenn es um diese Frau ging, besaß er keine Selbstbeherrschung. Er könnte den ganzen Tag, die ganze Nacht und jeden folgenden Tag mit ihr verbringen und hätte noch immer nicht genug.

Die Sonne schien strahlend und wurde von der Windschutzscheibe des Wagens reflektiert, deshalb schirmte sie ihre Augen ab, als sie in seine Richtung sah.

„Hi." Sie winkte.

Er war nah genug gekommen, um die Hand in ihren Nacken zu legen und ihr in die Augen zu blicken. „Es ist so gut, dich zu sehen."

Merrigan lehnte sich in seine Hand und schloss die Augen. „Du hast mir einen wunderschönen Brief geschrieben", sagte sie mit dem leichten schottischen Akzent, der ihn anfangs hatte glauben lassen, sie wäre ein Engel.

„Ich habe dir schon gesagt, dass ich jedes Wort so gemeint habe. Ich wusste keinen anderen Weg, wie ich dir hätte sagen können, was ich fühle, sowohl, wenn ich mit dir zusammen bin, als auch wenn ich es nicht bin."

„Ich muss zugeben", murmelte sie. „Ich mag es auch nicht, von dir getrennt zu sein."

Kade nahm ihre Hand in seine und führte sie von dem Auto weg. „Schöner Schlitten übrigens."

„Mir war nach etwas ... Verwegenem."

„Es passt zu dir."

Als sie sich einige Meter davon entfernt hatten, ließ sie seine Hand los. „Soll ich woanders parken?"

Er drehte sich um, schlang den Arm um ihre Taille und kam ihr nah genug, dass sich ihre Lippen fast berührten. „Nein", sagte er, ehe er ihr einen versengenden Kuss gab.

Sie lächelte. „Ich liebe es, wenn du das machst."

„Ich mache das gern noch öfter." Er küsste sie erneut, intensiver und härter. „Ich kann nicht genug von dir bekommen; egal wie oft ich dich küsse oder dich halte, es wird nie genug sein." Er lehnte sich zurück, sodass er ihr in die Augen sehen konnte. „Wenn du nicht das Gleiche wie ich empfindest, Merrigan, dann musst du mir das jetzt sagen, denn bei dir bin ich mit ganzem Einsatz dabei. Verstehst du?"

Sie atmete tief durch und nickte. „Ich könnte das Gleiche bei dir sagen."

„Gott sei Dank", sagte er und führte sie zur Weinkellerei.

Sie fragte nicht, wo er sie hinbrachte, folgte ihm nur, ihre Hand in seiner.

Sie stiegen die Treppe zu seinem Apartment hinauf und er trat die Tür mit der Stiefelspitze auf. Sobald sie drinnen waren, schloss er die Tür hinter ihr und hob sie dann mit einem Schwung auf seine Arme.

Kade trug sie in sein Schlafzimmer, blieb neben dem Bett stehen und wollte sie nicht freigeben. „Ich will dich bei mir spüren, nicht nur jetzt, sondern immer."

„Kade ..."

„Bitte sag mir, dass du das Gleiche willst."

„Das will ich, nur mit weniger Kleidung."

Er stellte sie auf ihre Füße ab, zog ihren dunkelamethystfarbenen Pulli über ihren Kopf und warf ihn auf den nächsten Stuhl. Ehe ihre Finger den Knopf ihrer Jeans öffnen konnten, schob er ihre Hände weg. „Lass mich", flüsterte er und öffnete langsam den Reißverschluss. Dann ließ er seine Hände hineingleiten und schob ihre Hose samt Slip zum Boden hinunter.

Kade kniete sich vor sie und verteilte Küsse über ihren Körper, gerade oberhalb der feuerroten Löckchen ihres Geschlechts. Er atmete ihren Duft ein und stöhnte vor Begehren.

Merrigans Hände legten sich auf seine Schultern und sie bog ihren Rücken durch. Als er sich vorbeugte und mehr Küsse verteilte, entwich ihr ein Stöhnen.

„Lass uns die loswerden, Baby", sagte er zu ihr und hielt sie fest, als sie aus ihrer Jeans stieg, die sich an ihren Knöcheln zusammengeschoben hatte. „Öffne dich für mich", forderte er sie auf und legte seine Hände auf die Innenseiten ihrer Schenkel, bis sie ihre Beine weit genug spreizte, damit er sehen und schmecken konnte, wie sehr sie ihn begehrte.

16

MERRIGAN

Wie oft hatte sie davon geträumt, dass Kade mit ihr schlief? Was er jetzt mit ihr anstellte, fühlte sich besser an als jede Fantasie, die sie gehabt hatte, wach oder im Schlaf. Ihre Fingernägel gruben sich in die Haut seiner Schultern, als sie darum rang, stehen zu bleiben.

„Steh still für mich", sagte er, packte mit beiden Händen ihren Po und hielt sie, wo er sie haben wollte.

„Kade, ich ..., Gott ..." Sein Mund brachte sie zu einem Orgasmus, wie sie ihn noch nicht gehabt hatte, außer mit ihm. Nur Kade konnte ihr solche Ekstase entlocken.

Er stand auf, hob sie mit sich hoch und legte sie mit einem Schwung auf das Bett, wo er den Blick über ihren Körper hinunterwandern ließ. Nachdem er seine eigene Kleidung abgestreift hatte, öffnete Kade die Schublade seines Nachttischs und zog ein Folienpäckchen heraus. „Ich wünschte, wir müssten nichts zwischen uns haben, Merrigan."

Sie nahm ihm das Päckchen aus der Hand und warf es auf den Boden. „Müssen wir nicht."

„Bist du sicher?"

„Ja. Ich verhüte seit Jahren und ich war mit niemandem zusammen ..."

„Ich auch nicht."

„Du hast nicht ..."

Er hielt sich über ihr. „Sprich zu Ende, was du sagen wolltest."

„Nein."

„Ich werde keinen Teil deines Körpers mit meinem berühren, bis du es sagst."

Sie sah weg, aber er wartete.

„Sag es, verdammt."

„Warst du mit ihr zusammen?", flüsterte sie und hasste die Eifersucht und den Zweifel in ihrer Stimme.

„Sieh mich an."

Sie drehte den Kopf und sah ihm in die Augen.

„Nein. Ich war nicht mit Lena oder irgendeiner anderen zusammen. Und ich werde es nicht sein. Niemals wieder, wenn es nach mir geht."

Ihre Augen blieben auf seine fokussiert, während sie spürte, wie seine Härte in sie drang. Sein Mund senkte sich auf ihren und er glitt mit seiner Zunge zwischen ihre Lippen. Kade küsste sie, zuerst sanft und dann härter, während der Rausch ihrer Lust wuchs.

„Ich liebe es, wie du dich anfühlst; um mich geschlungen", hauchte er und stieß immer härter zu, bis sie sich nicht länger zurückhalten konnte.

Als sich der Genuss, zu dem er ihren Körper trieb, zu einem Höhepunkt aufbaute, hatte Merrigan das Gefühl, als würde sie in die Höhe schnellen. „Komm mit mir", stöhnte sie, weil sie wollte, dass er so hoch flog, wie sie es tat.

MERRIGAN LEGTE DEN KOPF AUF KADES BRUST UND HÖRTE AUF sein Herz, das im gleichen Takt wie ihres schlug.

„Hast du eigentlich eine Ahnung, wie wichtig du mir bist?", fragte er.

„So allmählich bekomme ich die."

„Es gibt etwas, worüber wir reden müssen."

„Okay."

„Die Animus-Information."

„Richtig." Sie hatte vorgehabt, die bei ihm anzusprechen, aber nicht, während sie nackt in den Armen des anderen lagen.

„Wir müssen zu einer Übereinkunft kommen, denn das hier" – er drückte sie – „ist das, was mir am allerwichtigsten ist."

„Das steht über deiner Verpflichtung deinem Land gegenüber?"

Kade schwieg eine Weile lang. Merrigan hätte gleichermaßen Schwierigkeiten, solch eine Frage zu beantworten. Egal wie stark ihre beider Gefühle zu sein schienen, war diese Sache zwischen ihnen so neu.

„Ich möchte, dass wir zu einer Übereinkunft kommen, die es uns erlauben wird, unserer Verpflichtung unserer jeweiligen Geheimdienste gegenüber nachzukommen, die aber auch unserer Beziehung gerecht wird."

„Was, wenn diese Geheimdienste nicht bereit sind, unsere persönliche Übereinkunft abzusegnen?"

„Wir machen es trotzdem."

Hier lag der Hase im Pfeffer. Wie könnte sie zustimmen, der einen Verpflichtung nachzukommen, der anderen aber nicht? Für Kade war es leichter; er war ein unabhängiger Vertragsnehmer. Auch wenn er hinnehmen musste, was immer in seinem Vertrag stand, war es nicht dasselbe, als würde sie sich weigern, einen Auftrag auszuführen. Einem Nebenabkommen zuzustimmen, kam im Kern einem Verrat gleich.

„Ich kann mit Rivet sprechen, wenn du möchtest."

Hatte er wirklich gerade vorgeschlagen, er würde in ihrem Namen mit ihrem Chef sprechen? In Merrigan sträubte sich alles.

„Lass mich ausreden."

Sie setzte sich auf und drehte sich so, dass sie ihn ansah.

„Ich würde einen Deal zwischen der CIA und dem MI6 vorschlagen. Falls wir zuerst finden, was Calder gegen das Einige Russland in der Hand hatte, erklären wir uns einverstanden, es mit dem MI6 zu teilen. Und umgekehrt."

„Diese Entscheidung kannst du nicht treffen."

„Nein, aber ich kann die Empfehlung geben."

„Und wenn sich die CIA weigert zuzustimmen?"

„Dann versuche ich eine andere Verhandlungstaktik."

„Und wenn ich es vor euch finde?"

„Mein Vorschlag lautet, dass du und ich uns einigen, weiterhin zusammenzuarbeiten."

„Dass wir die *Erlaubnis* bekommen, zusammen weiterzuarbeiten."

„Reine Formulierungssache, Süße."

Es wäre eine Möglichkeit. Bei ihrer Undercover-Operation war es darum gegangen, die Maskhadovs zu unterwandern. Die Tatsache, dass sie zwei Amerikaner gefangen hielten, wurde Teil einer Verhandlung zwischen dem MI6 und der CIA. Sie zu retten, war nicht ihre ursprüngliche Absicht gewesen. Konnte dies als eine Fortsetzung jenes Auftrags betrachtet werden?

„Ich muss selbst mit Rivet reden."

„Okay." Kade zog sie neben sich herunter. „Ich will nicht, dass irgendetwas zwischen uns kommt, Merrigan. Darum geht es mir."

„Was ist mit zukünftigen Aufträgen? Auch wenn der MI6 und die CIA bei bestimmten Dingen in der Vergangenheit zusammengearbeitet haben, sind wir auch bei mehr als einer Gelegenheit getrennte Wege gegangen."

„Für mich wird es keine zukünftigen Aufträge geben."

„Warum nicht?", fragte sie.

„Sobald ich dies hier zu Ende gebracht habe, ziehe ich mich zurück."

„Und machst was?"

„Darüber bin ich mir noch nicht klar geworden."

„Ich verstehe."

„Ich werde für ein paar Tage weggehen, um darüber nachzudenken. Vielleicht länger", sagte er und zog sie näher an sich. „Ich hätte gern, dass du mit mir kommst."

„Kade, ich ..."

„Denk darüber nach. Wo ich hingehe, ist nicht so weit weg. Es liegt etwas über zwei Stunden von hier entfernt."

„Was ist mit Animus?"

„Paps und Razor werden weiter an der Spur arbeiten. Mercer vielleicht auch, aber ich habe vor, Quinn und ihn zu fragen, ob sie mir Gesellschaft leisten."

Kade erzählte ihr von dem Haus in Montecito. Ursprünglich hatte er es wegen der Privatsphäre und der Leichtigkeit, die Immobilie zu sichern, gekauft.

„Ich liebe seine Nähe zum Ozean ebenso wie das Gefühl, in einer kleinen Gemeinde zu wohnen, das man in dieser Stadt hat. Ganz zu schweigen davon, dass das Haus und das Grundstück atemberaubend sind. Das Haus, die Casa Carrizo, ist so nach dem Schilf benannt, das am Bach wächst, der über das Grundstück fließt."

Kade hatte es nicht ausdrücklich gesagt, aber sie nahm an, er hatte das Haus gekauft, damit Lena, Quinn und er darin wohnen sollten. „Dann ist es dein Haus?"

„Ja. Allein meins." Er räusperte sich. „Warum hast du Deutschland verlassen?", fragte er.

Merrigans Körper spannte sich an. „Da gab es einige Gründe."

„Was für welche waren es?"

„Ich muss einen Auftrag zu Ende ausführen, Kade, und manipuliert zu werden, um Leech an seinem Krankenbett zu besuchen, hat mich aus der Bahn geworfen. Er hatte mich ohnehin nicht mit eingeplant, als er euch dort hinzitierte. Er wollte dich, seine Tochter und seine Enkelin dort haben. Als ich als Erste aufgekreuzt bin, war er überrumpelt."

„Wir beide haben miteinander gesprochen, nachdem du ihn besucht hast. Du hast seine List erkannt, aber nichts davon gesagt, dass du mit dem nächsten Flugzeug zurück in die Staaten fliegen würdest."

„Ich habe meine Meinung geändert."

„Warum?"

„Ich sehe nicht, dass dich das etwas angehen würde. Ich habe die Entscheidung getroffen zurückzukehren, und das habe ich getan."

Kade drehte sich auf die Seite, sodass sie sich ansahen. „Hör auf, mich anzulügen, und sag mir, warum du abgereist bist."

Als sie versuchte aufzustehen, hielt er sie zurück.

„Erzähl mir, was passiert ist, Merrigan."

„Ich habe euch gesehen."

„Wo?"

„Bei Emma. Erinnerst du dich an das Familienabendessen, das du mir so edel erspart hast? Ich habe eure familiäre Wiedervereinigung gesehen und mir wurde klar, dass ich vielleicht beiseitetreten sollte, um nicht den Abend mit deiner Frau und deiner Tochter zu ruinieren."

„Ex-Frau."

„Wie auch immer."

„Nein, nicht wie auch immer. Lena war einmal meine Frau. Wir haben uns scheiden lassen. Sie und ich werden auf keinen Fall mehr zusammenkommen."

„Das ist das, was du sagst, aber was ich gesehen habe, ließ auf etwas anderes schließen."

„Was du gesehen hast, waren drei Menschen, die sehr vorsichtig herantastend versucht haben, Familienzeit miteinander zu verbringen. Die Erinnerungen, die wir geteilt haben, sollten Quinn helfen."

Als Merrigan diesmal versuchte wegzurücken, ließ er sie und sie drehte ihm den Rücken zu.

„Mein Leben ist nicht für Beziehungen geschaffen. Irgendeiner Art, meine Familie eingeschlossen. Gerade du solltest das verstehen", sagte sie.

„Sieh mich an."

Als sie sich weigerte und er seine Aufforderung nicht wiederholte, wusste Merrigan, dass er nicht die Absicht hatte, das Thema fallenzulassen. Stattdessen würde er abwarten. Wenn nötig, die ganze Nacht lang.

„Das war harsch. Es tut mir leid", murmelte sie und drehte das Gesicht zu ihm hin.

„Mit einer Sache hattest du absolut recht. Ich verstehe es wirklich und bevor ich dir begegnet bin, hätte ich dieselbe Rede gehalten. Jetzt sehe ich es anders und ich habe nicht die Absicht, dir einen Ausweg zu lassen. Ich werde dir nicht sagen, du sollst gehen, wenn du nicht so fühlst wie ich. Stattdessen bitte ich dich, uns eine Chance zu geben. Verbring Zeit mit mir abseits unserer Arbeit."

„Kade, ich –"

„Bitte, Merrigan. Ich *weiß*, dass du das Gleiche fühlst wie ich. Egal wie tief du versuchst, diese Gefühle zu vergraben. Jetzt komm endlich zurück ins Bett, Weib." Als er lächelte und die Hand ausstreckte, lächelte sie auch.

AUCH WENN MERRIGAN SICH EINVERSTANDEN ERKLÄRT HATTE, sich mit Kade in Montecito zu treffen, hatte sie nicht gesagt, wann genau. Sie wartete auf Informationen von ihrem Team, die sie vielleicht auf die Spur führen würden, die Identität von Animus aufzudecken. Wenn sie hereinkommen würden, wollte sie sie allein auswerten.

Sie hatte sich noch nicht entschlossen, ob sie Kades Vorschlag mit Rivet besprechen wollte, da sie seine Reaktion nicht vorhersagen konnte. Wenn K19 Calders Dokumente zuerst finden würde, wäre Rivet mit Sicherheit ganz dafür, sie zu teilen. Sie bezweifelte jedoch, dass er oder die höheren Tiere so freigiebig wären, wenn sie sie zuerst finden würde. War das heuchlerisch? Absolut.

Was den Unterschied zwischen Kades Angebot und der Entscheidung ausmachte, zu der Rivet kommen würde, war, dass Kade ein unabhängiger Vertragsnehmer war. Er konnte leicht ebenso für den MI6 wie für die CIA arbeiten.

„Hallo, Striker", meldete sie sich, als sie den Namen des anderen Agenten auf ihrem Handy aufploppen sah.

„Wie geht es dir, Fatale?", erkundigte sich der Mann am anderen Ende, Griffin Ellis, Deckname Striker.

Merrigan lächelte. Vor Jahren, kurz bevor sie zum MI6 ging, hatten der CIA-Agent und sie eine glühende Affäre von kurzer Dauer. Zwei Dinge hatten sich daraus ergeben. Erstens hatte ihr die den Decknamen Fatale eingebracht und zweitens hatte sie den Freund gewonnen, der ihr in ihrem Leben am nächsten stand.

„Ich bin frustriert."

„Ah, ich verstehe", sagte er. „Allerdings nicht wegen des Auftrags."

„Doc will einen Deal aushandeln", erzählte sie ihm und fragte sich, ob es klug war, das Thema bei dem Mann anzusprechen, der im Grunde Kades Chef war – zumindest für diese Operation.

„Sprich weiter."

„Dass wir übereinkommen, alles miteinander zu teilen, was wir finden."

„Nicht ungewöhnlich", murmelte Striker.

„Richtig, aber etwas sagt mir, dass dieser Auftrag anders ist."

„Nicht so anders, Süße."

„Was hast du entdeckt, von dem du bereit bist, es mit mir zu teilen?", fragte sie ungeduldig.

„Wir haben niemanden mit dem Decknamen Animus gefunden."

Merrigan murmelte, dass der MI6 auch noch niemanden gefunden hatte. Sie erzählte ihm, dass sie diejenigen unter die Lupe genommen hatte, die Leech Hess, Rory Calder, sogar Kade am nächsten standen, aber bisher hatte sie keine Anhaltspunkte entdeckt.

„Es gibt etwas, das wir alle übersehen haben, glaube ich, sogar der Mann selbst."

„Welcher Mann?", fragte Merrigan.

„Doc Butler."

„Wie meinst du das?"

„Die Dokumente, die seine Tochter im Fußboden der Hütte gefunden hat", sagte Striker.

„Was ist damit?"

„Finde heraus, ob er weiß, wer sie dort versteckt hat."

❧ 17 ❧

KADE

Kade fuhr in die kreisrunde Auffahrt des Hauses, von dem er immer gehofft hatte, es würde sein dauerhafter Wohnsitz werden. An jedem Tag in Gefangenschaft hatte er davon geträumt, hierher zurückzukommen. Manchmal hatte er geträumt, Quinn hätte die Freiheit, in dem Haus zu kommen und zu gehen, in dem sie zuerst gelebt hatte.

Er hatte sich in das Haus im Stil der spanischen Revival-Kolonialzeit verliebt, als er es zum ersten Mal gesehen hatte. Außen bestand es aus weißem Stuck mit dunkelbraunen Klappläden und roten Dachziegeln. Gewaltige Palmen streckten sich hoch über der Dachlinie aus und eine rosa Bougainvillea wuchs an den Seitenwänden einer Garage hinauf, die groß genug für fünf Autos war.

Als er den Blick über den Zugangsweg schweifen ließ, war Kade froh, dass Mercer vorgeschlagen hatte, ein Team von einem Landschaftsgärtner zu engagieren, um die verwucherte Vegetation in Ordnung zu bringen und neue Pflanzen zu setzen, wo es nötig war. Sogar in den Pflanzgefäßen, die entlang der Zufahrt verteilt aufgestellt waren, wuchsen überbordende, rankende Pflanzen und Blumen.

Kade ging durch die Haustür hinein und atmete tief in dem Haus ein, das für ihn immer nach Holz gerochen hatte, vielleicht durch die massiven Douglasienbalken, die die gewölbte Zimmerdecke zierten. Er warf ein paar Scheite auf das Gitter des Kamins und zündete sie an. Bald würde Wärme die Kühle des unbewohnten Hauses verdrängen.

Er setzte sich auf eines der überdimensionalen Ledersofas, starrte in die Flammen und wünschte sich, Merrigan wäre mit ihm gekommen, statt zu sagen, sie würde ihn hier treffen. Dass sie nicht bereit gewesen war zu sagen, wann sie kommen würde, beunruhigte ihn.

Kade stand auf, als ihm die App auf seinem Handy meldete, dass jemand am Tor war, und vergaß für einen Moment, dass sie das Sicherheitssystem kontrollierte. Als er über das Display wischte, erschien ein Bild von Quinn.

„Hallo", sagte er, nachdem er den Stimmenaktivierungs-Button gedrückt hatte.

„Äh, hi. Können wir reinkommen?"

„Natürlich." Er drückte einen weiteren Button und das Tor öffnete sich. Schmunzelnd schüttelte er den Kopf. Er kannte sich mit Waffentechnologie aus, verstand sogar etwas von den neuesten Spionagegeräten, aber er lernte gerade erst, wie viel leichter es war, das Sicherheitssystem seines Hauses zu kontrollieren, als es vor zwei Jahren gewesen war.

Kade stieß einen Pfiff aus, als er nach draußen ging und sah, was sie fuhr. „Schönes Auto", zog er sie auf.

Quinn grinste. „Irgendwie habe ich es übernommen. Ich werde es jetzt aber zurückgeben."

„Du siehst viel besser am Steuer darin aus als ich." Die Wahrheit war, er hatte schon immer gewollt, dass Quinn den 1962er Porsche 356B T6 Twin Grille Roadster bekommen sollte.

„Ich habe ihr das Fahren beigebracht", sagte Mercer.

„Vergiss nicht, dass Razor mir beigebracht hat, wie man mit einem Auto mit Gangschaltung fährt", fügte sie hinzu und knuffte ihn leicht.

„Kommt herein", sagte Kade mit einer Handbewegung zur Haustür.

„Ich liebe dieses Haus", hörte er Quinn murmeln, als sie an ihm vorbeiging.

Kade lächelte. „Ich auch. Wie ich gehört habe, konntest du etwas Zeit hier verbringen."

Quinn drehte sich um und sah ihn an. „Ich hoffe, das ist okay."

„Jederzeit, Süße. Ich hätte gern, dass du dies als dein Zuhause ansiehst." Als sie lächelte, erinnerte ihn das wieder an ihre Mutter.

„Als wir hier waren, habe ich Quinn mit hinunter zum Strand genommen und ihr gezeigt, wo wir früher gesurft haben."

„Das ist schon viel zu lange her."

„Ich bin bereit, wenn du es bist."

„Im Januar ist es mächtig kalt in dem Wasser." Kade lachte. „Ich höre mich wie ein alter Mann an."

„Dafür machen sie die Vier-Dreier."

„Was ist ein Vier-Dreier?", erkundigte sich Quinn.

„Ein Neoprenanzug, den du tragen kannst, wenn das Wasser zu

kalt ist, als dass Menschen darin schwimmen können", antwortete Kade.

„Du hast recht", sagte Mercer. „Du hörst dich wirklich an wie ein alter Mann."

„Die besten Wellen gibt es früh am Morgen", forderte Kade ihn heraus.

„Also dann, null-fünfhundert", konterte Mercer.

„Mach null-siebenhundert draus und wir haben einen Deal."

„Das ist ein Scherz, ja?", fragte Quinn.

Mercer legte den Arm um sie. „Du kannst ausschlafen, Schatz."

Kade räusperte sich.

„Tut mir leid −", begann Quinn.

„Es muss dir nicht leidtun. Ich kann dir nicht sagen, wie glücklich es mich macht, dich so zu sehen."

Ihre Wangen wurden rosa. „Was ist ‚so'?"

„Verliebt."

„Was das angeht." Mercer räusperte sich. „Es gibt da etwas, was ich mit dir besprechen möchte."

„Etwas, das *wir* mit dir besprechen möchten", schaltete Quinn sich ein.

„Jetzt?"

„Äh, sicher." Mercer ging in Richtung Küche. „Hast du etwas dagegen?"

„Wogegen?"

„Ich habe etwas Wein hiergelassen, als wir das letzte Mal hier waren."

„Ich bitte darum. Lasst ihn uns öffnen."

Mercer kam mit einer Flasche Butler-Ranch-Cabernet-Sauvignon und drei Gläsern zurück.

„Ich würde gern einen Toast ausbringen", sagte er, nachdem er sie geöffnet und eingeschenkt hatte.

„Bitte", forderte Kade ihn auf.

„Auf die Familie und auf Freunde, die zu Familie werden."

„Was willst du damit sagen?", fragte Kade und blinzelte Quinn zu, die ihnen daraufhin den Rücken zudrehte und etwas aus ihrer Hosentasche zog.

Sie drehte sich um und streckte Kade ihre Hand entgegen, damit er es sehen konnte. „Mercer hat mir einen Heiratsantrag gemacht und ich habe Ja gesagt."

„*Wow!* Das ist ja mal ein Ring."

„Er hat meiner Mutter gehört", sagte Mercer stolz.

„Der ist wunderschön", sagte er und sah sich den Diamanten genauer an, der mindestens drei Karat haben musste. „So wunderschön, wie du bist, Quinn."

„Danke." Sie errötete und sah zwischen ihm und Mercer hin und her.

„Falls ihr auf meine Zustimmung wartet, die habt ihr in höchstem Maße."

„Woher hast du gewusst, dass Mercer und ich ..., dass wir ...?"

„Dass ich Mercer dein Leben anvertrauen könnte?"

Sie lächelte und nickte.

„Ich kann es nicht beantworten, aber ich wusste es. Ich habe keinen Moment lang bezweifelt, dass er für deine Sicherheit sorgen würde. Ich schätze, tief in meinem Unterbewusstsein habe ich auch geglaubt, dass er dich lieben würde."

Kades Handy summte und signalisierte, dass noch jemand am Tor war. Er hatte nicht erwartet, dass Merrigan so bald auftauchen würde, aber er würde sich mit Sicherheit nicht beklagen, dass dem so war. Er wischte über das Display und sah stattdessen Lenas Bild.

„Wusstest du, dass sie kommen würde?", fragte er, ehe er die Stimmenfunktion aktivierte.

„Wer?"

„Deine Mutter."

„Definitiv nicht."

„Ich verstehe." Kade drückte den Mikro-Button. „Hallo, Lena. Das ist aber eine Überraschung."

„Wirst du mich reinlassen?"

„Sicherlich." Kade drückte einen weiteren Button, der das Tor öffnete, dann schloss er die App.

„Soll ich mit ihr reden?", fragte Quinn.

Kade schüttelte den Kopf und zwinkerte ihr wieder zu. „Lasst uns weiterfeiern und später werden wir *Grenzen* ansprechen."

KADE KANNTE LENA LANGE GENUG, UM IHR UNBEHAGEN ZU lesen. Lag es daran, dass sie uneingeladen hier war oder ging da noch etwas anderes vor sich? Er hatte vollkommen klargemacht, dass er hier keine Zeit mit ihr verbringen wollte, und doch war sie jetzt da, und das seit zwei Stunden. Sie würde allerdings nicht viel länger bleiben.

„Mist", murmelte er, als die App auf seinem Handy ihn informierte, dass noch jemand am Tor war.

„Wer ist das jetzt?", grummelte er, während er mit dem Finger über das Display wischte.

„Merrigan?", sagte er, als er ihr schönes Gesicht sah, das ihn anlächelte.

„Überraschung! Ich bin hier."

Kade dachte daran, den Button zu drücken, um das Tor zu öffnen, ehe sie fragte. „Komm herein", sagte er und wünschte sich, die Freude, die er empfand, würde nicht durch Lenas Anwesenheit getrübt sein. Verdammt – warum hatte er sie nicht vor fünfzehn Minuten gebeten zu gehen?

„Wer ist es?", erkundigte sich Quinn.

„Merrigan ist hier", antwortete er und bekam aus den Augenwinkeln Lenas süffisantes Grinsen mit, ehe er hinausging und die Haustür hinter sich zuwarf.

„Hi", sagte sie, als sie aus dem Auto stieg und in seine Arme kam.

„Ich bin so froh, dass du hier bist." Er schlang die Arme um sie und zog sie dicht an sich.

„Wer ist hier?", fragte sie, als sie die anderen beiden Autos bemerkte, die in der kreisrunden Auffahrt geparkt waren.

„Mercer und Quinn sind heute Morgen angekommen. Und Lena kam vor ein paar Stunden uneingeladen an."

„Ich verstehe."

„Sie wollte gerade gehen."

„Das ist nicht nötig. Ich kann –"

Ehe sie noch ein weiteres Wort sagen konnte, küsste Kade sie. Als sich ihre Lippen öffneten, glitt seine Zunge hinein. Es war ihm egal, wer sie sehen konnte, als er sie gegen das Auto drückte und seinen Körper an ihrem rieb. Dass sie heute aufgetaucht war, machte ihn so verdammt glücklich, dass sogar Lenas Anwesenheit das nicht verderben konnte.

Er löste sich von ihr und sah ihr in die Augen. „Wie gesagt, sie wollte gerade gehen, und nicht du."

„Ich will nicht stören, Kade. Ich bin unangekündigt aufgetaucht. Ich weiß, dass du mich heute nicht erwartet hast."

„Du hast recht, aber das hat mich nicht davon abgehalten, mir in jeder Minute, seit ich angekommen bin, zu wünschen, du wärst hier."

„Wirklich?"

„Wortwörtlich."

Als Merrigan lächelte, spürte er, wie ihn ihre Wärme einhüllte. Alles fühlte sich richtig an, solang sie bei ihm war. Er wünschte, er hätte die Worte, um ihr das zu sagen. Es gab nur drei, die ihm einfielen, aber jetzt war nicht die richtige Zeit, um sie auszusprechen. Später, wenn sie allein wäre, würde er ihr genau sagen, was er fühlte.

Er nahm ihre Hand in seine. „Komm hinein."

„Ich, äh, habe eine Tasche mitgebracht."

„Oh, Liebling", sagte er, hob sie hoch und drehte sich mit ihr in den Armen wieder und wieder im Kreis. „Ich kann dir gar nicht sagen, wie glücklich mich das macht."

Sie wand sich an seinem Körper. „Ich glaube, ich habe da eine ungefähre Vorstellung."

„Gott, ich will allein mit dir sein", flüsterte er. „Bald. Sehr, sehr bald werde ich es sein."

„Was ist mit –"

„Sie geht."

Merrigan kicherte. „Ich wollte sagen, was ist mit Quinn und Mercer?"

Er grinste. „Sie haben ihr eigenes Schlafzimmer."

Kade entging nicht, wie Lena Merrigan mit Blicken erdolchte. Sie hätten nicht vernichtender sein können, wenn sie echte Dolche auf sie abgeworfen hätte.

„Wir haben dich gar nicht erwartet", sagte sie, als sie auf Merrigan zukam, die neben ihm stand.

Als er aufstöhnte, drückte sie seine Hand.

„Mom", warnte Quinn.

„Wie ich schon sagte, du gehst gerade." Kade sah sie mit festem Blick an, als wollte er sie herausfordern, ihm zu widersprechen.

„Eigentlich tue ich das nicht. Ich dachte, wir hätten eine Verlobungsfeier geplant."

„Wir werden ein anderes Mal feiern", sagte Mercer. „Ich werde dich hinausbegleiten." Er ging auf sie zu, während er das sagte, und stand nun direkt vor ihr.

Quinn tat das Gleiche und stand an Mercers Seite. „Komm, Mom.

Ich werde dich hinausbringen, dann können wir absprechen, wann wir im Laufe der Woche zusammenkommen."

Kade erkannte den niedergeschlagenen Gesichtsausdruck wieder, aber er hatte vor langer Zeit gelernt, dem nicht zum Opfer zu fallen.

„Tut mir leid, wie das gerade gelaufen ist", murmelte Kade, als Quinn und ihre Mutter zur Haustür hinausgingen und sie hinter sich schlossen.

„Nicht nötig. Solch eine Situation führt leicht zu Unbehagen."

Kade betrachtete sie forschend. Sie schien nicht verärgert zu sein, und nach seiner Erfahrung war sie niemand, die ihre Gefühle verbarg, beabsichtigt oder nicht.

„Verlobungsfeier?", fragte sie.

„Ja", sagte Kade, froh, dass sie die Unterhaltung von seiner Ex-Frau wegführte. „Sieht so aus, als würdest du bald mein Schwiegersohn werden", sagte er und schlug Mercer auf den Rücken.

„Ich hoffe wirklich, ich störe nicht", sagte sie noch einmal.

„Niemals." Er schlang den Arm um ihre Taille und holte sie nah an sich heran. „Wie wäre es mit einem Rundgang?"

„Gern, aber gibt es einen anderen Weg nach draußen?"

Kade lachte. „Ich werde dir das Haus zuerst von innen zeigen."

Obwohl Kades Blut kochte wegen Lenas Scheiß, gab er sein Bestes, das zu unterdrücken, und aalte sich in der Wärme von Merrigans ätherischer Aura. Es war, als könnte er jedes Mal, wenn er mit ihr zusammen war, Hoffnung für seine Zukunft körperlich auf eine Weise spüren, wie er es nie für möglich gehalten hätte.

„Woran denkst du?", fragte sie lächelnd.

„An dich. Immer an dich."

Ihre Wangen wurden rosa. „Du schmeichelst mir."

„Es ist die Wahrheit."

Kade blieb mitten in der Gourmetküche des Hauses stehen und zog sie ganz dicht an sich. Er küsste sie auf eine Weise, von der er hoffte, sie würde die Tiefe seiner Gefühle vermitteln.

„Ich würde dich ja mit nach oben nehmen, um dir dort alles zu zeigen, aber ich würde nicht wieder nach unten zurückkommen wollen."

„Ich auch nicht."

Kade umarmte sie fester. „Ich wünschte, du hättest das nicht gesagt."

„Komm", sagte Merrigan und nahm seine Hand. „Zeig mir den Rest *hier unten*."

MERCER HATTE IM STONEHOUSE AUF DER SAN YSIDRO RANCH früh einen Tisch für das Abendessen reserviert. „Die Außenanlagen sind so schön", erklärte er seinen Grund für die frühe Uhrzeit.

Sobald sie dort waren, wurde Kade klar, dass er einen bestimmten Grund hatte, warum Quinn sie sehen sollte.

„Wir gehen schon einmal hinein und genießen ein Glas Wein", sagte Kade und ließ Mercer und Quinn ohne Eile in den Gärten zurückbleiben.

„Das wäre ein wunderschöner Ort für eine Hochzeit", bemerkte Merrigan.

„Ich habe gerade dasselbe gedacht." Nicht nur für Quinn und Mercer, sondern vielleicht eines Tages für Merrigan und ihn. Der Gedanke brachte ihn zum Lächeln.

„Hungrig?", fragte er in dem Versuch, das Thema zu wechseln.

„Ja und nein." Sie zwinkerte ihm zu.

„Ich weiß, was du meinst."

Auch wenn er es hasste, die Unterhaltung auf die Arbeit zu lenken, sollte sie wissen, was sich ereignet hatte, seit sie darüber gesprochen hatten, Informationen miteinander zu teilen. „Ich habe etwas, das ich kurz mit dir durchsprechen möchte", begann er.

Sie stellte ihr Glas auf der Theke ab und wandte sich zu ihm um. „Sprich weiter."

„Quinn ist über einige Dokumente gestolpert, die unter den Bodenbrettern einer alten Hütte auf Leechs Grundstück versteckt waren. Das meiste, was sie gefunden hat, gehörte mir; auch wenn ich nicht derjenige war, der es dort versteckt hat."

„Witzig, dass du das ansprichst."

„Wie das?"

„Ich habe vorhin mit Striker gesprochen und er hat angeregt, dass ich frage, ob du wüsstest, wer sie dort versteckt hat."

„Striker? Wie geht's dem alten Mistkerl?"

„Erstens geht es ihm gut, wie du sehr wohl weißt, und zweitens ist er wohl kaum alt. Wenn ich mich recht erinnere, ist er in deinem Alter."

„Und wenn ich mich recht erinnere, hattet ihr beiden mal etwas miteinander. Sollte ich mir Sorgen machen?"

„Nicht mehr als ich in Bezug auf deine Ex-Frau."

„Touché." Kade lächelte. „Dann gibt es nichts, worüber ich mir Sorgen machen müsste. Obwohl ich neugierig bin, warum ihr beide den Fall besprochen habt."

„Vielleicht solltest du ihn das fragen."

„Das werde ich ganz sicher tun." Er lächelte. Sie wussten beide sehr gut, dass Striker Kades Hauptkontakt bei der CIA war. „Habt ihr noch über etwas anderes gesprochen, von dem ich wissen sollte?"

„Hauptsächlich, dass niemand in der Lage war, Animus zu identifizieren."

„Interessant."

Merrigan schüttelte den Kopf und lachte. „Was heißt das jetzt?"

„Ich habe da womöglich eine Theorie."

„Hast du vor, sie mir zu erzählen?"

„Zuerst muss ich dir eine Frage stellen."

Merrigan sah ihn verärgert an. „Ja?"

„Hast du meinen Vorschlag mit Rivet besprochen?"

„Du bist ein verdammter Mistkerl", antwortete sie. „Die Voraussetzung ist also, dass wir zustimmen, mitzuteilen, was immer wir finden, damit du mir sagst, wen du für Animus hältst?"

„Ganz richtig."

„Solltest du das nicht erst mit Striker absprechen?"

Kade schüttelte den Kopf. „Ich bin ein einsamer Wolf, Liebling."

Merrigan schmunzelte. „Ach, wirklich? Und was würden deine Partner davon halten, wenn sie hören, dass du dich so nennst?"

„Wie war das?", fragte Mercer, der mit Quinn an seinem Arm dazukam.

„Ich habe Merrigan gerade gesagt, dass ich ein einsamer Wolf bin."

Er zuckte mit den Schultern. „Das sind wir alle."

❧ 18 ❧

MERRIGAN

Konnte es wirklich fast acht Uhr sein? Merrigan konnte nicht glauben, dass sie seit fast drei Stunden im Speiseraum des Stonehouse saßen und plauderten. Sie sah sich in dem Raum um, dankbar, dass mehrere andere Gruppen auch noch aßen.

Sie hatte etwas über Kades Vorschlag nachgedacht und darüber, dass Striker gesagt hatte, es wäre nicht ungewöhnlich, wenn zwei Geheimdienste miteinander kooperierten.

Vielleicht dachte sie zu viel darüber nach. War ihr Zögern, sich mit Rivet in Verbindung zu setzen, von ihrer Zerknirschung gesteuert, eine Affäre mit Kade zu haben?

Affäre? Das Wort schien nicht passend zu sein, so wie sie für ihn fühlte oder wie sie die Richtung sah, die ihre Beziehung nahm. Dies hier hatte nichts von ihren anderen Techtelmechteln. Vielleicht steckte das hinter ihren Schuldgefühlen, aber was sie hatten, war wohl kaum *illegal*.

„Wir wollen uns hier unser Zuhause schaffen", hörte sie Quinn zu

Kade sagen, und es wurde ihr bewusst, dass sie ihrer Unterhaltung nicht mehr zugehört hatte.

„Das ist eine großartige Idee. Was genau meinst du mit ‚hier‘? Die Zentralküste? Montecito?", fragte Kade.

Mercer meldete sich zu Wort. „Es gibt da noch ein anderes Angebot."

„Und das ist?"

Merrigan grinste innerlich über Kades Ungeduld. Konnte der Mann nicht einmal ruhig durchatmen, bevor er jemanden drängte, ihm den Rest der Information zu erzählen? Nicht dass es sie wirklich störte, es war einfach Teil dessen, wer er war.

Auch wenn sie die Erste war, die zustimmte, dass eine Beziehung unter Agenten tabu sein sollte, fragte Merrigan sich, wie sie mit jemand anderem zusammen sein könnte. So wie die Dinge lagen, schüchterten ihre starke Persönlichkeit zusammen mit ihrer MI6-Stellung sogar erfahrene Profis ein.

Bei Kade würde das jedoch nie der Fall sein. Der Mann verströmte sein *knallhartes* Naturell ebenso wie seine Überlegenheit. Ihr war noch niemand begegnet, ganz zu schweigen von einem Mann, der sie dazu gebracht hätte, in Betracht zu ziehen, etwas von der Kontrolle abzugeben, an der sie so sehr festhielt.

„Mein Großvater hat uns den Rest des Anwesens angeboten", hörte Merrigan Quinn sagen.

„Wir würden uns da etwas bauen", fügte Mercer hinzu.

Kade antwortete nicht sofort, aber er war geschickt darin, seine Gedanken zu verbergen. Merrigan fragte sich, ob seine ausbleibende Antwort etwas mit der weitergehenden Suche nach

Calders Dateien zu tun hatte, auch wenn sie davon ausging, dass Mercer die gleichen Bedenken haben würde.

„Ich habe meinem Großvater erzählt, dass sich das Anwesen, auch wenn ich nicht viel Zeit dort verbracht habe, als ich heranwuchs, immer wie zu Hause für mich angefühlt hat. Da hat er dann gesagt, das Land wäre unseres, wenn wir es haben wollten."

Um sich nicht weiter wie ein Eindringling zu fühlen, entschuldigte sich Merrigan und hoffte, die Unterhaltung wäre zu einem anderen Thema übergegangen, bis sie von den Damentoiletten zurückkam. Sie konnte allerdings nicht anders, als sich zu fragen, was Quinns Mutter wohl von Leechs Vermächtnis halten würde.

Als sie zum Tisch zurückkam, stand Kade auf, zog den Stuhl für sie heraus und beugte sich zu ihr, als sie sich gesetzt hatte. „Bist du so weit, hier zu verschwinden?"

„Ja", murmelte sie und spürte die Hitze, die von seinem Körper zu ihrem ausstrahlte.

Da ihr Jaguar und der Porsche im Prinzip Zweisitzer waren, waren sie getrennt hergefahren. Sich zu entschuldigen und Mercer und Quinn Zeit für sich allein zu geben, war also nicht allzu peinlich.

„Wir sehen uns dann morgen früh?", hörte sie Kade fragen, als sie einander Gute Nacht sagten.

„Ist es in Ordnung, wenn wir im Haus wohnen?", fragte Quinn.

„Wenn ich mich recht erinnere, haben Eighty-eight und ich um null-siebenhundert eine Verabredung mit dem Pazifik." Kade fing Merrigans Blick auf. „Du und Quinn könnt allerdings so lange ausschlafen, wie ihr wollt."

. . .

Als der Mitarbeiter vom Parkservice das Auto nach vorn brachte, ging Merrigan direkt zur Beifahrertür und hoffte, es würde Kade nichts ausmachen.

„Ich wollte gerade fragen, ob ich es fahren darf", sagte er mit einem Zwinkern.

Sie lehnte den Kopf an den Sitz und ließ noch einmal die Scherze des Abends Revue passieren. Es war lange her, dass sie an einem Esstisch gesessen und sich so lange unterhalten hatte wie heute Abend, und sogar noch länger, dass sie überhaupt Zeit mit denen verbracht hatte, die von ihrer Familie noch übrig geblieben waren.

Ihre Eltern waren vor zehn Jahren gestorben, nacheinander innerhalb von zwei Monaten. Ihr einziger direkter Verwandter war ihr älterer Bruder, mit dem sie sich nicht nahestand. Das war wohl ein Grund, warum es sie nie störte, wenn ein Einsatz lange dauerte. Was hätte sie sonst mit ihrer Zeit anstellen sollen, wenn sie nicht arbeitete? Sie würde sie sicherlich nicht mit ihrem Bruder, seiner Frau und ihren Kindern verbringen, da sie sie nie dazu einluden.

Zugegebenermaßen hatte es ihr Spaß gemacht, mit Quinn über ihre Hochzeitspläne zu sprechen, auch wenn sie nichts aus ihrer eigenen Erfahrung beizutragen hatte. Das Einzige, was sie beigesteuert hatte, was Quinn vielleicht nützlich gefunden hatte, war, dass ihrer beider Wünsche für ihre Hochzeitsfeier alles sein sollte, was zählte.

Vor Jahren war sie Brautjungfer gewesen und hatte mit angesehen, wie dieser Tag einer ihrer liebsten Freundinnen beinahe von den Einmischungen der eigenen Mutter und der des Bräutigams ruiniert worden wäre. Sie hatte sich geschworen, wenn sie je heiraten würde – so unwahrscheinlich das auch war –, sollten nur ihr zukünftiger Ehemann, sie und wer immer die Trauung vornehmen würde, anwesend sein.

Sie sah zu Kade, der sie beobachtete, während er wartete, dass die Ampel von Rot auf Grün umsprang.

„Ich wünschte, ich könnte deine Gedanken lesen", murmelte er und strich mit einem Finger über ihre Wange hinunter.

„Ich erzähle es dir gern. Ich dachte gerade darüber nach, wie schön der Abend heute war, und dass ich mich nicht an einen ähnlichen erinnere."

„Ich auch nicht. Quinn ist ..."

Merrigan wartete, dass er den Satz beendete, und als er das nicht tat, bot sie ihre Meinung an. „Bemerkenswert."

„Nicht wahr?"

„Wenn man bedenkt, wie sie aufgewachsen ist, ist sie phänomenal."

„Das Wort gefällt mir auch." Kade sah von ihr weg. „Ich bin so stolz auf sie."

Seine Stimme hatte sich verändert, ebenso wie sein Gesichtsausdruck.

„Jetzt wünschte ich, ich könnte deine Gedanken lesen."

„Ich werde es erklären, wenn wir zurück zum Haus kommen."

Der Rest der Fahrt verlief schweigend, bis sie zum Tor kamen. Während sie darauf warteten, dass es sich öffnete, vibrierte Kades Handy. Bis er in die Einfahrt fuhr, pingte Merrigans Handy auch.

„Leech. Was kann ich für dich tun?", fragte sie.

„Weißt du, wo Doc ist?"

Sein Ton machte sie besorgt. „Ich bin hier mit ihm zusammen. Warum? Was ist los?"

„Es geht um Lena", sagte er mit zitternder Stimme. „Es gab einen Unfall."

„Ich gebe ihn dir direkt", sagte sie und reichte das Handy an Kade. „Es ist Leech."

Sie bekam mit, wie er erklärte, dass Lenas Auto nicht weit von seinem Haus von der Straße abgekommen war. Paps war derjenige, der den Notruf gewählt und ihren Vater verständigt hatte, als er sich Sorgen machte, weil ihr Trackinggerät keine Bewegung signalisiert hatte, obwohl es kontinuierlich Standortupdates gab.

„Sie liegt auf der Intensivstation im Krankenhaus in Santa Barbara", sagte Leech.

„Bist du bei ihr?", fragte Kade.

„Ich bin auf dem Weg. Paps und Razor sind bei mir."

„Ich bin zehn Minuten entfernt. Ich treffe dich dort." Er beendete den Anruf und drehte sich zu ihr. „Es tut mir leid."

„Bitte, Kade. Das ist nicht nötig."

„Willst du hierbleiben oder mit mir kommen?"

„Was wäre dir lieber?", fragte sie.

„Es könnte eine lange Nacht werden."

„Verstanden. Ich werde hier sein, wenn du etwas brauchst."

Kade stieg aus dem Auto und kletterte in den Pick-up seines Vaters. „Ich halte dich auf dem Laufenden", sagte er.

„Was ist mit Quinn?", fragte sie.

„Kannst du Eighty-eight anrufen?"

„Natürlich."

. . .

KADE WAR DURCH DAS TOR, EHE MERRIGAN BEWUSST WURDE, dass sie keine Möglichkeit hatte, in das Haus zu kommen, und nachdem sie die Feinheiten des Sicherheitssystems mitangesehen hatte, wusste sie, dass sie sich nicht hineinschleichen konnte. Stattdessen setzte sie sich hinter das Steuer ihres Autos und rief Mercer an.

Nachdem sie ihn über Lenas Unfall informiert hatte, ließ sie den Motor an, fuhr durch das Tor, dessen Flügel sich automatisch öffneten, als sie herankam, und machte sich auf den Weg zu ihrem gemieteten Haus in Cayucos. Wenn Kade sich meldete, würde sie einfach erklären, dass sie nicht hineinkonnte und ihn nicht aufhalten wollte, zum Krankenhaus zu kommen.

Die im Voraus überlegte Erklärung wurde allerdings nicht gebraucht, denn vierundzwanzig Stunden später hatte sie noch immer nichts von ihm gehört.

19

MERRIGAN

Sie waren der Aufdeckung von Animus' Identität noch keinen Schritt nähergekommen, als sie es vor drei Wochen gewesen waren. Merrigan fragte sich, ob Kade ihr die Wahrheit gesagt hatte, als er davon sprach, eine Theorie zu haben, wer es sein könnte. Denn als sie Razor wegen der Unterhaltung fragte, war seine Antwort, dass Kade ihm gegenüber nichts dergleichen erwähnt hätte.

Merrigan bezweifelte, dass das stimmte, aber ihre ganze Beziehung zu Kade – Doc, wie sie sich in Erinnerung rief, an ihn zu denken – basierte allein auf den Lügen, die sie einander erzählten.

Sie hatte ihm als Erste die Unwahrheit erzählt, als sie sagte, sie würde verstehen, warum er jeden Tag bei Quinn und ihrer Mutter sein musste.

Die wenigen Informationen, die sie besaß, stammten von Razor, und der hatte ihr berichtet, dass Lenas Zustand zunächst kritisch gewesen und ernst geblieben war.

Sie unterließ es zu fragen, warum Doc es auf sich genommen hatte, ihr vorrangiger Interessenvertreter gegenüber dem Krankenhaus zu sein.

„Was ist mit Paps los?", erkundigte sie sich. Es schien, als sei er verschwunden.

„Er ist einen Schritt zurückgetreten", antwortete Razor.

„Was heißt das?"

„Er ist täglich im Krankenhaus, hält sich aber von Doc und Quinn fern. Höchstwahrscheinlich hat er jemanden gefunden, der bereit ist, ihn über Barbies Fortschritte zu informieren, damit er die beiden nicht fragen muss."

„Das verstehe ich nicht."

„Das ist nur meine Vermutung, aber ich glaube, dass sich Paps irgendwann im Laufe der Zeit schwer in die Frau verliebt hat, von der er behauptet, er würde sie verabscheuen. Und wer weiß jetzt schon, ob sie sich überhaupt an ihn erinnert." Razor zuckte mit den Schultern. „Wie gesagt, das ist nur eine Hypothese von mir."

MERRIGAN SAH AUF IHRE UHR. SIE WÜRDE BALD ZU EINEM Treffen wegmüssen, das sie mit Striker vereinbart hatte. Da Doc nicht länger beteiligt war, zumindest bis auf Weiteres, waren sie übereingekommen, dabei zusammenzuarbeiten, Animus zu finden, und K19 nur hinzuziehen, wenn es nötig war.

„Wo gehst du hin?", fragte Razor, als sie ihren Laptop in die Tasche packte.

Sie hatte angefangen, in Harmony zu arbeiten, da das K19-Team in dem kleinen Haus ein topmodernes Geheimdienstunternehmen eingerichtet hatte.

„Ich habe heute Abend ein Treffen in Los Angeles. Ich werde frühestens morgen zurück sein."

„Mit Boris?"

Merrigan lachte. „Striker."

„Das ist das Gleiche, Natasha. Er ist derjenige, der dir deinen Decknamen gegeben hat, richtig?"

„Pass auf, oder ich fange an, dich Rocky zu nennen."

„Warte. Nicht Bullwinkle?"

„Ich würde meinen, Rocky wäre dir lieber, schließlich ist es die Abkürzung für Rocket. Außerdem hat Paps mehr Ähnlichkeit mit Bullwinkle."

Razors Gesichtsausdruck änderte sich so drastisch, dass sie dachte, sie hätte ihn vielleicht beleidigt.

„Das macht ihn so tödlich. Alle unterschätzen Paps."

„Ich wollte nicht –"

„Ich weiß, dass du das nicht wolltest. Er ist seit fast fünfundzwanzig Jahren mein bester Freund und er will nicht einmal mit mir darüber sprechen, was er gerade durchmacht."

„Hast du schon einmal daran gedacht, das mit Doc zu besprechen?"

Razor schüttelte den Kopf und wandte den Blick ab.

SIE WUSSTE GENUG ÜBER DEN STRAßENVERKEHR IN LA, UM damit zu rechnen, Stoßstange an Stoßstange zu fahren, angesichts ihres späteren Losfahrens als geplant. Sie war jedoch fast bei Westwood und bisher war es eine leichte Fahrt.

Merrigan benutzte das Stimmaktivierungssystem, das in ihrem Auto eingebaut war, um ein Telefonat mit „Griffin" anzufordern, da der Computerassistent regelmäßig dabei scheiterte, Striker in ihren Kontakten zu finden.

„Wo bist du?", fragte er.

„Am Getty vorbei."

„Du machst Witze. Bist du unterwegs geflogen?"

Sie lachte. „Ich bin so geschockt wie du angesichts des wenigen Verkehrs."

„Wo wirst du wohnen?"

„Hotel Bel-Air."

„Verdammt. Ich hatte gehofft, du würdest die Robmar-Villa nennen."

„Die war ausgebucht."

Striker lachte wie sie vorher. „Ist für uns Regierungsangestellte sowieso zu prachtvoll. Um in solchen Unterkünften zu wohnen, musst du auf der Lohnliste von K19 stehen."

Das war ein Scherz, aber Merrigan konnte sich nicht dazu durchringen zu lachen.

„Bist du noch dran?"

„Ja. Tut mir leid."

„Ich bin auch im Bel-Air. Ich treffe dich in der Lobby mit einem Bramble in der Hand."

„Das hört sich hervorragend an."

„Lass Striker sich heute Abend um dich kümmern, Fatale."

Merrigan beendete das Telefonat und fragte sich, was er gemeint hatte. Doch bestimmt nicht auf romanische Weise, oder? Sie waren so lange befreundet, dass es zur Selbstverständlichkeit geworden war, dass sie sich an seiner Schulter ausweinte, wenn nötig. Aber nur weil sie ihn als Ersatz für ihren eigenen großen Bruder sah. Wenn er etwas anderes wollte, wäre das niederschmetternd für sie, denn sie wollte das mit Sicherheit nicht.

Das Handy summte mindestens viermal während ihres späten Mittagessens, aber Merrigan weigerte sich nachzusehen. Sie wusste, Rivet rief nicht an, denn für ihn hatte sie einen anderen Benachrichtigungston. Doc war es auch nicht, nicht dass sie einen speziellen Ton für ihn hätte; er hatte nur aufgehört, Kontakt zu ihr aufzunehmen.

„Geh dran", drängte Striker.

„Nein. Was immer es ist, es kann warten."

Er griff über den Tisch und nahm ihre Hand in seine. „Ich habe dich noch nie so verspannt gesehen, und ich habe dich schon in vielen lebensbedrohlichen Situationen gesehen. Was ist los? Ist es Doc?"

„Nein", erwiderte sie knapp. „Okay, also ja. Vielleicht. Ich weiß es nicht."

„Rede mit mir, Fatale."

Sie trank von dem zweiten oder dritten Bramble, den er für sie bestellt hatte; sie hatte den Überblick verloren, und da sie nicht mehr fahren musste, war es ihr egal, wie viele Cocktails sie trank.

„Wir können hier den ganzen Nachmittag und Abend sitzen,

wenn du möchtest. Irgendwann wirst du betrunken genug sein, um zu reden."

„Also gut, was soll's. Denk später daran, wenn du mir den Hals umdrehen willst, dass du hierum gebeten hast."

Sie ließ es raus und erzählte ihm alles, was passiert war. Angefangen damit, wie Doc sie in der Zufahrt zurückgelassen hatte ohne eine Möglichkeit, ins Haus zu kommen, dann dass er fast achtundvierzig Stunden lang nichts von sich hatte hören lassen.

Sie berichtete bis ins Detail von jeder Nachricht und jedem Telefonat, die es seitdem zwischen ihnen gegeben hatte. Sie erzählte, dass sie *zweimal* mit der Absicht zum Krankenhaus gefahren war, ihn zu sehen, aber wieder weggefahren war, ohne hineinzugehen. Und dann erzählte sie Striker, dass sie nichts Besseres zu tun gehabt hatte, als zuzulassen, sich in den Mistkerl zu verlieben, der sie wahrscheinlich schon völlig vergessen hatte.

„Puh", sagte er. „Das ist ja mal eine Geschichte. Fühlst du dich jetzt besser?"

„Nicht im Geringsten."

„Du musst dich mal flachlegen lassen, Süße, und zwar dringend."

„Griff, ich −"

„Nicht von mir. Das würde überhaupt nichts bringen. *Von ihm.*"

„Was schlägst du vor? Soll ich ins Krankenhaus stolzieren und ihn in die nächste Vorratskammer zerren?" Sie stöhnte. Natürlich erinnerte sie das an Ramstein, als er sie gefragt hatte, ob sie eine gesehen hätte.

„Sie wurde entlassen."

„Woher weißt du ..., vergiss es. Das war eine dumme Frage."

Er betrachtete sie forschend.

„Ich kann nicht."

„Klar, kannst du. Fang damit an, ihn anzurufen. Erzähl ihm, du hättest gehört, dass es Lena gut genug gehen würde, um entlassen zu werden, und du ... äh ..., wie soll ich das formulieren? Du *vermisst* ihn."

„Ich *vermisse* ihn?"

„Es ist eine Umschreibung."

Merrigan trank, was noch von ihrem Cocktail übrig war, stützte dann den Ellbogen auf den Tisch und ihr Kinn auf ihre Hand. „Warum habe ich mich nicht in dich verlieben können?"

„Du weißt, warum nicht."

Sie setzte sich aufrecht. „Tue ich *nicht*. Erzähl's mir."

„Du hättest mich vernascht und ausgespuckt, wenn ich dir die Möglichkeit dazu gegeben hätte. Es gibt nur einen Mann, von dem ich glaube, dass er dein Interesse lange genug halten kann, dass es möglicherweise für immer reichen könnte."

Offensichtlich meinte er Doc, da sie gerade gestanden hatte, in ihn verliebt zu sein. „Was, wenn er mich bereits ausgespuckt hat?"

„Keine Chance. Sieh dich doch an."

Sie lächelte. Im Moment sah sie vermutlich wie ein mitgenommenes, betrunkenes Wrack aus. Zumindest fühlte sie sich so.

„Du bist wunderschön, Fatale. Das Schwerste, was ich je getan habe, war, dich gehen zu lassen, aber ich wusste, dass ich es tun musste."

„Griffin ..."

„Ich sag dir, was wir machen. Ich werde dich zu deinem Zimmer begleiten, gebe dir einen keuschen Kuss auf die Wange, versichere mich, dass du die Tür abschließt, sobald du drin bist, und schleiche in mein Zimmer. Du wirst Doc Butler anrufen und ihm sagen, dass es Zeit ist, dass er dir Aufmerksamkeit schenkt, statt seiner Ex-Frau."

Das würde sie ihm definitiv nicht sagen, aber vielleicht würde sie ihn anrufen. Sie sehnte sich danach, seine Stimme zu hören, und sie war betrunken genug, dass sie sich das vielleicht nicht ausreden würde.

„Vielleicht ..."

„Das ist mein Mädchen. Genau genommen bist du es nicht. Du bist sein Mädchen. Verdammt, ich beneide den Mann."

„Das meinst du nicht so", murmelte sie.

„Du hast keine Ahnung, wie sehr ich das tue. Komm. Gehen wir, ehe ich meine Meinung ändere und dich ganz für mich behalte, selbst wenn ich weiß, dass du unglücklich wärst", murrte er.

MERRIGAN ÖFFNETE DIE FLASCHE WASSER, DIE SIE AUF DEN Tisch neben ihrem Bett gestellt hatte, trank einen Schluck und starrte ihr Handy an. Es war falsch von ihr gewesen, vorhin nicht nachgesehen zu haben, weil sie vermutete, Kade würde nicht anrufen. Er war es gewesen und er hatte mehrere Nachrichten hinterlassen, in denen er zuerst sagte, dass er mit ihr sprechen müsste, und zuletzt, dass er sie so bald wie möglich sehen müsste.

Vor ein paar Minuten war sie fest entschlossen gewesen, ihn anzurufen. Jetzt war sie sich nicht mehr so sicher. Was sollte die plötzliche Dringlichkeit? Musste er, so wie Striker es über sie gesagt hatte, auch flachgelegt werden?

Sie scrollte durch ihren Verlauf, um zu sehen, wann er zum letzten Mal vor heute angerufen hatte, und war nicht überrascht festzustellen, dass es zwei Tage her war. Die Länge des Telefonats war sogar noch beunruhigender; sie hatten nur vier Minuten lang miteinander gesprochen.

Sie drehte sich auf die Seite und umarmte ihr Kissen. *Warum* zur verdammten Hölle hatte sie zugelassen, sich in ihn zu verlieben?

Sie hatte nur ein einziges anderes Mal in ihrem Leben gedacht, verliebt gewesen zu sein, und das hatte sie beinahe zerstört. Sie hatte den Mann, der ihr Herz gefangen genommen hatte, auf sehr ähnliche Weise kennengelernt wie Kade, auch wenn sie Sergei Orlov nicht gerettet hatte; es war andersherum gewesen. Jedenfalls war es ihr damals so vorgekommen.

Als diese Affäre endete, hatte sie sich geschworen, nie wieder zuzulassen, sich in einen anderen Agenten zu verlieben – ob von der CIA, dem FSB oder sogar vom MI6. Es gab einen Grund dafür, dass dies in ihrer Branche verpönt war, und sie war nahe daran gewesen, alles zu verlieren, weil sie die Regeln nicht befolgt hatte.

Mit dieser Mahnung legte sie das Handy auf den Tisch neben ihr.

MERRIGAN WAR BEI LAUFENDEM FERNSEHER UND eingeschalteter Nachttischlampe eingenickt. Zuerst dachte sie, sie würde träumen, als sie ein Klopfen an der Tür hörte, oder dass es vielleicht im Fernseher war, aber als sie es erneut hörte, lauter als zuvor, stand sie auf, um nachzusehen, wer es war.

Sie spähte durch den Türspion und war verblüfft, Doc auf der anderen Seite zu sehen.

„Hi", sagte sie und hakte die Türkette auf, damit sie die Tür ganz öffnen konnte. „Was machst du hier?"

„Du bist nicht drangegangen, als ich angerufen habe."

„Woher wusstest du, wo ..., vergiss es. Striker hat es dir gesagt."

Doc nickte, schloss die Tür und legte einen Arm um ihre Taille. „Wir müssen reden, aber zuerst muss ich das hier machen." Kade küsste sie, dann hob er sie auf seine Arme und trug sie zum Bett.

„Doc, wir –"

Er küsste sie wieder, härter, und verwob seine Finger in ihren Haaren.

„Warte", sagte sie und rollte sich unter ihm weg.

„Du hast recht", sagte er und rieb sich mit der Hand über das Gesicht. „Ich muss dir sagen, warum ich hier bin."

Merrigan setzte sich auf und lehnte sich gegen das Kopfbrett.

Doc setzte sich auf der anderen Seite des Bettes auf die Kante und beugte sich vor, um seine Stiefel aufzuknoten. „Ich ziehe sie aus", sagte er über seine Schulter.

„Gut. Keine Stiefel im Bett. Das bringt Unglück."

„Ich dachte, es würde Unglück bringen, einen Hut im Bett zu tragen."

„Oh, da könntest du recht haben. Trotzdem keine Stiefel im Bett."

Als sie lächelte, konnte er nicht aufhören, sie anzusehen.

„Was?"

„Ich liebe dein Lächeln."

„Du schmeichelst mir, Doc."

„Ich heiße Kade, Fatale." Er rutschte hinauf, sodass er neben ihr saß, griff hinüber und hielt ihre Hand.

„Wie geht es Lena?", fragte sie.

„Macht Fortschritte. Es scheint, als würden einige Erinnerungen zurückkommen. Als wir heute am Haus ankamen, sagte sie etwas darüber, dass sie die Bougainvillea immer geliebt hat."

„Sie ist in deinem Haus?"

„Ja." Doc rieb sich zum zweiten Mal das Gesicht. „Damit hätte ich anfangen sollen. Sie wurde heute aus dem Krankenhaus entlassen und wir haben sie zu dem Haus gebracht, damit ihre Genesung weitergeht."

„Ich verstehe."

„Quinn und Mercer wohnen jetzt erst einmal dort und wir haben eine Krankenschwester engagiert." Kades Gesichtsausdruck änderte sich.

„Was?"

Er schüttelte den Kopf, drehte sich auf die Seite und legte seinen Arm um ihre Taille. „Ich habe dich so sehr vermisst."

Sie hätte ihm ja gesagt, dass sie ihn auch vermisst hatte, aber sie war nicht diejenige, die während des letzten Monats verschollen war.

„Es ist nett von dir, sie bei dir wohnen zu lassen."

„Als die Ärzte sagten, sie könnte nach Hause gehen, wenn wir es uns leisten könnten, eine medizinische Hilfe zu engagieren, habe ich die Entscheidung getroffen, ohne groß darüber nachzudenken."

Sein Gesichtsausdruck veränderte sich wieder.

„Was sagst du gerade nicht?", fragt sie.

„Dazu werde ich später kommen. Zuerst will ich von dir hören. Wie war es denn so bei dir, Fatale?"

Sie verschränkte die Arme und sah ihm fest in die Augen. „Mir ging's *gut*, danke."

„Okay ...Was ich sagen wollte, ist, dass sie überaus abhängig von mir ist. Das kann ich jetzt schon sehen."

„Du hast sehr viel Zeit mit ihr verbracht."

„Du hast recht. Das habe ich." Er sah ihr in die Augen. „Du sagst nicht viel."

„Das ist nun einmal nicht meine Angelegenheit."

„Ich würde es zu meiner Angelegenheit machen, wenn ein anderer Mann in deinem Haus wohnen würde."

Merrigan zuckte mit den Schultern. Was sollte sie da sagen? Er hatte sie direkt nach dem Unfall nicht einbezogen und auch nicht hinterher; er hatte ihr lediglich kurze Updates gegeben. Sie jetzt nach ihrer Meinung zu fragen, schien zu wenig, zu spät zu sein.

„Sprich mit mir, Fatale. Was denkst du gerade?"

„Sag mir, warum du wirklich hier bist, Doc."

„Ich heiße Kade", wiederholte er und stand vom Bett auf. „Kann ich dir etwas zu trinken holen?", fragte er.

„Soda mit Limone bitte", antwortete sie und zeigte zu einer Anrichte.

„Füllen sie die jeden Tag auf?"

Sie nahm an, er meinte die breite Auswahl an Hochprozentigem und alkoholfreien Getränken zusammen mit frischen Limonen, Zitronen und Orangen im Getränkekühler. Sie nickte und nahm das Glas entgegen, das er ihr reichte.

Für sich schenkte er einen Scotch ein, auch pur, und setzte sich mit dem Rücken zu ihr aufs Bett.

„Was immer es ist, sag es, Doc."

„Es gibt zwei Seiten bei dem, was ich dir jetzt sagen werde. Die erste ist, warum sie in der Casa Carrizo ist. Die zweite ist, na ja, zu der werde ich noch kommen."

„Sprich weiter."

„Ich habe sie nie wirklich geliebt, nicht einmal vor all den Jahren", begann er. „Zuerst habe ich gedacht, ich würde sie lieben, aber sobald ich hörte, dass ich beim NCS angenommen wurde, war ich mehr als bereit, alles hinter mir zu lassen, Lena eingeschlossen."

„Du hast sie geheiratet."

„Wegen Quinn." Er dachte einen Moment darüber nach. „Das ist nicht wahr. Ich bin so lange bei ihr geblieben, wie ich das getan habe, wegen unserer Tochter. Ursprünglich habe ich sie aus Schuldgefühlen geheiratet."

„Kade." Sie seufzte. Sie konnte ihn nicht länger als Doc ansehen. Nicht wenn er seine Seele vor ihr bloßlegte.

„Es war meine Schuld, dass Calder sie vergewaltigt hat."

„Das war es nicht und das weißt du. Calder war ein gieriger, narzisstischer Soziopath."

„Leech hat mir an jenem Abend gesagt, ich sollte ausgehen. Er dachte, es wäre besser, wenn ich nicht da bin, wenn er Calder sagte, dass er aus dem Programm genommen wurde, in dem wir beide waren. Er hat Lena leidgetan. So einfach war das. Deshalb ist sie zu ihm gegangen, um mit ihm zu sprechen, und es war niemand da, um sie zu beschützen."

Er erzählte ihr, dass das viele Zusammensein mit Quinn während der letzten drei Wochen Erinnerungen daran zurückgebracht hatte, wie ihre Mutter vor der Vergewaltigung war. Der Gedanke daran, wie sie in den Händen eines Monsters wie Calder gelitten hatte, sorgte dafür, dass Kade den Mann am liebsten noch einmal umgebracht hätte.

„Ich kann mir gar nicht vorstellen, wie schuldig Leech sich fühlen muss. Er hat sehr darauf gedrängt, dass Lena und ich wieder zusammenkommen. Ich bin sicher, das liegt an seiner eigenen Reue." Er legte seine Hand auf ihre und streichelte mit dem Daumen darüber. „Ich glaube, deshalb hat Elisabetta mir die Hälfte des Anwesens hinterlassen. Es ist die einzig logische Erklärung."

„Weil sie gehofft hat, du und Lena würdet wieder zusammenkommen?"

Kade nickte. „Ich sage mir, dass ich versucht habe, dafür zu sorgen, dass die Ehe funktioniert, aber das habe ich nicht. Ich habe mich hinter meiner Arbeit versteckt."

Er erzählte ihr von dem Tag, an dem ihm klar wurde, dass sie sich scheiden lassen mussten. „Ich wurde als Teil der Ausbildung in einem Käfig gefangen gehalten. Vierundzwanzig Stunden lang musste ich ohne Essen und mit nur sehr wenig Flüssigkeit auskommen." Nicht alle der Teilnehmer hielten die gesamte Zeit durch, aber Kade erzählte ihr, dass er überhaupt keine Probleme damit hatte. „Jedes Mal, wenn ich glaubte, ich könnte es keinen Moment länger aushalten, dachte ich an Lena, und dass ich lieber einen Monat lang in dem Käfig geblieben wäre, statt einen Monat mit ihr zu verbringen."

Merrigan keuchte auf. „Tut mir leid. Das wollte ich nicht machen. Bitte, erzähl weiter."

„Das macht mich zu dem größten Arschloch, dem du je begegnet bist, oder?"

Sie schüttelte den Kopf. „Ich kann nicht so tun, als wüsste ich, was zu dieser Zeit in dir vorgegangen ist."

„Quinn war gerade fünf geworden. Ich brauchte weitere zwei Jahre, um es schließlich durchzuziehen."

„Als sie ins Internat ging."

Kade nickte. Er hatte ihr zuvor von Quinns Schullaufbahn erzählt und sie hatte ihm erklärt, dass Internate in Großbritannien sehr viel üblicher und bei Weitem besser angesehen waren.

„Ich habe das Gefühl, ich schwafle herum."

„Geh zurück zu meiner ursprünglichen Frage. Warum ist Lena dort?"

Kade atmete tief ein und blies die Luft langsam aus. „Als ich nach dem Unfall ins Krankenhaus gekommen bin ..." Seine Stimme stockte und er atmete mehrmals tief durch, ehe er fortfuhr. „Sie sah so sehr wie damals aus, nachdem Calder sie ..."

Merrigan rückte heran und legte den Arm um ihn. Sie lehnte sich an ihn, sodass ihr Körper an seinen Rücken gepresst war.

„Erzähl weiter", flüsterte sie.

„Er hatte sie so furchtbar zusammengeschlagen, dass sie aussah, als hätte sie einen Autounfall gehabt."

Er legte seine Hand auf ihre, so dankbar, für ihre Berührung.

„Wir waren verlobt, und anstatt bei ihr zu bleiben, um ihr zu helfen, darüber hinwegzukommen, was Calder getan hatte, nahm ich meine Befehle entgegen und ließ mich ausfliegen."

Als ich ein paar Monate später zu Weihnachten zurückkam, schien sie ein anderer Mensch zu sein. Sie hatte vor allem Angst, mich eingeschlossen. Sie zuckte zusammen, wenn ich ins Zimmer kam, und wenn ich versuchte, mit ihr zu reden, duckte sie sich. Sie war so gebrochen, und zu allem anderen war sie auch noch schwanger."

„Mit wessen Kind?"

Kade beantwortete die Frage nicht direkt, sondern redete weiter über Lena. „Ich gab nicht nach, bei ihr zu sein. Ich war der Meinung, wenn ich das machen würde, dann würde sie irgendwann wieder so sein wie vor der Vergewaltigung. Mittlerweile weiß ich, wie naiv das war. Jedenfalls dauerte es nicht lange, bis die Waage in die andere Richtung kippte. Sie begann, in allem von mir abhängig zu werden, besonders nach unserer Heirat. Sie traf nicht einmal mehr eine Entscheidung bei den kleinsten Dingen, ohne mich um Rat zu fragen. Wegen der Vergewaltigung und der Schwangerschaft, aber auch meiner Arbeit für den NCS, hielten wir unsere Ehe bis auf unsere Eltern vor allen geheim."

„Jetzt kümmerst du dich also auf die gleiche Weise um sie, wie du denkst, du hättest es damals machen sollen?"

„Ja", sagte er mit hängendem Kopf.

„Was ist nach der Vergewaltigung mit Calder passiert?", fragte sie.

„Er wurde verhaftet, hat aber fast sofort Kaution gestellt. Dass er bis zu Prozessbeginn das Land nicht verlassen durfte, spielte den Russen in die Karten."

Rückblickend war es für Merrigan offensichtlich, dass Calder unter den Rekruten eine erstklassige Zielperson für die Maskhadovs war. Er beherrschte die Sprache fast fließend, sein explosives Temperament war gut dokumentiert und offensichtlich wussten die Russen, dass er von der Ausbildung ausgeschlossen wurde, und schlugen zur perfekten Zeit zu.

Sie wusste, dass Kades Vater derjenige war, der entdeckt hatte, dass sich jemand in Leechs System gehackt, tausende als geheim eingestufte Dokumente dekodiert und sie an die Maskhadov-Organisation übergeben hatte. In der Folge waren viele US-Agenten systematisch ermordet worden, als ihre Tarnung aufflog.

„Wie lange war dein Vater im Ruhestand, als das alles passiert ist?"

„Offiziell?"

Merrigan nickte.

„Lass mal überlegen. Naughton war dreizehn, also zehn Jahre."

„Weiß jemand von deinen Geschwistern, wie eure Eltern sich kennengelernt haben?"

Kade schüttelte den Kopf. „Als ich so ungefähr acht war, habe ich angefangen, Fragen zu stellen, was Dad machte. Er hat sich mit mir hingesetzt und mir erklärt, warum es wichtig war, dass ich nicht nur aufhörte, Fragen zu stellen, sondern auch versprechen musste, nie wieder darüber zu sprechen. Erst als ich ihm erzählt habe, dass ich zu den Marines wollte, hat er mir von seinem Leben und seiner Karriere erzählt."

„Du hast die Last der Geheimhaltung getragen, seit du ganz schön jung warst. Kein Wunder, dass du so gut darin bist, verschwiegen zu sein."

„Das ist nichts, worauf ich stolz bin."

„Es ist eine notwendige Eigenschaft für unsere Arbeit", murmelte sie. „Erzähl mir, wie ihr Calder gekriegt habt."

„Fast hätten wir ihn nicht gekriegt", sagte Kade. „Aber Leech hat entdeckt, dass jemand in den Weinhöhlen gewesen war. Das Weingut und die Kellerei waren zu der Zeit nicht in Betrieb, es gab also für niemanden einen Grund, da drin zu sein."

Kade stand auf. „Kann ich dir noch etwas bringen?"

Sie hielt ihr noch immer halb volles Glas hoch. „Ich habe noch."

Er schenkte sich einen weiteren Drink ein.

„Ich habe die Höhlen drei Nächte lang hintereinander observiert. In den ersten beiden Nächten habe ich außer ein paar Kojoten nichts gesehen. In der dritten Nacht ging dann alles vonstatten."

Kade erzählte ihr, dass er Calder zusammen mit noch jemandem in die Höhlen hatte gehen sehen. Er hatte Leech angerufen, auf dessen Ankunft gewartet und war dann hinter ihm hineingegangen.

„Es war offensichtlich, dass die beiden gewarnt worden waren, dass er auf dem Weg hinein war", sagte er. „Leech war kaum drin, als ich ihm gefolgt bin und sie sah. Beide hatten ihre Waffen direkt auf ihn gerichtet."

„In dieser Nacht hast du Nitko getötet."

Auch wenn nur wenige die Einzelheiten kannten, war die Tatsache, dass ein brandneuer NCS-Agent eine von Russlands tödlichsten Attentäterinnen niedergestreckt hatte, legendär geworden. Mit einem einzigen Schuss hatte Kade Aliya „Nitko" Pavlichenkos ungebrochenen Abschussrekord beendet. Es war das erste Mal gewesen, dass sie danebenschoss, und das letzte Mal, dass sie einen Atemzug tat.

„Ich war den Bruchteil einer Sekunde davon entfernt gewesen, Calder umzulegen, als Leech mich zurückhielt."

„Und er ist entkommen."

Kade nickte und griff sich in den Nacken. „Da ist noch etwas, was ich dir erzählen muss, und das habe ich lange genug aufgeschoben." Er reichte ihr, was von seinem Scotch noch übrig war. „Den wirst du brauchen."

„Erzähl mir, warum, Kade."

„Weil Lena wahrscheinlich auf unbestimmte Zeit in dem Haus wohnen wird."

„Aus welchem Grund?"

„Weil sie keinen Unfall hatte. Sie wurde absichtlich von der Straße abgedrängt."

Merrigan war verdutzt. „Warum?"

„Ich habe keine Ahnung. Jede Theorie, die mir eingefallen ist, führt nirgends hin."

„Das ergibt keinen Sinn", murmelte sie.

Kade nickte.

„Es muss irgendwie mit Animus in Verbindung stehen."

„Das sehe ich auch so", sagte er.

„Da fällt mir ein, du hast zu mir gesagt, du glaubst zu wissen, wer Animus ist."

„Ich habe dir gesagt, ich könnte *vielleicht* eine Idee haben."

„Und?"

„Je mehr ich darüber nachgedacht habe, desto weiter hergeholt erscheint es. Außerdem könnte es nicht sein. Die Person, die ich in Verdacht habe, ist tot."

„Hast du dich mal gefragt, von wem die Information über Animus kam? Ich war nicht in der Lage, das von Striker oder Rivet einordnen zu lassen. Es ist, als wäre sie einfach aufgetaucht."

„Das gibt mir auch zu denken. Wenn es nicht über meinen Vater gekommen wäre, hätte ich gesagt, es wäre amateurhaft."

Sie ging zum Schreibtisch und schaltete ihren Laptop ein.

„Was machst du da?", fragte er.

„Ich organisiere meine Abreise aus den Staaten."

Er ging zu ihr und schloss den Computer. „Fatale ...", murmelte er und zog sie näher zu sich. Er beugte sich hinunter, um sie zu küssen, und als sie den Kuss erwiderte, hob er sie hoch und trug sie zum Bett.

Er küsste sich an der Seite ihres Halses hinunter. „Ich kann den Gedanken nicht ertragen, wieder von dir getrennt zu sein."

„Kade ..."

„Ich will dich, Merrigan. Mehr als das, ich brauche dich."

Sie wollte ihn auch, aber war das eine gute Idee? Selbst wenn sie es nicht war, könnte sie ihm widerstehen?

20

KADE

Merrigans Augen bohrten sich in seine, während er sie dabei beobachtete, wie sie ihre Bluse aufknöpfte und sie mit wackelnden Schultern abstreifte. Bevor sie ihren BH öffnen konnte, war er bei ihr.

„Zu langsam", murmelte er und beendete, was sie begonnen hatte, bis sie nackt vor ihm stand. „Aufs Bett", forderte er sie auf.

Sie setzte sich auf den Rand und er drückte sie zurück, bedeckte ihre Brüste mit seinen Händen und ihren Körper mit seinem. Als er ihre Nippel mit seinen Fingern und seinem Mund neckte, wand Merrigan sich unter ihm.

Kade schob sich von ihr, stand auf und zog sein Hemd über seinen Kopf, dann schnallte er seinen Gürtel auf. Er stand nackt vor ihr wie sie vorher bei ihm.

Sie sah an ihm auf und ab.

„Gefällt dir, was du siehst?", fragte er.

„Sehr", antworte sie.

„Mir auch."

Er war wieder auf ihr und öffnete ihre Schenkel mit seinem Knie. Er brachte sich an ihrem Geschlecht in Stellung, hielt aber inne und sah ihr in die Augen. „Merrigan, ich ..."

„Nicht reden. Schlaf einfach mit mir."

Er tat, wozu sie ihn aufgefordert hatte, mit einem Stöhnen, das zu ihrem passte.

Ihre Lippen öffneten sich in dem Moment, als seine Zunge sie berührte und hineinschoss. Ihr Körper zuckte und umschloss ihn, als sie der erste Orgasmus verschlang.

Er verlangsamte das Tempo, während sie zurück zur Erde glitt, aber sobald sie dort angekommen war, stieß er wieder in sie und seine Hände gruben sich in ihre Hüften. Dann hielt er inne, aber nur lange genug, um sie umzudrehen, ehe er weiter von hinten in sie pumpte.

„Gib mir noch einen, Fatale. Noch einen", drängte er.

Ein paar mehr Stöße, gepaart mit der Aufmerksamkeit, die er ihrer Klit schenkte, ließen sie aufsteigen. Diesmal kam er mit ihr und knurrte seine Erlösung heraus.

„So ist es schon besser." Er stöhnte und zog sie mit sich, als er aufs Bett sank. Als sie versuchte wegzurutschen, hielt er sie nah bei sich. „Hiergeblieben, Fatale. Wir sind noch nicht annähernd fertig."

„Ich glaube nicht, dass ich noch ..."

„Aber das wirst du", murmelte er. Seine Hände bewegten sich über ihre Vorderseite – eine auf ihre Brust, die andere zwischen ihre Beinen, als er ihre erschöpften Nerven wieder zum Leben erweckte. Er kuschelte sich an sie und knabberte an ihrer Schulter, während seine Finger mit ihrem Geschlecht spielten. Sie schnappte nach Luft und klammerte sich an ihn, als sie von ihrem dritten mächtigen Orgasmus überrumpelt wurde.

Sie versuchte erneut, sich von ihm wegzuschieben, aber er ließ ihr keine Atempause. Er drückte sie wieder zurück auf das Bett und legte sich auf sie. Sie konnte seine Härte an ihr liegen spüren.

„Du wirst mich kaputtmachen." Sie stöhnte.

„Nur keine Sorge, Fatale", sagte er und stieß wieder in sie. „Ich werde dich wieder zusammensetzen."

Er hatte den Überblick verloren, wie oft er ihr Genuss abgenötigt hatte, ehe er schließlich von ihr abrückte. Sie ließ die Augen zugleiten, aber er war noch nicht bereit, sie schlafen zu lassen. Er ging ins Badezimmer und ließ Wasser in die Badewanne laufen, die groß genug für sie beide war, dann kehrte er ins Schlafzimmer zurück, wo sie schlief, und hob sie mit einem Schwung auf seine Arme.

Er trug sie ins Badezimmer und setzte sie sanft in dem warmen Wasser ab. Sobald er hinter ihr saß, stellte er die Whirlpooldüsen an, und sie stöhnte.

Er fuhr mit den Händen an ihren Armen auf und ab, während seine Lippen über ihren Rücken strichen und an der Seite ihres Halses hinauf. „Vom allerersten Mal an, als ich deine Stimme gehört habe, war ich mir sicher, dass du ein Engel bist. Das musst du sein. Kein einfacher Mensch kann so perfekt sein, wie du es bist", murmelte er.

Mit einer Hand strich er ihre Haare beiseite und fuhr mit der Zunge von ihrem Hals hinunter zu ihrer Schulter. Sie erschauerte, als er an ihrer empfindlichen Haut knabberte.

Es gab noch so viel mehr, was Kade ihr sagen musste. Er wollte ihr erklären, dass er nicht gewusst hatte, wie sich wahre Liebe anfühlte, bis er ihr begegnet war. Sie sollte wissen, dass er vorhatte, den Rest seines Lebens damit zu verbringen, ihren Körper mit seinem zu verehren, wie er es gerade getan hatte. Wenn sie ihn ließe, würde er versprechen, keinen Tag vergehen zu lassen, ohne ihr den Genuss zu bereiten, von dem er wusste, dass nur er ihn ihr verschaffen konnte.

Er wollte Stunden damit verbringen, mit ihr zu reden, wie in den Momenten, die sie gestohlen hatten, als er gefangen gehalten worden war. Sie hatte ihm nicht nur zugehört; sie hatte ihm auch Geschichten aus ihrem Leben erzählt.

Er würde ihr erzählen, dass er sich danach sehnte, an ihrer Seite zu sein, wenn sie ihm die Orte zeigte, die er sich nur in seiner Fantasie hatte vorstellen können. Und ihre Beschreibungen des schottischen Moors waren so lebendig gewesen, dass er beinahe die Kühle der feuchten Luft hatte spüren können.

Er wollte ihr sagen, dass er erneut zu all den Orten reisen wollte, die er nur in taktischer Ausrüstung gekleidet und mit der Waffe in der Hand gesehen hatte. Und dass sie sich um den Globus essen, trinken und sich lieben könnten, in dem Wissen, dass sie die Gefahr ihres vorigen Lebens hinter sich gelassen hatten und frei waren, einander ohne Angst vor der Zukunft zu lieben.

Sie sollte wissen, dass niemand perfekter für ihn sein könnte, als sie es war, und als er es für sie war. Dass sie beide das Leben des anderen verstanden, das sie bis jetzt geführt hatten. Und wenn sich die Schrecken dieses Lebens in ihre Albträume schlichen, wie sie es immer taten, könnten sie einander auf eine Art trösten, wie niemand sonst dazu in der Lage wäre.

In diesem Moment wurde ihm klar, dass er von der Casa Carrizo weggehen konnte und Lena für den Rest ihres Lebens dort wohnen lassen konnte, wenn es nötig war. Es würde keine Rolle spielen, wo Merrigan und er wohnen würden. Wände könnten ihm niemals so viel bedeuten, wie es ihm bedeutete, sie in seinen Armen umschlungen zu halten oder tief in ihr versunken zu sein.

Zum ersten Mal in seinem Leben war er wirklich verliebt, und er würde dieses Gefühl niemals loslassen oder sie niemals loslassen. Hierfür hatte er die Schmerzen ausgehalten, die die Russen ihm zufügten; hierfür hatte er nie aufgegeben. Damals hatte er nicht geahnt, dass der Himmel direkt dort bei ihm war. Sein Engel hatte ihn durch die Dunkelheit in ein Licht getragen, von dem er nicht gewusst hatte, dass es existierte.

Aber irgendwie wusste er, dass er ihr nichts von diesen Dingen erzählen konnte, jedenfalls noch nicht. Sie war noch nicht genauso bereit, sie zu hören, wie er bereit war, sie zu sagen. Also würde er sie für sich behalten bis zu dem Tag, an dem er wusste, dass sie bereit war zuzuhören und zu antworten.

Fürs Erste würde er ihr auf jede erdenkliche Weise zeigen, was er fühlte.

❧ 21 ❧

MERRIGAN

Jeder Muskel ihres Körpers schmerzte von der intensivsten Nacht voller Liebesspiel, die sie je erlebt hatte. Kade war unermüdlich darin gewesen, ihr Orgasmus um Orgasmus zu entlocken. Und zwar so sehr, dass sie nicht einmal die Energie hatte zu träumen, als sie endlich schlief.

Sie drehte sich auf die Seite und nahm den Anblick des wunderschönen Mannes in sich auf, der noch immer neben ihr schlief. Sosehr es sie danach verlangte, mit dem Finger über die Narbe zu fahren, die von unterhalb seines linken Ohrs über seine Wange und hinunter zu seinem Kinn verlief, würde sie es nicht tun. Ebenso wie sie niemals fragen würde, wie er sie bekommen hatte.

Merrigan wusste gut genug, dass manche Wunden zu schmerzvoll waren, um sie neu zu erleben, wenn man ihre Geschichte erzählte. Wie immer er sie bekommen hatte, spielte keine Rolle. Er hatte es überlebt. Das war der wichtige Teil.

Sie hatte auch eine dieser Narben. Sie verlief von ihrer Kehle an ihrem Brustbein hinunter und unterhalb ihrer linken Brust. An diesem Tag hätte sie sterben sollen. Nur durch die Gnade Gottes war sie nicht verblutet.

Er hatte sie nicht danach gefragt und er würde es auch nicht tun. Es war eine unausgesprochene Regel zwischen Menschen in ihrem Beruf. Bei Tötungen war es das Gleiche. Niemand fragte, denn sie alle wussten: Eine war zu viel.

Kade stöhnte, sein linker Arm zuckte und seine Stirn war gerunzelt. Sie wartete einen Moment ab, aber als sein Stöhnen gequälter wurde, stand Merrigan auf und stieß das Bett leicht mit ihrem Bein an.

„Kade, wach auf", sagte sie mit einer sanften Stimme, die aber laut genug war, um seinen Albtraum zu durchbrechen. Sie stieß ein zweites Mal dagegen, diesmal ein wenig stärker, und er öffnete die Augen. Es dauerte ein paar Sekunden, bis ihm klar wurde, wo er war, und in dieser Zeit kam sie zurück ins Bett.

„Es tut mir leid."

„Nicht nötig", beruhigte sie ihn, legte einen Arm um seine Taille und den Kopf auf seine Brust. „Das passiert den Besten von uns."

„Es passiert mehr, wenn ich übermüdet bin." Er grinste, was sie zum Lächeln brachte.

„Kannst du weiterschlafen?"

Er fasste zum Nachttisch, wo er seine Uhr hingelegt hatte. „Es ist nach zehn."

Mit der Verdunklungsgardine des Hotelzimmers war es schwer zu sagen, ob es Tag oder Nacht war. Als sie vor einer Weile aufgewacht war, hatte sie sich nicht die Mühe gemacht, nach der Uhrzeit zu sehen.

„Ich bin wach. Was ist mit dir?", fragte er.

„Ich habe Hunger."

Mit dem Arm noch immer um ihre Hüfte drehte Kade sie auf die Seite, sodass sie ihn ansah.

„Ich weiß, dass du wegmusst, und ich wünschte sowas von, ich könnte mit dir kommen. Lena ...", sagte er.

„Ich weiß."

„Ich weiß nicht, wie ich die Situation bewältigen soll. Ich habe mich selbst da hineingebracht."

„Mit solch einer Sache habe ich keine Erfahrung, Kade."

Er seufzte. „Ich kenne nicht viele Leute, die die haben."

„Erzähl mir mehr Einzelheiten zu ihrem Zustand."

Kade erzählte ihr, dass Lenas Erinnerungsvermögen ganz allmählich zurückzukehren schien, ihr Sehvermögen aber nicht. Seine größte Sorge war, dass sie nie wieder sehen könnte.

„Als ich sie an dem Morgen gesehen habe, als wir zu Leech nach Deutschland abgeflogen sind, habe ich sie fast nicht wiedererkannt, als sie durch den Sicherheitsbereich am Flughafen kam. Sie sah jünger aus als seit Jahren. Es war, als wäre mit Calders Tod die schwere Last des Stresses endlich von ihr genommen worden. Ihr Körper hatte seinen Panzer abgestoßen. Quinn hat es auch bemerkt. Keiner von uns konnte glauben, wie anders sie aussah."

Merrigan konnte nicht anders, als Mitleid für die Frau zu empfinden. Sie hatte endlich ihr Leben zurückbekommen, nur damit eine weitere Tragödie zuschlug. „Sie wurde von der Gefangenen durch die drohende Gefahr zu der Gefangenen ihrer Verletzungen", murmelte sie, ohne dass sie das unbedingt laut hatte aussprechen wollen.

Kade nickte zustimmend. „Und die drohende Gefahr ist zurückgekehrt."

„Du solltest dort sein, Kade."

Er seufzte. „Noch nicht. Ich habe keine Ahnung, wann ich dich vielleicht wiedersehen werde."

DER FLUG VON LOS ANGELES NACH HEATHROW würde zehn Stunden dauern, und anschließend hatte Merrigan ein Meeting mit Rivet vereinbart. Wenn das vorüber war, würde sie zum Flughafen zurückkehren, um einen weiteren Flug nach Glasgow zu nehmen. Die Zeit für die Reise und das Treffen würde insgesamt sechzehn grauenvolle Stunden betragen. Selbst dann würde sie noch nicht an ihrem endgültigen Zielort sein.

Sie machte es sich in ihrem Erste-Klasse-Sitz bequem, schaltete ihr Handy aus und sah zum Fenster hinaus, wobei sie Kade bereits vermisste.

Das Abschiednehmen von ihm heute Morgen war ihr so schwergefallen wie noch nie in ihrem Leben, hauptsächlich weil sie sich selten verabschiedete. Das letzte Mal war gewesen, als sich ihre Wege in Moskau trennten, nachdem er und Leech den Maskhadovs entkommen waren. Davor? Sie konnte sich nicht einmal erinnern, sich von irgendjemandem in ihrer Familie verabschiedet zu haben.

Er hatte es noch schwerer gemacht, indem er ihr am Morgen ein Geschenk gegeben hatte. Dass er einen weiteren Tag und eine weitere Nacht bei ihr geblieben war, war das beste Geschenk, das sie sich hätte wünschen können, aber das war noch nicht alles gewesen.

Heute Morgen, als sie noch immer nackt nebeneinander im Bett lagen, hatte er ihr gesagt, sie sollte ihre Augen schließen. Sie hatte gespürt, wie er etwas um ihren Hals legte, und geduldig gewartet, bis er ihr sagte, sie könnte wieder gucken.

„Mach die Augen auf", hatte er gesagt, und auch wenn sie die Halskette nicht sehen konnte, fuhr sie mit den Fingern über das herzförmige Teil.

„Es ist ein Familienerbstück. Alles Gute zum Valentinstag."

„Ich habe gar nicht daran gedacht ..." Es war kein Feiertag, der je auf Merrigans Radar erschien.

„Ist schon gut. Ich wollte dir das geben, bevor du abreist; der Feiertag ist nur ein weiterer Grund dafür."

Als er sie schließlich aufstehen und in den Spiegel sehen ließ, waren ihr Tränen in die Augen getreten. Das Medaillon hatte einen roten Rubin-Hintergrund mit einer Ranke aus Gold und Diamantblumen.

„Sieh hinein", hatte er gesagt.

Als sie das gemacht hatte, sah sie nicht nur ein Foto von sich selbst, von dem sie sich nicht erinnerte, dass es aufgenommen worden war, sondern auch eins von ihm.

„In meinem Herzen sind wir zusammen, Fatale. Und jetzt sind wir es auch in deinem."

ALS SIE KURZ BEVOR SIE AN BORD DES FLUGZEUGS GING, miteinander sprachen, erzählte er ihr, dass Quinn berichtet hatte, ihre Mutter hätte ein paar schlechte Tage gehabt und wiederholt nach ihm gefragt. Dass seine Tochter sich nicht mit ihm in Verbindung gesetzt hatte, sprach Bände darüber, was sie über die Abhängigkeit ihrer Mutter von ihm dachte.

Merrigans morgendlicher Anruf bei Rivet war kurz gewesen. Er war bereits im Bilde über die Umstände von Lenas Unfall und hatte nicht nur ihren Anruf erwartet, sondern ihre umgehende Ankunft.

Weil sie wusste, es würde zehn Stunden dauern, bis sie ihr Handy wieder checken konnte, schaltete Merrigan es noch ein letztes Mal ein. Statt eines Anrufs oder einer Nachricht von Kade, waren beide von Striker.

„Ich habe nur ein paar Minuten, bevor mein Flug geht", sagte sie, als er sich beim ersten Klingeln meldete.

„Dein Flug wohin?"

„Du weißt, dass ich dir das nicht beantworten kann."

„Das Hotel-Bel-Air-Wiedersehen ist also nicht so gut verlaufen, wie ich gehofft hatte?"

„Doch, das ist es. Wir hatten stundenlangen Wahnsinnssex, ehe wir uns verabschiedet haben."

„Wenigstens wurdest du flachgelegt."

„Ja, nun. Ich bin schon wieder reif. Aber hör mal, ich muss Schluss machen. Die Kabinenkontrolleurin guckt mich böse an."

„Die Kabinenkontrolleurin?"

„Sie ist auf mich losgegangen, als ich sie Stewardess genannt habe. Ich schätze, das ist nicht mehr politisch korrekt."

„Das ist es schon ungefähr dreißig Jahre lang nicht mehr, Süße. Jetzt erzähl mal schnell. Wo fliegst du hin?"

Merrigan unterbrach die Verbindung, ohne zu antworten. Dass Striker sie zweimal gefragt hatte, störte sie extrem, besonders nachdem sie ihm beim ersten Mal gesagt hatte, dass sie ihm das nicht erzählen könnte.

Zurzeit war Kade die einzige Person, die wusste, wohin sie unterwegs war. Sobald sie Rivet informierte, würde er die zweite sein. Davon abgesehen würde niemand in der Lage sein, sie aufzufinden.

Es war mehr als zehn Jahre her, seit sie zuletzt einen Fuß in die Stadt gesetzt hatte, in der sie aufgewachsen war. Das letzte Mal war zur Beerdigung ihres Vaters, zwei Monate nach der ihrer Mutter.

Es gab eine Zeit in ihrem Leben, da hatte sie sich geschworen, nie wieder zurückzukehren, aber da war sie jung gewesen, wild entschlossen, die Welt zu sehen, und sie hatte das Dörfchen sattgehabt. Jetzt sehnte sie sich danach, den einfachen Ort zu besuchen, an dem sich nie viel veränderte.

Kade mit seiner Familie zu sehen, hatte auch ein Verlangen in ihr ausgelöst, eine Verbindung zu ihrer eigenen zu haben. Sobald sie ankommen würde, würde sie Kontakt zu ihrem Bruder aufnehmen.

Sie spürte, dass ihr Sitz vibrierte, und ihr wurde bewusst, dass sie ihr Handy in die Seitentasche gesteckt hatte, ohne es auszuschalten. Als sie es herauszog, um das zu machen, konnte sie nicht anders, als zu bemerken, dass eine weitere Nachricht von Kade da war. Sie lachte, als sie sah, dass sie aus zwei Emojis bestand. Das erste war ein gebrochenes Herz und das zweite ein weinendes Gesicht. Dass ein großer, bulliger, knallharter Ex-CIA-Agent ihr eine solche Nachricht schickte, brachte sie zum Lächeln.

KADE

uf seinem Handy war eine Nachricht von Maddox, aber nichts von Merrigan. Er hatte auch nicht erwartet, dass etwas da wäre, aber trotzdem war er enttäuscht.

„Was brauchst du, Mad?", raunzte er, als sein Bruder sich bei seinem Anruf meldete.

„*Holla.* Was ist denn los?"

Darauf gab es keine einfache Antwort. Er war überwältigt von Dingen, die er nicht kontrollieren konnte. Angesichts von Merrigans Abreise, der Unvorhersehbarkeit von Lenas Zustand und der erneut drohenden Gefahr schoss sein Blutdruck in die Höhe.

„'tschuldige", murmelte er.

„Alex hat gesagt, ich soll dich anrufen und dich und Merrigan für Samstagabend zum Essen im Stave einladen. Sie und Peyton veranstalten eine Valentinstag-Party."

„Ich wünschte, ich könnte, Bruder, aber Merrigan hat die Stadt verlassen."

„Ich verstehe. Das erklärt deine miese Stimmung. Na ja, tut mir leid, Bro. Vielleicht hast du nächstes Jahr ein Date. Ich schätze, du könntest doch auch –"

„Sag's nicht", fauchte Kade.

„War nur ein Scherz."

„Mach ihn nicht noch einmal."

„HAST DU MAL EINE MINUTE?", FRAGTE MERCER ETWAS SPÄTER.

„Klar. Was gibt's?"

„Lass uns eine Fahrt machen."

Sie gingen zur Haustür hinaus zur kreisrunden Zufahrt.

„Wir müssen deins nehmen, weil das alles ist, was ich habe", sagte Mercer und deutete auf sein Ducati-Motorrad.

„Meinst du Quinns Porsche oder den alten Truck von meinem Dad?" Kade lachte zum ersten Mal, seit er sich von Merrigan verabschiedet hatte, und das fühlte sich gut an. „Wir sind schon ein Pärchen. Wir könnten uns wahrscheinlich beide zwei oder drei Autos leisten und wir haben überhaupt keins."

Mercer grinste. „Der Jaguar steht auf einem Untergrundparkplatz in New York, du hast also ein Auto mehr als ich."

„Über den habe ich nachgedacht."

„Ich werde es organisieren, ihn hertransportieren zu lassen."

Mercer erzählte ihm von dem Abend, an dem er sich zum ersten Mal mit Quinn unterhielt, und wie sie ihn gesehen hatte, als er sich am Rand der Party herumtrieb, zu der sie gegangen war. „Das war der Abend, als mir klar wurde, dass ich nicht länger die Führung für ihren Schutzauftrag haben sollte."

„Es ist alles gutgegangen, Eighty-eight."

Sie warfen die Surfbretter auf die Ladefläche, für den Fall, dass es anständige Wellen gab, und fuhren mit dem Truck hinunter zum Strand.

„Worüber wolltest du reden?", fragte Kade, als sie über den Sand gingen.

„Lena."

Kade stöhnte innerlich.

„Irgendetwas stimmt nicht."

Als sie in die Nähe des Wassers kamen, setzten sich beide Männer hin.

„Führ das weiter aus", sagte Kade.

„Ich weiß, du hast ihre Bemerkung zu der Bougainvillea mitbekommen, als du sie vom Krankenhaus nach Hause gebracht hast."

„Die Ärzte sagten, sie würde sporadische und vermutlich vereinzelte Erinnerungen haben."

„Davon gab es mehrere."

„Nochmal, ich glaube, das war zu erwarten."

„An demselben Nachmittag habe ich sie zur Krankenschwester sagen hören, du wärst ihr Ehemann, und dass, auch wenn es schon mehrere Jahre her wäre, dass ihr beide in der Casa Carrizo gewohnt habt, es gut wäre, wieder zu Hause zu sein."

Kade rieb sich über seinen Nacken. „Dass ich ihr Ehemann *wäre*."

„Gegenwartsform, Doc."

„Du denkst nicht, dass sie verwirrt war?"

Mercer schüttelte den Kopf. „Und das war auch kein vereinzelter Vorfall, Doc. Die Dinge, die ich mitbekommen habe, passieren, wenn sie denkt, dass sie niemand hören oder sehen kann."

„Sprechen wir hier von Überwachung, Eighty-eight?"

„Noch nicht, aber das ist der Hauptgrund, warum ich mit dir reden wollte."

„Sprich weiter."

„Wie du weißt, habe ich Burns das Updaten des Sicherheitssystems der Casa Carrizo überwachen lassen."

Kade lachte. „Ich musste mich ziemlich schnell auf den neuesten Stand bringen. Mein Vater ... Na ja, du weißt ja, wie er ist."

Mercer nickte. „Es ist hochmodern. Wir könnten sie überwachen, ohne in ihre, äh, Privatsphäre einzudringen."

Er erschauderte und lachte. „Ich war einmal mit ihr verheiratet, aber ehrlich gesagt sehe ich sie jetzt mehr wie eine Schwester. Ich kann mir nicht vorstellen ..."

„Ich auch nicht", sagte Mercer, ohne zu lachen. „Dann bist du also damit einverstanden?"

„Mach, was du für nötig hältst, Eighty-eight."

„Danke, Doc."

„Habt ihr schon Fortschritte mit euren Hochzeitsplänen gemacht?"

Mercer beobachtete die Wellen, die an das Ufer krachten, und antwortete nicht sofort. „Ich halte es für das Beste, wenn wir warten."

Kade verstand seinen Gedankengang, aber in ihrer Branche lauerte die Gefahr an jeder Ecke. Zu warten, würde nichts ändern, und wegen einer scheinbaren Gefahr zu verschieben, würde bedeuten, die bösen Jungs hätten gewonnen.

„Macht das nicht", sagte er. „Heiratet; lebt euer Leben. Es wird eine Zeit kommen, in der du dich der Sache frontal stellen musst – also, deiner eigenen Sterblichkeit –, und dann solltest du nichts zu bedauern haben, besonders nicht, wenn es um Liebe geht."

„Hört sich so an, als würdest du aus Erfahrung sprechen."

„Nicht so sehr in der Vergangenheit wie in der Gegenwart."

„Merrigan?"

Kade nickte. Lena und er hätten nie heiraten sollen. Sie hatten es aus allen möglichen falschen Gründen getan. Und Peyton war mit Brodie besser dran. Sie und sein Bruder liebten einander und es machte ihn glücklich, sie zusammen zu sehen. Aber Merrigan? Sie war anders als jede andere Frau, die er je kennengelernt hatte. Es lag nicht nur daran, dass es neu war. Er konnte sich keine andere vorstellen, die besser zu ihm passen würde, und genauso passte er zu ihr.

Selbst als sie ihn gestern Morgen aus einem Albtraum geweckt hatte, hatte sie das perfekt gehandhabt. Sie kannte die Risiken, die damit verbunden waren, jemanden mit einem posttraumatischen Belastungssyndrom zu wecken, und hatte das Bett angestoßen und seinen Namen gesagt. Dies beides kombiniert hatte ihn aufgeweckt, aber nicht auf eine Art, die ihn dazu gebracht hätte, unbeabsichtigt auf sie loszugehen.

Auch wenn sie die Erste wäre, die ihren Rockstar-Status in ihrem Fachgebiet herunterspielen würde, war es weithin als Tatsache anerkannt, dass Fatale nicht nur eine der besten weiblichen Agenten war, die der MI6 je hatte, sondern eine der besten Agenten insgesamt. Verdammt, sie hatte seinen Arsch gerettet.

„Was hast du vorhin über Quinn gesagt? Etwas darüber, dir wäre klar geworden, du hättest nicht länger ihren Schutz übernehmen sollen?"

Mercer nickte.

„Mir ist klar geworden, dass ich nicht länger in dem Spiel sein sollte; zu großem Teil dank Merrigan. Was noch dazukommt: Ich will nicht mehr drin sein."

„Dann hör auf."

„Ich habe es versucht." Kade lachte. „Paps lässt mich nicht." Mercer wusste so gut wie er, dass er einen Witz machte. Mit einer Sache hatte Paps jedoch recht. Sie vier − Mercer, Razor, Paps und er − mussten zusammen entscheiden, ob K19 im Geschäft bleiben oder aufgelöst werden sollte.

„Was ist mit dir, Eighty-eight?"

„Ich habe Quinn gesagt, dass ich fertig damit wäre, sobald dieser Auftrag unter Dach und Fach ist."

„Bleiben noch Paps und Razor. Bei Paps weiß ich es nicht, aber was zur Hölle sollte Sharp machen?"

Mercer lachte. „Wer weiß? Vielleicht würde er so gern aufhören wie wir."

„KADE, BIST DU DAS?", FRAGTE LENA.

Er hatte direkt draußen vor der Tür gestanden, die von der Terrasse in die Küche führte, und sie beobachtet, seit Eighty-eight und er vom Strand zurückgekommen waren. „Mm-hmm", murmelte er und fragte nicht, woher sie wusste, dass er es war.

„Was machst du da?"

„Kann ich dir etwas bringen?", fragte er.

Sie beugte sich vor und fuhr mit der Hand über die Tischfläche, bis ihre Fingerspitzen den Fuß des Glases Wein berührten, das sie trank. Die Vorführung, ihr Glas zu finden, war weitaus dramatischer, als er es vor ein paar Minuten gesehen hatte. Sie war zwar vorsichtig, aber je mehr er sie beobachtete, desto mehr glaubte er, Mercer hatte recht damit, dass sie die Schwere ihres gegenwärtigen Zustands vortäuschte.

Er wünschte sich, er könnte einschätzen, wie viel von ihrem Erinnerungsvermögen wirklich zurückgekehrt war oder wie viel von dem Verlust eine Schau war. Das Gleiche galt für ihr Augenlicht. War es zurückgekommen?

Als er hineinging, war Quinn in der Küche.

„Hi", sagte sie und legte einen ungeöffneten Briefumschlag auf die Arbeitsplatte.

Kade ging hin, nahm ihn und sah auf die Absenderadresse. *LabTech Testing.*

„Bist du bereit dafür?", fragte er.

Quinn schüttelte den Kopf.

„Wir müssen ihn nicht öffnen. Niemals. Was immer in diesem Umschlag ist, macht für mich keinen Unterschied."

Als er ihn hinlegte, griff sie danach und nahm ihn. Statt ihn zu öffnen, faltete sie ihn zusammen und steckte ihn in die Gesäßtasche ihrer Jeans. Kade ging zu ihr hinüber und legte einen Arm um sie.

„Ich bin hierin nicht gut", murmelte er, atmete den Duft seiner Tochter ein und erinnerte sich daran, wie er sie als kleines Mädchen auf dem Schoß gehalten hatte.

„Was meinst du?"

„Ein Dad zu sein."

„Da bin ich anderer Meinung", sagte sie und legte ihre Wange an seine Brust. „Ich finde, du bist sehr gut darin."

Kade schloss die Augen und hielt sie fest an sich gedrückt, während er jede einzelne Minute der letzten vierzehn Jahre bereute, in denen er ihr überhaupt kein Dad gewesen war. Wie viel mehr seines Lebens würde er entgleiten lassen, ohne es zu leben?

„Wirf ihn weg", sagte er.

„Ich kann nicht."

Kade ließ sie los und sah ihr nach, als sie hinausging und sich zu ihrer Mutter setzte. Was immer die beiden miteinander zu bereden hatten, ging ihn nichts an. Deshalb ging er in den Hauptraum, zündete ein Feuer an und setzte sich auf eine der Ledercouches, die er vor Jahren einfach wegen ihrer Größe gekauft hatte.

Er checkte sein Handy in der Hoffnung, es würde eine Nachricht von Merrigan da sein. Stattdessen war da eine von Striker.

„Doc, danke, dass du mich so schnell zurückrufst", sagte er, als er sich bei Kades Rückruf meldete.

„Was kann ich für dich tun?"

„Sergei Orlov hat Fatale."

„Was meinst du mit: Er hat sie?"

„Du weißt verdammt gut, was ich meine", schnauzte Striker ihn an.

Verfluchte Hölle. Er ballte die Hand zur Faust und suchte nach etwas, das er gegen die Wand schmeißen konnte. „Wo sind sie?"

„Sie sind auf dem Weg nach Ardrossan."

„Woher hast du deine Information?"

„Shiv. Er ist drinnen."

„Gott sei Dank", murmelte Kade. Marquess Thornton „Shiver" Whittaker war einer der besten Agenten in ganz Großbritannien.

„Was soll ich machen?", fragte Kade.

Er wartete, aber Striker antwortete nicht.

„Sag es, Griff."

„Ich denke nicht, dass du Befehle von der CIA brauchst, Doc."

„Natürlich brauche ich die nicht." Er beendete den Anruf und fasste sich in den Nacken.

„Was ist los?", fragte Mercer, der zu ihm in den Hauptraum des Hauses kam.

„Ich reise ab."

Mercer nickte. „Was kann ich tun?"

„Ich nehme Paps und Razor mit."

„Ich werde mich um die Einzelheiten kümmern. Wohin?"

„Glasgow. Oruzhiye hat Fatale."

„Scheiße."

Kade ging näher zu Mercer und beugte sich zu ihm. „Während ich weg bin, findest du heraus, was zum Teufel Lena im Schilde führt."

„Wird gemacht."

Mercer war bereits am Handy, als Kade nach oben ging, um seine Ausrüstung zu holen. Als er zurück hinunterkam, wartete Quinn auf ihn.

„Du fährst weg?"

Er nickte. „Es tut mir leid –"

„Entschuldige dich nicht. Ich verstehe es."

„Ich habe keine Ahnung, wie lange ich weg sein werde."

Sie wandte den Blick ab.

„Quinn? Möchtest du den Umschlag öffnen, ehe ich gehe?"

„Nein. Das werden wir zusammen machen, wenn du zurückkommst."

„Die Jungs treffen dich am Flugplatz", sagte Mercer, der ein paar Schritte entfernt stand.

„Das Eine, was du für mich machen sollst, wenn ich weg bin, ist, herauszufinden, wer zum Teufel Animus ist", murmelte er.

Kade sah aus den Augenwinkeln heraus Lena, und obwohl sie versuchte, sich zu verstecken, tat sie das nicht schnell genug, dass er ihr leises Nach-Luft-Schnappen und ihr erblassendes Gesicht nicht mitbekommen hätte.

Er beugte sich wieder zu Mercer. „Finde heraus, wie die Verbindung zwischen Animus und Lena ist."

Wer immer der Scheißkerl war, er hatte irgendeine Verbindung zu seiner Ex-Frau.

KADE WARTETE, BIS SIE IM FLUGZEUG SAßEN, EHE ER SEINE Teamkollegen über den Einsatz informierte, den sie in Angriff nehmen würden.

„Er bringt sie nach Arran", sagte Paps.

„Wieso denkst du das?", fragte Razor.

„Fatale stammt von dort", antwortete er.

Kade war überrascht, dass Paps so viel wusste, im Hinblick darauf, dass er ihnen bis gerade eben nicht gesagt hatte, wohin sie unterwegs waren.

Wie bei Lena stimmte irgendetwas nicht mit dem Mann, der während einiger der dunkelsten Tage seiner Karriere an seiner Seite gewesen war. Was immer es war, er konnte nicht länger damit warten, ihn zur Rede zu stellen.

Da sie für mindestens vierzehn Stunden in der Luft sein würden, holte Kade eine Flasche Scotch heraus, schenkte drei Gläser ein und reichte Paps eines und Razor eines.

„Setzt euch, Gentlemen."

Als sie das taten, brachte Kade einen Toast aus. „Auf lebenslange Freundschaft", sagte er und blickte Paps direkt in die Augen.

Der Mann hob sein Glas und stürzte den Whiskey hinunter. „Bist du bereit, Doc?", fragte er.

„Wofür?"

„Dafür, dass ich dir sagen werde, wen ich für Animus halte?"

❧ 23 ❧

MERRIGAN

Natürlich war die Weinkarte im Hotel du Vin in Glasgow hervorragend. Es fiel Merrigan schwer, sich zu entscheiden, deshalb nahm sie gern die Empfehlung des Sommeliers an, als er zu ihr kam.

„Ich habe einen fantastischen Sekt von einem von Englands Besten, Ridgeview, in Sussex. Er ist köstlich und wuchtig, hergestellt mit Pinot Noir und Pinot Meunier. Selbstverständlich ist er ein Schnäppchen im Vergleich zu erlesenem Champagner."

„Das klingt wundervoll. Danke", sage Merrigan, als sie die Speisekarte durchlas. „Ich nehme die Schweinepastete und die Kaninchenpastete." Sie reichte dem Sommelier die Karte, als er ihr anbot, sie zu nehmen.

„Madame, der Gentleman, der an der Theke sitzt, hat darum gebeten, heute bitte Ihren Lunch für Sie übernehmen zu dürfen."

Merrigan sah in die Richtung, in die der Mann wies, und schnappte innerlich nach Luft, als sie die letzte Person erblickte, die sie je wiedersehen wollte, abgesehen von einem Maskhadov – Sergei „Oruzhiye" Orlov.

Dass er hier war, bedeutete, dass sie einen furchtbaren Fehler begangen hatte. Sie hatte einen Mann, von dem sie sicher war, dass er sie töten wollte, unbeabsichtigt viel zu nah zu dem Zuhause ihrer Kindheit und zu ihren einzigen, noch lebenden Familienmitgliedern geführt. Wenn ihr Instinkt recht hatte, hatte sie gerade ihren Bruder, seine Frau und ihre beiden Kinder in so große Gefahr gebracht, wie sie es selbst war.

„Fatale", sagte er, als er sich uneingeladen zu ihr an den Tisch setzte. „Du siehst so schön aus wie immer."

Sergeis Blick wanderte an ihrem Körper hinunter und wieder hinauf, dann lächelte er, als er ihr in die Augen sah. „Ich erinnere mich gern an die Röte, die Genuss auf dein Gesicht zaubert, mein Liebes."

„Was für ein Zufall, in Glasgow mit dir zusammenzustoßen", sagte sie und trank von dem Sektglas, das der Sommelier vor sie hingestellt hatte. Vielleicht hätte sie das nicht getan, wenn sie nicht gesehen hätte, wie er die Flasche geöffnet und direkt daraus eingeschenkt hatte.

„Manche nennen es Zufall, manche nennen es Kismet, *ne tak li*?"

„Ich würde sagen, keins von beiden trifft zu, Oruzhiye."

„Dann eben eine glückliche Fügung."

Sie nickte und befahl ihren Händen, nicht zu zittern, als sie noch einen Schluck Sekt trank. Er sah noch immer so verteufelt gut aus wie das letzte Mal, als sie ihn gesehen hatte, als sie seine Liebe und sein Vertrauen betrogen hatte. „Noch einmal: Was bringt dich nach Schottland?"

„Du kennst die Antwort, Merrigan."

„Nein, tue ich nicht."

„Sagen wir, ich wurde geschickt, um … auf dich aufzupassen."

„Nicht, um mich zu töten?"

Sergei schüttelte den Kopf. „Noch einmal, das weißt du besser."

„Wer hat dich geschickt?"

Er lächelte und winkte den Kellner herbei, der sofort eine gekühlte Flasche Green-Mark-Wodka, zwei Gläser und eine Platte mit in Essig eingelegtem Gemüse brachte.

„Auf keinen Fall", murmelte Merrigan.

„Oh, aber du schuldest mir etwas, *nyet?*" Er sah sie an, wie vielleicht ein ungeduldiger Elternteil ein Kind ansehen würde.

Sie beobachtete, wie Sergei sich selbst eine kleine Menge eingoss und dann eine für sie.

„Auf deine Gesundheit", sagte er und stürzte sie hinunter.

Merrigan erhob ihr Glas und atmete tief durch. Es war lange her, dass sie die Kurzen getrunken hatte, die diese Tradition verlangte. Sie stürzte ihn hinunter und sah zu, wie er einen weiteren eingoss.

„Za nashu druzjbu."

Sergei grinste süffisant über ihren Toast auf die Freundschaft. Er wartete, bis sie Nummer zwei hinuntergekippt hatte, ehe er es ihr gleichtat.

„Auf unsere Liebe", konterte er, goss den dritten ein und stürzte ihn hinunter. Er beugte sich vor, legte die Ellbogen auf seine Knie und sah ihr in die Augen. „Erzähl mir, Fatale. Wie geht es dem guten Doktor?"

„Fahr zur Hölle, Sergei."

Er lächelte mit schmalen Augen und musterte sie forschend. „Du bist in ihn verliebt."

„Das weißt du besser."

Er lachte. „Ich habe dich vermisst."

„Warum bist du hier, Oruzhiye?"

„Die Frage habe ich dir schon beantwortet."

„Für wen passt du auf mich auf?"

Er lächelte. „Vielleicht nur für mich."

Merrigan goss Sergei noch einen Shot ein, dann sich selbst, um den Schauder zu verbergen, der ihr über den Rücken hinaufkroch. Sie war an der Reihe, einen Toast auszubringen, aber auf einen zu kommen, war ein Kampf. Während sie ihr Glas betrachtete, verschleierten Tränen ihren Blick. „Auf das Leben", sagte sie und weigerte sich, ihn anzusehen, als sie den vierten Kurzen hinunterstürzte.

„*Lyubov' moya*", murmelte Sergei und fasste hinüber, um ihre Hand zu berühren.

„Ich bin nicht deine Liebe, und ich kann das hier nicht", sagte sie und zog ihre Hand weg. „Sag mir, was du willst, oder sag Auf Wiedersehen."

Sergei packte ihren Arm und riss sie nah genug an sich heran, dass sie seinen Atem auf ihrer Haut spüren konnte. „Nein, Fatale, so wird das hier nicht laufen. Nicht mal annähernd."

DIE FÄHRE HATTE GERADE VOM LIEGEPLATZ ABGELEGT, ALS Sergei das Auto auf dem Warteparkplatz abstellte; es würde fast drei Stunden bis zum nächsten Ablegen dauern. Merrigan wusste, dass diese Verzögerung nicht Teil von Orlovs Plan gewesen war, und sie hatte keine Ahnung, was er jetzt machen würde.

„Du bist keine Gefangene, Fatale", sagte er, vermutlich wegen des tödlichen Blicks, mit dem sie ihn anstarrte.

Sie hielt ihre Hände hoch, die in Handschellen lagen. „Soll das heißen, dass sich deine sexuellen Neigungen geändert haben?"

Er wandte sich ab und lehnte den Kopf gegen das Autofenster. „Das wirst du schon sehen."

„Das werde ich ganz sicher nicht", fauchte sie ihn an.

„Beruhig dich. Ich bin nicht in der Stimmung für deine Ausbrüche."

„Dann lass mich gehen."

„Das kann ich nicht machen."

Sie sah aus ihrem Fenster, dann aus seinem. „Es ist niemand hier, es ist stockdunkel und vor uns liegt die weite Mündung. Warum tötest du mich nicht jetzt?"

„Ich habe es schon mehr als einmal gesagt, dass ich dich nicht töten werde, Fatale."

„Was dann, foltern? Ich kann dir versichern, ich habe nur wenige oder gar keine Informationen, die für dich von Wert wären."

„Ich kann nicht glauben, dass ich dir vor weniger als drei Stunden gesagt habe, ich hätte dich vermisst."

„Das Gefühl beruht auf Gegenseitigkeit. Dich nie wiederzusehen, wäre noch zu bald für mich gewesen."

Er seufzte und holte eine Flasche Wodka vom Rücksitz vor. Er schraubte sie auf und reichte sie ihr.

„Nein, danke. Ich bevorzuge einen direkten Schuss in den Kopf statt Gift."

Er trank einen kräftigen Schluck, wischte sich den Mund mit dem Handrücken ab und gab ihr die Flasche zurück. „Trink. Du wirst es brauchen."

„Wo bringst du mich hin?"

Sergei sah in die Richtung, des Liegeplatzes der Fähre und lachte.

„Warum die Isle of Arran?"

Er schüttelte den Kopf und warf ihr ein zweites Mal einen Blick zu, als wäre sie ein verwöhntes Kind. „Ich fand dich immer faszinierend, Fatale, aber heute Abend langweilst du mich."

Kurz hatte sie sich erlaubt zu hoffen, Orlov hätte nicht herausgefunden, dass ihr Bruder und seine Familie auf der Insel leben würden. Jetzt wusste sie, dass er es hatte.

„Wie schon gesagt, lass mich gehen."

Sergei seufzte, schüttelte den Kopf und trank noch einen Schluck Wodka. „Ich bekomme noch Kopfschmerzen von dir."

„Erzähl's mir einfach, Orlov. Befreie uns beide aus unserem Elend."

„*Nyet.*"

Merrigan verschränkte die Arme, so gut ihr das mit den Handschellen möglich war, und sah aus dem Fenster in die Schwärze der Nacht. Ihre Unterhaltung war bezeichnend dafür, wie ihre Beziehung gewesen war, denn sie hatten sich kennengelernt, als sie eine Agentin war, die noch grün hinter den Ohren war und versucht hatte, sich im MI6 zu profilieren. Sie würde nicht unbedingt sagen, dass Sergei ihr Mentor gewesen war, besonders angesichts dessen, dass er früher beim KGB war und jetzt seine Dienstleistungen an den Meistbietenden verkaufte, aber sie waren für kurze Zeit ein Liebespaar gewesen.

Ob er für einen Verbündeten oder einen Feind arbeitete, war ungewiss und änderte sich je nachdem, wer ihm das meiste Geld bot. Er hatte gesagt, er würde sie nicht töten, was angesichts ihrer Handschellen bedeutete, dass ihr vermutlich Folter bevorstand; es spielte keine Rolle, wie oft er sagte, dass er geschickt worden war, um auf sie aufzupassen.

„Sag mir, was du wissen willst. Ich spare uns beiden die Zeit – und mir erspare ich die Schmerzen."

Sergei ließ in seiner Muttersprache einen Haufen Flüche vom Stapel, gefolgt von einer Ankündigung, mit der sie nicht unbedingt gerechnet hatte. „Sobald der gute Doktor eintrifft, wirst du es vielleicht verstehen."

Merrigan verarbeitete seine Worte. Für wen immer er arbeitete, hatte es entweder auf Doc Butler abgesehen oder wollte etwas von ihm. Dass Orlov im Bistro nach ihm gefragt hatte, ergab mehr Sinn. Aber was wollte er von Kade, das sie nicht hatte oder von dem sie zumindest wusste?

„Er hat einen Deal mit dem Einigen Russland gemacht", sagte sie und wartete ab, um zu sehen, ob er reagierte, aber das tat er nicht.

Stattdessen beobachtete er sie und wartete darauf, dass sie selbst darauf kam.

„Die Ukrainer", murmelte sie, als es ihr endlich dämmerte, für wen er arbeitete.

Orlov lächelte und nickte.

Sie hätte früher dahinterkommen sollen. Niemand hasste das Einige Russland mehr als sie. Wenn die Machtkämpfe in Russland ein dreiköpfiges Monster wären, würden das Einige Russland, die Ukraine und die Maskhadovs je ein Hirn repräsentieren.

„Der MI6 und die CIA haben die Maskhadovs ausgeschaltet; jetzt wollt ihr unsere Hilfe, das Einige Russland auszuschalten?" Die Idee war lächerlich. „Der Plan ist nicht nur hochfliegend, sondern auch unmöglich."

Sergei antwortete nicht, sondern beobachtete sie, wie sie die Sache weiter durchdachte.

„Nein, das wird es nicht sein, oder?"

Der Konflikt in der Ostukraine wurde zunehmend gewalttätig; täglich wurde von Artillerieangriffen und Kämpfen mit Handfeuerwaffen berichtet. Nach geschätzten Zahlen waren über zehntausend Ukrainer von russischen Truppen während des Krieges getötet worden, der seit fünf Jahren im Donbas geführt wurde.

Das Ungleichgewicht in der Handelsbilanz war jedoch Kiews größeres Problem. Während die Exporte der Ukraine in die EU im Aufschwung waren, würde es nie ein faires Handelsabkommen zwischen ihr und Moskau geben. Hardliner drängten die Regierung, alle Importe aus Russland zu stoppen, aber die Realität war, dass die ukrainische Bevölkerung ohne diese Importe nicht überleben könnte. Umgekehrt waren die wirtschaftlichen Sanktionen, mit denen Russland sie belegt hatte, gepaart mit ihren zurückgehenden Handelsexporten, lähmend.

Wenn das, was Calder gegen das Einige Russland in der Hand hatte, so bedeutend war, wie der MI6 und die CIA dachten, konnte die Ukraine sicherlich größeren Nutzen daraus ziehen als Großbritannien und die Vereinigten Staaten zusammen.

Die Möglichkeiten, die sich damit auftaten, die Oberhand zu haben, reichten davon, ihre Handelsvereinbarungen auszugleichen, bis dahin, den Krieg komplett zu beenden.

„Warum solltest du uns beide herlocken? Was du willst, ist in den Staaten. Indem du uns aus dem Spiel nimmst, hast du dem Einigen Russland leichteren Zugang verschafft."

Sergeis Gesichtsausdruck verwandelte sich von Belustigung zu einer grauen und düster wirkenden Maske, während sie weiter überlegte, warum er sie entführt hatte.

„Animus, du dummes Mädchen."

In Merrigan sträubte sich alles. Woran lag es, dass dieser Mann noch immer genügend Einfluss auf sie hatte, dass ihr seine Beleidigungen einen Stich versetzten?

Sie sollte in der Lage sein, die Verbindung zwischen Kade, ihr und dem rätselhaften Animus herauszufinden. Das war es, was Orlov versuchte, ihr zu sagen.

Die abrupte Bewegung des Autos ließ Merrigan aus dem Schlaf aufschrecken. Sie rollte ihre Schultern und versuchte, sich zu strecken, doch die Handschellen erlaubten ihr keine großen Armbewegungen.

Sergei fuhr so weit auf der Fähre vor, wie er konnte, und stellte den Motor aus. „Willkommen zurück, Dornröschen."

Sie antwortete nicht. In ihrem Kopf hämmerte es, ihr Mund war trocken und ihr Körper tat überall weh. Ihr war nicht nach Reden zumute.

„Weniger als eine Stunde, und wir werden im Bett sein."

Sie drehte sich um und funkelte ihn wütend an. „In *getrennten* Betten."

Er lachte. „Was für ein Spaß soll das denn machen?"

„Vorher-bringe-ich-dich-um-Spaß."

„Du bist eingeschlafen, bevor du dahintergekommen bist."

Merrigan zuckte mit den Schultern. „Ich habe keine Ahnung, wovon du redest."

„Soll ich dir Tipps geben?"

Sie schüttelte den Kopf. „Es ist mir egal, wer Animus ist."

„Hmm. Ich verstehe. Vielleicht wird es den guten Doktor mehr interessieren als dich, und er wird mein Spiel mitspielen."

„Mach dir da mal nicht so wahnsinnig große Hoffnungen. Ich würde darauf wetten, dass er überhaupt nicht auftauchen wird."

„Es wäre unfair von mir, deine Wette anzunehmen. Du hast noch immer alle Waffen einer Frau, auch wenn dein Selbstbewusstsein abgenommen hat."

Merrigan schüttelte den Kopf und gähnte. „Du langweilst mich, Orlov", wiederholte sie seine Worte an sie.

DIE UNTERKÜNFTE, FÜR DIE DIE UKRAINER GEBLECHT HATTEN, schockierten sie. „Hier hältst du mich gefangen?", fragte sie, als er durch die Torflügel von Brodick Castle fuhr. Sobald sie das allerdings gesagt hatte, wünschte sie, sie hätte es nicht getan. Es war ein verdammtes mittelalterliches Schloss, um Himmels willen. Die Burg stand hier seit dem fünften Jahrhundert und hatte eine Folterkammer und Galgen.

„Fatale, sosehr ich vom Klang deiner Stimme *hingerissen* bin, bitte ich dich, still zu sein."

Sie hob ihre Arme. „Was ist mit denen?"

Sergei seufzte und sah sie verärgert an. „Ich werde die Handschellen losmachen. Wenn du jedoch einen einzigen Laut von dir gibst, Augenkontakt aufnimmst, eine Handgeste machst oder versuchst, auf irgendeine Weise mit jemandem zu kommunizieren, mit dem wir in Kontakt kommen, werde ich dich dauerhaft mit den Handschellen an das Bett fixieren. Verstanden?"

Sie nickte und öffnete den Mund, um etwas zu sagen, schloss ihn aber wieder, als er eine Hand hob.

Sie blieb still, während sie die sich windende Auffahrt entlangfuhren. Selbst als er an dem Schloss vorbeifuhr, sagte sie nichts. Als er an einem Gebäude vorfuhr, das offensichtlich einmal das Cottage des Verwalters gewesen war, hätte sie so gern Fragen dazu gestellt, aber sie tat es nicht.

Nachdem er den Motor ausgeschaltet hatte, kam ein Mann aus der Dunkelheit heran.

„Auch wenn du per se keine Gefangene bist, kannst du auch nicht kommen und gehen, wie du möchtest. Fatale, darf ich bekannt machen: Aleksei. Er wird dafür sorgen, dass du schön hierbleibst."

Merrigan nickte, nahm aber keinen Augenkontakt mit dem Mann auf, den Orlov ihr vorgestellt hatte. Das brauchte sie nicht zu tun; sie kannte ihn seit Jahren.

Die beiden geleiteten sie in das Cottage, in dem ein Feuer im Kamin brannte. Das Äußere erinnerte sie an die beiden auf der Butler Ranch, die auch aus Stein gebaut waren.

Drinnen war der gleiche Stein zusammen mit dunklen Holzbalken an der Zimmerdecke und den Wänden. Die Möbel waren aus Holz und Leder gefertigt und Geweihtrophäen hingen an den Wänden verteilt. Sie fragte sich, ob dies speziell das Cottage des Jagdaufsehers war.

Sergei räusperte sich und bedeutete ihr, näher zu kommen. Sie hatte nichts für sein Grinsen oder das Funkeln in seinen Augen übrig. „Leider bin ich zu müde, um dich heute Abend mit in mein Bett zu nehmen, *dorogaya*. Vielleicht morgen."

Sie war zu müde, um ihre bissige Unterhaltung fortzusetzen oder auch nur zu versuchen, seinem Gespräch mit ihrem *Bewacher* zuzuhören. Stattdessen fragte sie nach der Toilette.

„Da oben", sagte Orlov und deutete zu einer geschlossenen Tür oben an einer Treppe.

„Danke", murmelte sie und stieg langsam hinauf zu dem Zimmer, das vermutlich ihre „Zelle" sein würde. Als sie die Tür öffnete, schimpfte sie in Gedanken mit sich. Das Zimmer war so warm und einladend wie der Hauptraum unten. Ein Feuer brannte in einem weiteren Kamin und das große Bett war mit schottischen Wolldecken bedeckt. Sie war dankbar für die Privatsphäre des an das Zimmer angrenzenden Badezimmers, in dem eine Wanne mit Klauenfüßen stand. So einladend sie erschien, war alles, was sie wirklich machen wollte, schlafen.

Sie spähte aus dem Fenster, nachdem sie die Toilette benutzt hatte, und sah, dass *Aleksei* nicht ihr einziger Bewacher war. Sie zog den Vorhang vor, kletterte aufs Bett und kroch unter die Wolldecken, ohne irgendetwas von ihrer Kleidung auszuziehen.

MERRIGAN ÖFFNETE DIE AUGEN UND ERKANNTE DEN RAUM nicht wieder, in dem sie sich befand. Es war nicht das Zimmer, in dem sie eingeschlafen war, es sei denn, sie hätte geträumt. Das Letzte, an das sie sich erinnerte, war, an einem Cottage auf dem Gelände von Brodick Castle angekommen und noch oben gegangen zu sein, um die Toilette zu benutzen. Sie erinnerte sich, dass dort ein großes Bett, ein brennender Kamin und eine Klauenfußwanne in dem angrenzenden Badezimmer waren.

Der Raum, in dem sie sich jetzt befand, war dunkel und nasskalt. Es stand ein Einzelbett darin mit einer Decke, einen Kamin gab es nicht und ganz sicher kein dazugehöriges Badezimmer. Es gab noch nicht einmal ein Fenster.

Sie war schlaftrunken, ihr Kopf tat ihr weh und ihr war schlecht. All diese Symptome waren Nebenwirkungen davon, mit Chloroform betäubt worden zu sein.

Als sie ein Klopfen an der Tür hörte, lachte Merrigan. Als hätte sie irgendeine Kontrolle darüber, wer kommen und gehen würde. Sie hörte, wie ein Schlüssel in das Schloss gesteckt wurde und sich die Tür knarrend öffnete.

„Ich weiß, dass du wach bist, Fatale", sagte Orlov, zog einen Stuhl herbei, den sie nicht wahrgenommen hatte, und setzte sich an die Seite des Bettes. „Der abrupte Wechsel der Örtlichkeit tut mir leid, aber der gute Doktor ist weitaus schneller eingetroffen als angenommen."

Merrigan legte einen Arm über ihre Augen. „Ich dachte, ich wäre keine Gefangene, und was zur Hölle sollte das, Oruzhiye? Musstest du Chloroform benutzen? Ich wäre bereitwillig mitgegangen."

„Ich bitte um Entschuldigung. Ich habe Aleksei gebeten, deinen Umzug zu organisieren. Wen immer er damit beauftragt hat, hatte es zu eilig, die Aufgabe zu erledigen."

Ihre Augen füllten sich mit Tränen – eine weitere Nebenwirkung des Chloroforms. Sie hätte niemals wegen der Situation geweint, in der sie jetzt war, besonders nicht, wenn sie dabei jemandem wie Orlov ihre Verletzlichkeit gezeigt hätte.

Als er es bemerkte, strich er mit einem Finger über die Seite ihres Gesichts. Wenn sich ihr Kopf nicht angefühlt hätte, als würde er gleich explodieren, hätte sie ihn weggerissen.

„*Prosti pozhaluysta*", murmelte er.

„Ich will deine Entschuldigung nicht, Sergei. Erzähl mir stattdessen, was zum Teufel du vorhast."

Er seufzte. „Animus, mein Liebes. Denk mit."

„Was hat Doc mit ihm zu tun?"

Orlov zog seine Augenbrauen hoch. „Überleg mal, Fatale."

Ein weiteres Klopfen erklang an der Tür und Orlov stand auf. „Entschuldige mich, *lyubov' moya,* der gute Doktor ist angekommen."

24

KADE

Er hörte Paps' Theorie, wer Animus war, mit einer Mischung aus Unglauben und Besorgnis zu, dass sein Teamkollege den Verstand verloren hatte. Er konnte Razors Gesichtsausdruck nicht gut genug lesen, um zu wissen, ob er Paps' Gedanken plausibel fand oder auch glaubte, dass der Mann durchgeknallt war.

„Lasst uns das als eine Möglichkeit betrachten, aber wir fügen weitere Personen zu der Liste der Verdächtigen hinzu", sagte Razor, als Paps zu Ende gesprochen hatte.

Liste? Auf der stand eine Person, die so wahrscheinlich Animus war wie der Weihnachtsmann.

„Sprechen wir über Fatale. Paps, du glaubst, Orlov bringt sie nach Arran."

„Das ist der einzige Ort, der Sinn ergibt, Doc."

„Wenn sie noch lebt", fügte Razor hinzu.

Kade warf ihm einen kurzen Blick zu.

„Entschuldige, Doc, aber –"

„Sie lebt", sagte Paps, während er auf sein Handy sah. „Sie sind in Ardrossan."

„Wo in Ardrossan?"

„Das werdet ihr nicht glauben." Paps lachte. „Sie haben die Fähre verpasst."

„Wo sind sie?", fragte Kade zum zweiten Mal.

„Sie warten auf die nächste."

Hätte Kade noch nennenswerte Haare, hätte er sie sich jetzt ausgerissen. *„Wo?"*, schnauzte er.

Paps hielt sein Handy so, dass Kade die Aufnahme sehen konnte, die Shiver ihm geschickt hatte.

„Himmel", murrte Kade angesichts Orlovs Patzer. Manchmal machte der gerissenste Spion die dümmsten Fehler.

„Sag Shiv, er soll dem Scheißkerl eine Kugel in den Kopf verpassen und Fatale da rausholen."

Paps schüttelte den Kopf. „Geht nicht."

„Warum zur Hölle nicht? Es ist eine MI6-Sache, ruf Rivet an und sag ihm, er soll es befehlen."

„Nicht MI6, Doc. Das ist eine Animus-Sache."

„Was meinst du?"

„Oruzhiye weiß, wer Animus ist."

Doc fragte Paps nicht, woher er das wusste. Das war es, was sie alle gut in ihrem Job machte. Handle nach deinem Instinkt. Zögere nicht, führe es aus. Wenn das Bauchgefühl seines

Teamkollegen ihm sagte, dass Sergei wusste, wer Animus war, dann glaubte Doc auch, dass er es wusste.

EIN PRIVATFLUGZEUG ZU HABEN, MACHTE EINIGE DINGE UM einiges leichter, aber keine offizielle Dienstmarke der CIA zu tragen, machte Dinge, wie durch den Zoll zu kommen, sehr viel schwieriger.

„Danke, Rivet", sagte Kade und schüttelte die Hand des Mannes, der sie aus der Bürokratiehölle geholt hatte.

„Shiv ist an Ort und Stelle", antwortete er und hielt sein Handy hoch, das signalisierte, dass er eine Nachricht erhalten hatte.

„Verstanden."

„Sehen wir zu, dass wir diese Sache zügig in trockene Tücher bekommen, Gentlemen", sagte Rivet, ehe er das Flugzeug verließ, das bald seine Freigabe zum Start Richtung Glasgow erhalten würde.

„Übrigens", setzte er hinzu, als er den Kopf noch einmal hineinsteckte, „Oruzhiye weiß, dass Sie auf dem Weg sind."

„Wer ist auf dem Weg?", fragte Paps.

„Nur Doc. Er ist der Einzige, der Orlov interessiert."

Razor lachte. „Danke."

Kade schüttelte den Kopf. Razor sollte dankbar sein, dass er und Paps Oruzhiye scheißegal waren. Der Mann, der „die Kanone" genannt wurde, war tödlich, hauptsächlich, weil sie unmöglich wissen konnten, für wen er zurzeit arbeitete oder was dessen oder deren Plan waren.

. . .

SHIV HATTE KADE EINE SPUR HINTERLASSEN, DER EIN Sechsjähriger hätte folgen können. Als er am Tor von Brodick Castle vorfuhr, öffnete es sich automatisch und er fuhr am Schloss selbst vorbei zu einem Cottage, wo Orlov wartete, wie ihm gesagt worden war.

„Willkommen", sagte Sergei, als Kade aus dem Auto stieg. „Du wirst deine Waffen heute nicht brauchen", fügte er hinzu und erwartete, dass er seine Waffe an einen seiner vier Schlägertypen übergeben würde, die um ihn herum standen.

„Wo ist Fatale?", fragte er, behielt dabei die Hand an seiner Waffe und ließ Orlov keinen Raum für Missverständnisse, dass er sich weigerte, sie zu übergeben.

„Das erfährst du zu gegebener Zeit", antwortete er und bedeutete Kade, ihm in das Cottage zu folgen. „Aber denk dran: Wenn du mich tötest, werdet ihr beide ebenfalls innerhalb von Sekunden tot sein."

Das Feixen auf dem Gesicht des Mannes genügte, dass Kade überlegte, ihm den Kopf wegzupusten. „Was willst du?", fragte er, als sie sich an das Kaminfeuer setzten.

Orlov gab einem seiner Schläger ein Zeichen, der eine Flasche Wodka und zwei Gläser herüberbrachte.

„Nein, danke", sagte Kade.

„Beleidige mich nicht", antwortete er und reichte Kade das Wodkaglas, in das er gerade eingegossen hatte. „Auf Fatales Gesundheit", fügte er hinzu, als er sein eigenes Glas erhob.

Kade stürzte seinen Wodka gleichzeitig mit seinem Gastgeber hinunter, goss aber nicht die vorgeschriebene zweite Runde ein. Stattdessen starrte er den Mann finster an und wartete.

„Animus", sagte Sergei und griff nach der Flasche.

„Was ist mit ihm?"

Sergei grinste. „Ich denke, das weißt du, und dein Katz-und-Maus-Spiel enttäuscht mich sehr. Du wirst träge, genau wie Fatale. Vielleicht ist es die Lust."

Wieder wartete Kade, ohne nach Orlovs Köder zu schnappen.

„Es gibt Grund zu der Annahme, dass der schwer zu fassende *Agent* jemand in deinem Kreis ist. Ich brauche, was Animus hat; du willst, was ich habe. So einfach ist das."

„Deine Informationen sind fehlerhaft", sagte Kade, nahm die Flasche und goss zwei weitere Kurze ein.

„*Nyet.*" Er schüttelte den Kopf. „Da bin ich mir sicher." Orlov gab wieder einem seiner Lakaien ein Zeichen, der eine Aufschnittplatte herausbrachte.

„Warum verfolgst du ihn nicht selbst?"

„Weil ich nicht den gleichen leichten Zugang habe wie du."

„Komm auf den Punkt, Oruzhiye. Wer ist es und was soll ich für dich tun?"

„Bevor ich gehe, will ich Merrigan sehen", sagte Kade später, als Orlov ihn zur Tür brachte.

„Fatale fühlt sich vollkommen wohl und ist glücklich, diese Zeit zu haben, eine alte Verbindung *neu zu beleben*. Ich bin sicher, du verstehst, was ich damit sage."

Kade stand darüber, sich von Orlovs Andeutung treffen zu lassen. Die Masche zeugte allenfalls von Selbstüberschätzung. Auch wenn sie vielleicht in der Vergangenheit eine Art Liebelei gehabt hatten, bezweifelte er nicht, dass Merrigans Desinteresse an

Orlov genauso groß war wie seine Gleichgültigkeit gegenüber Lena.

Was ihn jedoch traf, war, wen Sergei für Animus hielt. Seine Theorie war dieselbe wie die von Paps und für Kade blieb sie lächerlich.

Aber warum sollte Orlov seine Zeit damit vergeuden, ihn auf eine aussichtslose Suche zu schicken? Das ergab keinen Sinn.

25

MERRIGAN

„So bald zurück?", fragte Merrigan und überlegte, ob er Kade wirklich getroffen hatte, als Orlov zurückkehrte und an ihrem Bett stand.

„Gehen wir", sagte er und bedeutete ihr aufzustehen.

„Wohin jetzt?"

Orlov seufzte und packte ihren Arm. „Das wirst du dann sehen."

Er führte sie durch einen Tunnel, der so dunkel und nasskalt war wie der Raum, in dem sie festgehalten worden war. Sie vermutete, dass er das Schloss mit den Nebengebäuden verband. Es gab mehrere Türen, die wahrscheinlich Abzweigungen waren, die zu anderen Gebäuden auf dem Gelände führten. Da sie die ungefähre Entfernung zwischen dem Schloss und dem Cottage kannte, zu dem sie sie ursprünglich gebracht hatten, war es leicht zu folgern, dass sie auf dem Weg dorthin waren.

So wie Sergei die Lippen zusammenpresste, konnte sie erkennen, dass er wütend war. Es hätten nicht viele das verräterische Anzeichen wahrgenommen, aber sie hatte Stunden damit verbracht – Stunden ohne Wachsamkeit –, ihn zu studieren. Sie kannte ihn so gut, wie er sie kannte.

Was sie nicht erwartet hatte, war, in einer Garage zu landen, als sie die Stufen hinaufstieg, von denen sie angenommen hatte, sie würden zu dem Cottage führen.

„Wie war dein Treffen?", fragte sie, was ihm ein winziges Lächeln entlockte.

„Du weißt sehr wohl, wie wichtig du dem Doktor bist." Er blieb stehen und drehte sie zu sich herum, sodass sie ihn ansah. „Ich habe einmal genauso empfunden wie er jetzt."

Das Lächeln verschwand so schnell von seinem Gesicht, wie es gekommen war. Sie hatte ihn vor all den Jahren verletzt, aber was schlimmer war, sie hatte ihn betrogen. Als er in dem Bistro in Glasgow aufgetaucht war, hatte sie ihn gefragt, ob er da wäre, um sie zu töten, weil sie seit Jahren damit rechnete.

„Das weißt du auch, nicht wahr, Fatale? Das ich Gefühle für dich habe, ist der einzige Grund, warum du noch immer lebst."

„Du hast dir nie etwas aus mir gemacht."

Der Griff um ihren Arm wurde fester, als er sie nah genug an sich heranzog, dass sie seinen Atem spüren konnte. „Ich habe dich geliebt", stieß er wütend zischend hervor. „Ich hätte alles für dich gegeben, aber anstatt mich darum zu bitten, hast du es dir *genommen*."

„Du wolltest mich töten", flüsterte sie. „Ich habe dich gehört."

Er ließ ihren Arm los und trat einen Schritt zurück. „Zwei Dinge hättest du aus deinem Fehler lernen sollen. Erstens weißt du es besser, als jedes Wort zu glauben, das du hörst. Zweitens schreit dein Instinkt selbst jetzt noch weiter wegen deines Fehlers. Du hättest ihm vertrauen sollen."

„Das habe ich, Sergei. Darum bin ich weggegangen."

„Du bist nicht weggegangen. Du hast dich mit Fotografien aus dem Staub gemacht, die einen Haufen Geld wert waren." Er schob sie zur hinteren Tür eines SUV.

„Ich hatte keine Wahl. Die Maskhadovs –"

„Steig ein", forderte er sie auf, ohne sie den Satz beenden zu lassen. Als sie eingestiegen war, folgte er ihr und setzte sich neben sie, während sich Aleksei ans Lenkrad und ein weiterer Mann auf den Beifahrersitz setzte.

„Glaubst du wirklich, ich hätte dich am Leben gelassen, wenn ich dich nicht geliebt hätte?"

Merrigan sah weg, als er eine Hand auf ihre legte.

„Ich liebe dich so sehr, wie ich dich damals geliebt habe", sagte er leise genug, dass sie nicht sicher war, ob sie ihn richtig verstanden hatte.

„Ich bitte um Entschuldigung, aber dies ist nötig", sagte Orlov, ehe er eine Augenbinde an Merrigans Hinterkopf verknotete. Sie hätte damit rechnen sollen, als er ihr auch die Handschellen angelegt hatte. „Vergiss nicht, mir zu danken", fügte er hinzu.

Sie hätte ja gefragt, wofür, aber sie wusste, sie würde es bald genug herausfinden.

„Wie geht es dir?", fragte Merrigans Bruder, als Orlov sie in einem Gebäude allein ließ, von dem sie annahm, dass es sich um ein sicheres Haus handelte.

„Ich weiß nicht einmal ansatzweise, wie ich das beantworten soll. Wie geht es dir, Mac?"

Als er vortrat und sie in eine Umarmung zog, war sie fast zu verdutzt, um die Zuneigung zu erwidern. Sie konnte sich nicht erinnern, vorher schon einmal von dem großen, bösen MacGregor Shaw umarmt worden zu sein, nicht einmal auf den beiden Beerdigungen ihrer Eltern.

„Wer ist der Russe?", fragte er und trat einen Schritt zurück.

„Wenn du es nicht bereits weißt, erspare ich dir das."

„Wenn ich es nicht wissen wollte, hätte ich nicht gefragt."

Das kam ihr jetzt doch bekannt vor. Selbst als Erwachsene war es ihnen nicht gelungen, eine Unterhaltung zu führen, ohne spitze Bemerkungen auszutauschen.

„Sein Name ist Sergei Orlov. Sein Deckname ist Oruzhiye, was übersetzt ‚die Kanone' bedeutet."

„Ich verstehe."

„Wie gesagt, das willst du nicht wirklich wissen. Wie bist du übrigens hergekommen?"

„Er hat gefragt, ob ich meine Schwester sehen will."

„Und du bist einfach mitgegangen?"

Er nickte.

„Es ist dir nicht in den Sinn gekommen, dass du in eine gefährliche Situation spazieren könntest?"

„Nein."

„Das wäre aber besser gewesen."

„Unsere Lebensweise und unsere Art, die Welt zu betrachten, unterscheiden sich sehr voneinander."

„Jetzt verstehst du ja wohl, warum."

Mac ging hinüber zu dem Fenster des Zimmers. Er zog den Vorhang beiseite, sah hinaus, schüttelte dann den Kopf und setzte sich wieder. „Worum geht es hier?"

„Ich bin ein Faustpfand bei Verhandlungen und leider bist du das jetzt auch."

„Nicht nur ich. Mary Pat und die Kinder sind auch hier."

Merrigan hatte das Gefühl, als würde sie sich gleich übergeben. Orlov hatte ihren schwächsten Punkt gefunden und würde ihren Bruder und seine Familie benutzen, um sicherzustellen, dass sie alles machen würde, was er ihr sagte.

„Willst du sie sehen? Ich hätte wohl sagen sollen, sie treffen?"

„Natürlich will ich das, Mac."

„Übrigens, wer ist Doc?", fragte er.

„Was?"

„Ich habe gefragt, wer Doc ist."

„Warum?"

„Um Himmels willen. Weil der Russe mir gesagt hat, ich soll fragen."

„Er ist ein Agent. Genau genommen ist er im Ruhestand. Er war früher bei der CIA."

„Das ist alles?"

Zum zweiten Mal heute füllten sich Merrigans Augen mit Tränen und diesmal konnte sie nicht das Chloroform dafür verantwortlich machen. Wie sollte sie Mac erklären, wer Doc war, wenn sie ihre Beziehung selbst nicht verstand?

„Er ist jemand, an dem mir etwas liegt."

„Ich würde ihn eines Tages gern kennenlernen."

Sie konnte nicht anders, als zu lächeln. „Das hätte ich auch gern. Bevor du sie holst, erzähl mir von euren Kindern."

Die Unterhaltung zwischen ihrem Bruder und ihr erinnerte sie an die, die sie mitbekommen hatte, als Kade sie mit zu seiner Familie genommen hatte, um sie kennenzulernen.

„Bronagh ist letzten Monat drei geworden. Sie läuft ihrem großen Bruder und ihrer großen Schwester überallhin nach. So wie du es bei mir gemacht hast", sagte Mac.

Merrigan lächelte. „Hassen sie es so sehr wie du damals?"

„Mehr noch, glaube ich. Rowen toleriert sie mehr als Kevin."

„Du hast deinen Sohn nach Da benannt?"

„Es ist sein zweiter Vorname. Sein erster ist MacGregor."

„Ach, stimmt. Ich erinnere mich jetzt." Merrigan nickte einmal.

„Rowans zweiter Vorname ist Rielle, nach ihrer Ma."

„Wie schön. Und ist Bronagh nach Mary Pats Mutter benannt?"

Mac schüttelte den Kopf. „Ihr zweiter Vorname ist Merrigan."

„Entschuldige mich für einen Moment", sagte sie, als sie sich sehr anstrengte, nicht in Richtung der Toilette davonzustürzen, ehe Tränen zu fließen drohten.

Mac hielt sie am Arm fest und ließ nicht los. „Lauf nicht weg, Mer."

Sie konnte vor Rührung nicht sprechen und ihn auch nicht ansehen. „Es tut mir leid", sagte sie schließlich. „Ich weiß nicht, warum ich so emotional bin."

Er zog sie zurück auf den Stuhl. „Es ist gut, dich zu sehen, Merrigan."

„Dich auch", murmelte sie und wünschte sich, ihr Wiedersehen würde unter anderen Umständen stattfinden.

ORLOV TRAF EIN, ALS MERRIGAN, IHR BRUDER UND SEINE Familie gerade zu Ende zu Abend gegessen hatten.

„Bring deine Angst unter Kontrolle", murmelte er, als sie ihr Geschirr in die Küche trug. „Deine Familie wird denken, du willst nicht mit ihnen zusammen sein."

„Wenn du einem von ihnen ein Haar krümmst, werde ich dafür sorgen, dass du einen langsamen und sehr schmerzhaften Tod sterben wirst", stieß sie wütend hervor, so leise sie konnte.

Sie hätte ihn am liebsten geohrfeigt, als er zur Antwort lächelte.

Sie ging zurück ins Esszimmer und beobachtete ihre Nichten und ihren Neffen, wobei sie staunte, wie sehr die beiden ältesten sie an sie und ihren Bruder erinnerten, als sie klein waren. Die andere Sache, die ihr auffiel, war, wie offen liebevoll ihr Bruder mit seiner Frau umging.

In ihrer Familie waren Gefühle nie offen gezeigt worden, und ihn so zu sehen, war überwältigend großartig. Ein Teil von ihr hoffte, sie würde die gleiche Art von Beziehung haben, während der andere Teil wusste, dass das beinahe unmöglich wäre. Dass sie den nächsten Tag noch erleben würde, war unwahrscheinlich. Falls durch ein Wunder doch, bezweifelte sie, ob sie mit Kade zusammen wäre oder nicht, dass sie jemals in der Lage sein würde, die Mauern niedriger zu machen, die sie um sich errichtet hatte, angesichts der Art von Arbeit, die sie erledigte.

„WIRST DU SIE TÖTEN?", FRAGTE SIE SERGEI AUF IHRER FAHRT zurück nach Brodick Castle.

„Warum stellst du so schnell meine Motive infrage, Fatale, wenn du mir danken solltest?" Als er versuchte, ihre Hand in seine zu nehmen, riss Merrigan sie weg.

„So undankbar", murmelte er und seine Augen verfinsterten sich. „Du wirst deine Einstellung verbessern, wenn du den guten Doktor je wiedersehen willst."

„Wem gilt deine Drohung, Oruzhiye, ihm oder mir?"

„So viele ermüdende Fragen, auf die du bereits die Antworten hast."

„Also mir."

Das gequälte Lächeln, das sie immer wieder gesehen hatte, seit sie sich in Glasgow wiedergesehen hatten, kehrte zurück. *„Nyet,* Fatale. *Ya lyublyu tebya.*"

„Du liebst mich nicht. Du willst mich ficken."

Er funkelte sie verärgert an.

„Töte mich und lass meine Familie gehen."

Er schüttelte den Kopf und schwieg während der restlichen Rückfahrt.

„GUTE NACHT, SERGEI", SAGTE SIE MIT SIRUPSÜßER STIMME, ALS sie am oberen Treppenabsatz des Cottage ankamen.

„Wieder *nyet*, Fatale", sagte er und schob sie durch die Schlafzimmertür. „Wir haben Dinge zu besprechen."

„Ich werde mich nicht von dir ficken lassen, Sergei", sagte sie, sobald sich die Tür hinter ihnen schloss.

Auf Orlovs Gesicht legte sich ein Ausdruck voller Abscheu. „Sei nicht derb."

„Nenn es, wie du willst, aber es wird nicht passieren."

„So wie ich mich erinnere, habe ich dich sehr … glücklich gemacht."

Merrigan verschränkte die Arme und lehnte sich mit dem Rücken gegen die Wand.

„Setz dich, Fatale. Wir werden reden, nicht ficken."

„Wer ist jetzt derb?"

Sergei ging zur Tür und sagte etwas, das sie nicht verstehen konnte, zu einem der Bewacher, dann kam er zurück und setzte sich hin. Keine zwei Minuten später hörte Merrigan ein Klopfen an der Tür.

„Ich gehe schon", sagte er.

Als ob sie das angeboten hätte!

Er kam mit einem Tablett zurück, beladen mit einer weiteren Flasche Wodka und der notwendigen Ausstattung.

„Du trinkst zu viel, Sergei."

Er winkte ab und goss ungeachtet ihrer Proteste ein.

„Erzähl mir von dieser Frau, mit der der Doktor verheiratet war."

Merrigan war überrascht, dass Orlov von ihr wusste, aber das hätte sie nicht sein sollen. „Sie ist Leech Hess' Tochter."

„Danke, dass du mir etwas erzählst, was ich leicht im Internet finden kann. Was noch?"

„Warum?"

„Ich stelle hier die Fragen. Du beantwortest sie."

„Sie färbt ihre Haare und trägt zu viel Make-up."

Sergei gab etwas von sich, das sich wie ein Knurren anhörte. „Du stellst meine Geduld auf die Probe." Er wies mit einer unbestimmten Handbewegung durch das Zimmer. „Ziehst du deine vorherige Unterkunft dieser hier vor?"

Sie schüttelte den Kopf. „Sag mir, was du über sie wissen willst."

MERRIGAN UND ORLOV UNTERHIELTEN SICH BIS NACH Mitternacht. Was sich anfangs wie eine Partie Schach zwischen ihnen angefühlt hatte, verwandelte sich zu dem vertrauten geistreichen Geplänkel mit ihm, das ihr vor Jahren Spaß gemacht hatte. Zwischendurch war es schwer, sich daran zu erinnern, dass es zu seinem Job gehörte zu töten. Allerdings war das bei ihr nicht anders.

Obwohl sie nicht lange bei dem Thema blieben, hatte Merrigan den Eindruck, dass Sergeis Fragenstrang zu Kades Ex-Frau irgendwie mit Animus in Verbindung stand. Er wehrte jede einzelne ihrer Fragen ab, die ihr genügend erklärt hätten, um es mit Sicherheit zu wissen, was sie nur überzeugte, dass sie auf der richtigen Spur war.

„Was hast du mit meiner Familie vor?"

„Vielleicht bringe ich die Waagschalen ins Gleichgewicht."

Merrigan zog eine Braue hoch.

„Nicht so, wie du denkst", fügte er hinzu. „Und wenn du morgen wiederholst, was ich gleich sage, werde ich vielleicht nicht mehr weiterhin so großherzig sein."

Sie nickte.

„Ich weiß, warum du mich betrogen hast, Fatale. Wenn ich an deiner Stelle gewesen wäre, hätte ich das Gleiche getan. Tatsächlich werde ich in meinem gegenwärtigen Rauschzustand zugeben, dass ich dich dafür bewundert habe."

Sie bat nicht um Entschuldigung. Das konnte sie nicht. Was sie getan hatte, tat ihr nicht leid.

„Eines Tages wirst du glauben, dass ich dich wirklich geliebt habe", sagte er und stand auf.

„Ich glaube es jetzt", murmelte sie.

Er beugte sich hinunter und gab ihr einen Kuss auf die Stirn. „Gute Nacht, Fatale", sagte er und ging aus dem Schlafzimmer.

ALS MERRIGAN AUFWACHTE, FÜHLTE SICH IHR MUND AN, ALS wäre er voller Baumwolle, aber diesmal war nicht Chloroform der Grund dafür. Stattdessen lag es an dem Wodka, den sie am Abend zuvor getrunken hatte.

Sie ließ die Klauenfußwanne volllaufen, von der sie am ersten Abend keinen Gebrauch gemacht hatte, als sie in diesem Zimmer übernachtet hatte, und sank in das warme Wasser. Obwohl die Wanne keine Düsen hatte, erinnerte sie das Bad an die letzte Nacht, in der sie mit Kade zusammen gewesen war.

Er hatte sie getragen, ihr Körper schlaff von dem Genuss, den er ihr abgerungen hatte, und sie sanft in die Wanne gesetzt, die groß genug für sie beide war.

Sie schloss die Augen und dachte daran, wie es sich angefühlt hatte, als sie sich an ihn gekuschelt hatte, und wie seine Lippen einen Pfad von Küssen über ihren Rücken und hinauf an der Seite ihres Halses gelegt hatten. Als sie sich die Knutschflecke vorstellte, die er auf ihrer Haut verteilt hatte, erschauerte sie.

Er hatte seine kräftigen Hände benutzt, um ihre Muskeln zu kneten, dann seine Finger, um ihr wieder und wieder Genuss zu bereiten.

Merrigan stöhnte, als sie sich daran erinnerte, wie sich seine Härte angefühlt hatte, als sie sich erhob, sich umdrehte und sich rittlings mit ihrem Geschlecht auf ihn setzte, bis er sie erneut ausfüllte, wie es noch niemand vorher getan hatte.

Mit Kade zusammen zu sein, stellte jede andere Erfahrung eines Liebesspiels, die sie in ihrem Leben gehabt hatte, in den Schatten, und sie wusste, kein anderer Mann, würde ihren Körper je wieder so berühren. Kade war der Eine für sie, komme, was wolle. Wenn sie am Ende nicht zusammenkämen, würde sie für den Rest ihres Lebens dem Sex entsagen.

MERRIGAN WAR NOCH IMMER IN DER BADEWANNE, ALS SICH DIE Schlafzimmertür öffnete und Orlov hereinkam.

„Komm da raus und zieh dich an", fuhr er sie an, während sein Blick über ihre Nacktheit wanderte, die vom Badewasser kaum verborgen wurde. „Wir gehen."

Als er aus dem Zimmer ging, kletterte sie heraus und zog sich schnell an.

„Komm mit mir", sagte er und packte ihren Arm.

„Was geht hier vor sich?", fragte sie.

„Keine Fragen."

Sergei führte sie hinaus zum oberen Treppenabsatz und verband ihr die Augen, während ihr einer seiner Männer Handschellen anlegte.

„Sei dankbar, dass wir es ohne Chloroform machen", grummelte er.

Jemand, wahrscheinlich derselbe, der ihr Handschellen angelegt hatte, warf sie sich über die Schulter und trug sie die Treppe hinunter, durch das Haus, dann in die Garage.

„Zurück in den Kerker", murrte sie.

„Das ist zu deiner Sicherheit", antwortete Orlov.

Als er ihr einige Minuten später die Augenbinde abnahm, sah sie, dass sie zu dem nasskalten Raum zurückgekehrt waren.

Hätte Sergeis Tonfall nicht seine gegenwärtige Stimmung offensichtlich gemacht, seine Miene hätte es getan.

„Was hast du mit meiner Familie gemacht?", flüsterte sie. Sie wollte ihn nicht provozieren, aber sie musste fragen.

„Sie sind fürs Erste sicher, Fatale", sagte er, ehe er ohne ein weiteres Wort ging.

26

KADE

Nach seinem Treffen mit Orlov kam Kade vor Paps und Razor an dem vorher ausgemachten Treffpunkt an, was ihm Zeit gab, über ihre Begegnung und auch über Paps' Theorie nachzudenken.

Beide hielten Leech für Animus, und je mehr er darüber nachdachte, desto mehr Sinn ergab es.

Leech war ursprünglich nach Russland geflogen, um den Mann zu finden und zu töten, der seine Tochter vergewaltigt und ihr Land verraten hatte.

Hätte er Calders Dateien gefunden, hätte er sie als seine Versicherungspolice aufbewahrt. Angesichts dessen, dass er von der letzten Organisation gefangen gehalten wurde, von der er wollte, dass sie sie bekämen, hätte er niemals preisgegeben, wo sie versteckt waren.

Aber warum hatte er die Karten darüber nicht auf den Tisch gelegt, seit sie in den Staaten zurück waren? Sobald Calders Dateien in den Händen vom Einigen Russland wären, könnten sie alle mit ihrem Leben weitermachen.

„Orlovs Theorie stimmt mit meiner überein, richtig?", fragte Paps, als Razor und er ankamen.

„Er glaubt, Leech ist Animus, ja."

„Hast du ihn gefragt, warum?"

Kade schüttelte den Kopf. „Dich habe ich auch nicht gefragt." Tatsächlich hatte er es kurzerhand so schnell verworfen, dass er nicht in Betracht gezogen hatte zu fragen.

„Es gab Datenverkehr zwischen seiner IP und dem Einigen Russland", sagte Paps.

„Meint ihr, er versucht, etwas mit ihnen auszuhandeln?", fragte Razor.

„Aber was?", erwiderte Kade.

„Falls er auf etwas besteht, was sie nicht geben wollen, könnte es mit Sicherheit als ein Warnschuss vom ER angesehen werden, dass Barbie von der Straße abgedrängt wurde."

„Wir haben Tage zusammen verbracht, als sie im Krankenhaus war. Er wäre nicht in der Lage gewesen, es vor mir zu verbergen, wenn er das denken würde."

Paps zuckte mit den Schultern.

„Was?", fragte Kade.

„Was ist damit, dass Orlov sich Fatale geholt hat?"

„Du meinst, das hat Leech auch arrangiert?" Er dachte einen Moment darüber nach und war anderer Meinung. „Orlov hat gesagt, er *bräuchte*, was immer Animus hat."

„Richtig", sagte Paps. „Das würde den Kreis dann offenhalten."

„Meine Vermutung ist, dass er für den SBU arbeitet." Der Inlandsgeheimdienst der Ukraine war der Nachfolger der

Abteilung des sowjetischen KGB in der Ukrainischen Sozialistischen Sowjetrepublik und die einzige Organisation, die ihm einfiel, die das *brauchen* würde, was Calder gegen das ER in der Hand hatte.

Razor stand auf und tigerte auf der Länge des Zimmers hin und her.

„Raus damit, Sharp", forderte Kade ihn auf.

„Das soll heißen, dass Leech Calders Dateien gefunden und sie irgendwo anders versteckt hat, um sie vermutlich als Versicherungspolice für sich selbst zu benutzen. Er wurde gefangen genommen, du bist ihm hinterhergekommen und wurdest auch gefangen genommen. Ergibt Sinn, dass er den Maskhadovs nicht sagen konnte, wo die Dateien waren, wenn er wusste, dass sie euch beide töten würden, sobald sie sie hätten. Ehrlich, dass die russischen bösen Jungs euch beide so lange festgehalten haben, ist der überzeugendste Beweis, dass Leech Animus *ist*. Ansonsten hätten sie der Sache ein Ende gemacht."

„Barbie und Skipper hätten sie wahrscheinlich auch ausgeschaltet, einfach so zum Spaß", setzte Paps hinzu.

Razor hielt in seinem Herumgetigere inne und sah ihn an. „Fatale und das ER haben euch gerettet und du hast einen Deal mit ihnen gemacht, ihnen Calder zu liefern."

Kade nickte. „So weit bin ich bei dir."

„Jetzt denken wir, dass Leech gerade einen weiteren Deal mit ihnen macht, einen anderen, als du ihn ausgehandelt hast."

Paps nickte.

„Du hast dem ER Calders Leiche übergeben, aber wir wissen, dass sie hier sind und nach seinen Dateien suchen, genauso wie wir. Und an der Stelle steige ich aus", sagte Razor.

„Was meinst du?", fragte Kade.

„Leech ist kein gieriger Mann. Er ist auch kein Verräter. Ich glaube nicht, dass er zusätzliche Deals vereinbart."

„Wer hätte sonst noch einiges zu verlieren und auch Zugang zu Leechs Büro?"

Paps schüttelte den Kopf. „Jeder mit einer Büroklammer. Warum Burns nicht gefragt wurde, diesen Ort zu sichern, ist mir schleierhaft."

„Bis jetzt hatten wir keinen Grund dazu", antwortete Kade.

„Die Frage, die ihr beide euch stellen solltet, ist die, die ich bereits gestellt habe", sagte Razor.

„Wer hätte sonst noch einiges zu verlieren?"

KADE BLIEB AUF DEM FLUG ZURÜCK IN DIE STAATEN WACH, während Paps und Razor schliefen.

Je mehr er die Informationen, die sie über Animus hatten, in seinem Kopf herumwälzte, desto mehr glaubte er, dass die Möglichkeit bestand, es könnte Leech sein. Allerdings war einiges schlampig gemacht worden, und auch wenn sein früherer Mentor kein Technikgenie war, wäre er mit Sicherheit schlauer gewesen, als zuzulassen, dass man seine IP-Adresse verfolgen konnte.

Außerdem hatten sie die Information von seinem Vater. Hätte er irgendeinen Hinweis darauf gehabt, dass Leech und Animus ein und derselbe sein könnten, hätte er es gesagt.

„Worüber denkst du nach?", fragte Paps und streckte die Arme über den Kopf aus.

„Es ergibt keinen Sinn."

„Ich verstehe, was du meinst."

„Der Internetverkehr hat dich dazu gebracht zu glauben, Leech ist Animus?", erkundigte sich Kade.

„Hauptsächlich, aber da ist noch mehr."

„Zum Beispiel?"

„Du findest nicht, dass sein Verhalten merkwürdig ist?"

Vielleicht war es das, aber der Mann hatte zwei Jahre als Gefangener verbracht. Kade zuckte mit den Schultern, statt zu antworten, und lehnte sich gegen den Sitz zurück. „Sie hat mich gerettet", murmelte er.

„Wie war das?"

„Fatale. Orlov hat sie, und anstatt sie dort herauszuholen, fliege ich nach Hause, um herauszufinden, ob ein Mann, der mein Mentor war – praktisch ein zweiter Vater für mich –, letztendlich verantwortlich für ihre Entführung ist."

Kade schloss die Augen und stellte sich Merrigan neben sich im Bett vor, ihr Gesicht, von Genuss gerötet, und ihre saphirblauen Augen, die tief in seine sehen. Er sehnte sich danach, ihre Lippen mit seinen zu bedecken und ihre Haut an seiner zu spüren.

Er schüttelte den Kopf. Wenn er sie aus Orlovs Gewalt befreien wollte, musste er sich darauf konzentrieren, wer Animus war, und nicht auf eine verschollene Frau, die sein Herz besaß.

„Was ist mit Lenas Unfall? Sie hätte sterben können."

„Darüber haben wir gesprochen", antwortete Paps. „Hätte eine Warnung vom ER sein können."

„Die werden sich vor mir verantworten müssen." Kade hatte ihnen alles zugesagt, was sie haben wollten, Calder inklusive. Im Gegenzug hatten sie ihm ihr Wort gegeben, dass Lena und Quinn nicht angerührt werden würden. Wenn sie ihren Teil des Handels nicht einhielten, gab es eine Menge Dinge, die die CIA zugesagt hatte, die nicht mehr eingehalten werden würden.

KADE, PAPS UND RAZOR HATTEN VOR NOCH NICHT EINMAL fünf Minuten das Flugzeug verlassen, als sie eine Nachricht von Mercer erhielten, in der er sie bat, sich mit ihm in Verbindung zu setzen, bevor sie zur Casa Carrizo fahren würden.

„Was gibt's, Eighty-eight?", fragte Kade.

„Ich sollte herausfinden, was Lena mit Animus zu tun hat, und ich glaube, ich habe etwas gefunden. Trefft mich im Haus in Harmony."

„Machen wir."

„Meinst du, er hat auch eine Verbindung zu Leech gefunden?", fragte Paps.

Kade zuckte mit den Schultern. „Einerseits hoffe ich das. Andererseits ..."

„Hab schon begriffen, was du meinst."

Ehe sie auf halbem Weg nach Harmony waren, erhielt Kade eine weitere Nachricht, diesmal von Leech, die besagte, dass er dringend mit ihm sprechen musste.

Wo bist du?, schrieb Kade und wartete.

„Fahr rechts ran", sagte er zu Paps. Falls Leech ihn in Montecito treffen wollte, wollte er nicht noch weiter nach Norden fahren.

„Ich gebe Eighty-eight Bescheid, dass er in ein paar Minuten ein Lage-Update von uns bekommt", sagte Razor.

Rettungsschwimmerturm 27, antwortete Leech.

Er zeigte Paps die Nachricht.

„Planänderung. Leech hat um ein Treffen gebeten", ließ Paps Mercer mit einem Anruf wissen.

„Ich verstehe", antwortete er. „Dringlichkeitsstufe?"

„Er bittet uns, dass wir uns am Strand von Montecito treffen, also an einem Ort, an dem keiner mithören kann."

„Ich bin auf dem Weg", bestätigte Mercer.

„Was meinst du, worum es bei dem Ganzen geht?", fragte Paps Kade, nachdem er das Telefonat beendet hatte.

„Eighty-eight muss Beweise gefunden haben und Leech weiß es."

SOSEHR ES KADE LIEBER GEWESEN WÄRE ZU WARTEN, BIS Mercer eintraf, ehe sie mit Leech sprachen, konnte er den Mann bereits am Rettungsschwimmerturm stehen sehen.

„Ich werde hingehen. Ihr beide und Eighty-eight kommt dazu, wenn er eintrifft."

Paps und Razor nickten.

Je weiter er über den Sand ging, desto schwerer fühlten sich seine Beine an. Es war, als würde er einen Felsbrocken schleppen, der mit jedem Schritt größer wurde. Dass Leech ihn an einem Ort wie diesem treffen wollte, war so vielsagend, wie es beunruhigend war.

Als er herankam, drehte Leech sich von ihm weg und sah zum Ozean hinaus.

„Sprich mit mir", sagte Kade.

„Ich habe stets versucht, das Beste für mein Land und meine Familie zu geben. Das weißt du, oder?"

„Ja, das weiß ich."

„Es gab Zeiten, da wurde ich von Dingen überrumpelt, von denen ich nie vorausgeahnt hätte, dass sie passieren könnten."

„Das ging uns allen schon so."

„Nicht in diesem Ausmaß."

Kade wünschte sich, Leech würde zur Sache kommen, doch er konnte die Qual in der Stimme des Mannes hören und wartete, dass er bereit sein würde zu gestehen, was immer er zu sagen hatte.

„Es hat in den vergangenen zweiundzwanzig Jahren keinen Tag gegeben, an dem ich mir nicht gewünscht hätte, ich könnte zurückgehen und die Ereignisse dieses Abends ungeschehen machen."

Kade nickte, wohl wissend, dass er meinte, als Calder seine Tochter vergewaltigt hatte.

„Die Entscheidungen, die ich getroffen habe, haben so viele Dinge in Bewegung gesetzt. Niederschmetternde Dinge."

„Du hattest keine Kontrolle darüber, was geschehen ist. Es wäre schlimmer gewesen, wenn du Calder erlaubt hättest, weiter in dem Programm zu bleiben."

„Da stimme ich dir zu. Noch mehr unserer Agenten wären in Gefahr gewesen, sogar getötet worden, wenn ich das gemacht hätte."

„Was hast du getan, John?", fragte Kade. Dies war nicht die Zeit für Decknamen. Dies war eine Unterhaltung zwischen zwei Männern, die einander viel bedeuteten, ungeachtet ihrer Arbeit.

„Es geht nicht um mich."

„Um wen dann?"

Leechs Stimme stockte und Kade wartete, dass er weitersprach.

„Meine Tochter."

Kade spürte, wie sich ein Schaudern in ihm ausbreitete. „Was hat Lena getan?"

Leech verbarg den Kopf in seinen Händen. „Ich habe keine Beweise …"

„Ich schon", sagte Mercer, der mit Paps und Razor herangekommen war.

Leech fuhr erschrocken zusammen. „Wie lange steht ihr schon da, verdammt nochmal?"

„Seit gerade eben, Sir", antwortete Paps.

„Was hast du da, Eighty-eight?", fragte Kade.

„Ich habe den Laptop mitgebracht."

Kade sah Leech an. „Können wir zurück zum Haus gehen?"

„Ich muss erst noch etwas anderes erzählen", antwortete er.

„Was?"

„Barbie ist weg, richtig?", fragte Paps.

Leech nickte.

Kade fasste sich in den Nacken. „Seit wann?"

„Heute Morgen bin ich hingefahren, um nach ihr zu sehen, und sie war nicht in ihrem Zimmer. Ich dachte, sie hätte vielleicht einen Arzttermin, aber als Quinn die Treppe hinunterkam, hat sie gesagt, sie hätte keinen", erzählte Mercer ihnen.

„Die Krankenschwester ist auch weg?"

„Korrekt", antwortete er.

. . .

ALS SIE ZU SEINEM HAUS ZURÜCKKEHRTEN, GING KADE DIE Treppe hinauf, um nach Quinn zu suchen.

Sie stand in der Tür zu ihrem Schlafzimmer, als er oben ankam. Als er die Arme öffnete, kam sie in seine Umarmung.

„Wie geht es dir?", fragte er.

Sie schüttelte den Kopf und er konnte die Feuchtigkeit ihrer Tränen auf seinem Hemd spüren. „Meine Mom ..., sie hat alles vorgetäuscht."

„Du hast sie in jener Nacht gesehen, Quinn. Auch wenn wir nicht genau wissen, wann sich ihr Zustand ernsthaft zu bessern begann, wissen wir beide, dass sie den Unfall nicht vorgetäuscht hat."

„Mercer hat mir gesagt, dass er sie beobachtet hat."

„Was denkst du darüber?"

Quinn zuckte mit den Schultern. „Ich habe sie auch beobachtet. Als wir sie hierhergebracht haben ... Na ja, ich war nicht überzeugt, dass es ihr so schlecht ging, wie wir dachten."

„Wir haben Grund zu der Annahme, dass deine Mutter sich mit einigen sehr gefährlichen Leuten eingelassen hat. Was wir im Moment versuchen festzustellen, ist, wie tief und in was für einer Art Schwierigkeiten sie steckt."

Sie nickte und wandte sich von ihm ab. „Es tut mir so leid."

Kade hielt sie an ihren Schultern fest. „Sieh mich an. Du hast genauso wenig Grund, dich für die Taten deiner Mutter zu entschuldigen, wie ich oder wie Leech."

„Es ist nur so, dass ..."

Kade schüttelte den Kopf. „Es ist nur so, dass ... nichts. Weißt du, wer deine Unterstützung im Moment wirklich gut gebrauchen könnte?"

„Wer?"

„Dein Großvater."

Quinns tränenverschleierten Augen begegneten seinem Blick.

„Mercer, Paps, Razor, dein Großvater und ich haben eine Menge zu besprechen – Dinge, bei denen es wahrscheinlich besser wäre, wenn du nichts von ihnen weißt."

„Ich bin gut darin, keine Fragen zu stellen."

„Ach ja?"

„Mercer hat mir seit dem Tag, an dem ich ihn kennenlernte, immer wieder gesagt, ich soll ihm vertrauen. Er hat diese Art, weißt du? Wenn *irgendetwas* vor sich geht, kann ich das einfach erkennen."

Er lächelte. „Kannst du mich auch lesen?"

„Nicht so gut wie Paps und Razor."

Kade gab ihr einen Kuss auf die Stirn. „Wir reden später weiter."

Sie nickte, ging ins Schlafzimmer und schloss die Tür.

„WANN HAT JEMAND BARBIE ZUM LETZTEN MAL GESEHEN?", fragte Paps gerade Leech, als Kade zu ihnen kam.

„Gestern Abend um zehn herum."

„War das der übliche Ablauf?"

„Mehr oder weniger. Mindestens einer von uns hat nach ihr gesehen, bevor wir schlafen gegangen sind", antwortete Leech.

Mercer nickte. „Ich bin heute Morgen um null-fünfhundert weg und habe nicht daran gedacht, bei ihr hineinzusehen."

„Ich bin sicher, da war sie bereits weg", sagte Kade.

Leech nickte und vergrub den Kopf in den Händen, wie er es am Strand gemacht hatte. „Der Unfall?"

„Ich tippe auf das Einige Russland", sagte Mercer. Er wandte sich zu Kade. „Nicht weil sie euren Deal gebrochen haben. Ich denke, sie könnte zwei Seiten gegeneinander ausgespielt haben."

Mercer öffnete seinen Laptop. „Kurz nachdem ihr nach Schottland aufgebrochen seid, habe ich angefangen, mehrere Orte zu überwachen, einschließlich des Hauses in Harmony. Innerhalb weniger Tage nach ihrer Entlassung aus dem Krankenhaus, wurde es für mich offensichtlich, dass Lenas Genesung sehr viel schneller voranging, als sie zugab. Ich glaube, sie hatte zumindest ein teilweises Sehvermögen. Und ich bin mir nicht sicher, ob sie überhaupt an Gedächtnisverlust gelitten hat. Dies hier habe ich vorhin gefunden." Er spielte ein Video ab, das Lena und eine weitere Frau zeigte, die das Haus in Harmony betraten und in die Küche gingen.

„Wer ist das?", fragte Paps. „Die neue Krankenschwester?"

„Yep."

Sie sahen zu, wie Lena einen Schlüssel benutzte, um die Tür zu dem Zimmer zu öffnen, das Mercer als sein Schlafzimmer und Büro benutzte. Dort begannen die beiden eine gründliche Durchsuchung, öffneten Schubladen und durchwühlten, was darin war. Sie überprüften sogar den Fußboden und den Schrank.

„Wonach suchen sie?"

„Nach dem, was wir in der Hütte gefunden haben", antwortete Paps.

Die vier Männer drehten sich um und sahen ihn an. Paps sah keinem von ihnen in die Augen.

„Vor dem Unfall haben wir, äh …, einige Zeit miteinander verbracht. Ich habe ihr geholfen, das Haus in Summerland zu finden. Solche Sachen", erzählte er ihnen.

„Es war mehr als das, stimmt's?", fragte Kade.

Paps schüttelte den Kopf. „Das wäre es wahrscheinlich geworden, aber sie hat angefangen, Fragen darüber zu stellen, was wir noch in der Hütte gefunden haben."

„Halt, stopp", sagte Leech und hob eine Hand. „Wonach sie gesucht hat, war nicht in der Hütte; es war hier."

„Wie meinst du das?"

„Ich habe es hier versteckt, und sie hat es gefunden."

„Wann?", fragte Mercer.

Leech zuckte mit den Schultern. „Als sie am Morgen nicht hier war und Quinn nicht wusste, wo sie war, bin ich nachsehen gegangen und es war weg."

„Wie zur Hölle ist sie mit dem Einigen Russland in Kontakt gekommen?", fragte Kade.

„Ich habe eine gründliche Suche auf Leechs Computer durchgeführt", sagte Mercer, der dann den Mann ansah. „Tut mir leid, Sir."

„Entschuldigung angenommen. Ich halte dich für einen von den guten Jungs."

Mercer fuhr fort. „Nach allem, was ich sagen kann, ist sie an dieser Sache dran, seit wir mit Leech aus Europa zurück sind. Das ER hat kurz vor dem Unfall ein Ultimatum gestellt und Lieferung verlangt."

Kade stand auf und hätte am liebsten etwas durch die Wand geschleudert. Was in Gottes Namen hatte sie sich dabei gedacht?

„Ich bin nicht sicher, dass sie vorhatten, sie von der Straße abzudrängen. Womöglich hatten sie geplant, ihr Angst zu machen, aber die Sache ging zu weit."

Kade wurde schlecht. „Was bekommt sie im Gegenzug?"

Mercer rieb sich über das Gesicht. „Ich habe Stunden damit verbracht, darüber nachzudenken, was ich jetzt sagen werde."

Kade nickte.

„Fatale."

Sein Magen machte einen Satz. „Findet Lena, verflucht nochmal", schnauzte er.

„Sind schon dran, Doc", sagte Paps, der bereits Nachrichten an seine Kontakte an verschiedenen Grenzübergängen schickte.

Gleichzeitig wusste er, dass Mercer und Razor sich mit ihren Leuten bei der Transportsicherheitsbehörde in Verbindung setzten.

Kade legte eine Hand auf Leechs Schulter. „Das geht nicht auf deine Kappe. Ich bin genauso verantwortlich oder mehr."

„Blödsinn", stieß Leech wütend aus und duckte sich unter Kades Griff weg. „Ich verfluche den Tag, an dem ich Rory Calder zum ersten Mal gesehen habe."

„Das geht keinem von uns anders."

„Aber dies ist nicht nur Rorys Verantwortung. Ihre Mutter und ich haben dich und Lena gedrängt zusammenzukommen, seit dem Tag, an dem du bei uns an der Old Creek Road aufgetaucht bist."

„Es gab eine Zeit, in der wir beide da breitwillig mitgezogen haben", sagte Kade. „Die Dinge haben sich jedoch geändert. Aber wo ist da der Zusammenhang, Leech."

„Das ist jetzt nur meine Hypothese, doch es ist nicht schwer dahinterzukommen, dass meine Tochter loswerden wollte, was zwischen euch beiden stand. Das ist Fatale. Lena hält sich lange genug im Umfeld des Spiels auf, um zu wissen, wie es gespielt wird. Biete einen Deal an, der gut genug ist, und du kannst dafür sorgen, dass geschieht, was immer du willst."

„Erzähl mir, was sie hat", sagte Kade.

„Namen, Tötungsdaten und wer dafür verantwortlich war."

Himmel. Kade wollte gar nicht fragen, aber er musste. „Ist Vinogradoff verantwortlich für mindestens einen der Auftragsmorde?"

„Für weitaus mehr als das. Mindestens die Hälfte."

Tikhon Vinogradoff war der gegenwärtige russische Präsident und sechzehn Jahre lang ein Offizier des Auslandsgeheimdienstes beim KGB, der es bis zum Rang des Oberstleutnants gebracht hatte, ehe er aus dem Dienst ausschied, um in die Politik zu gehen. Wenn *Beweise* auftauchen würden, dass er persönlich für die Tötung von CIA-Agenten verantwortlich war, ganz zu schweigen von der Anzahl, um die es hier ging, würde die Beziehung des Einigen Russlands mit den Vereinigten Staaten aufhören zu existieren.

„Hast du noch irgendwo anders eine Kopie?"

Leech nickte und zog etwas aus seiner Tasche. „Wenn ich gestorben wäre, wäre Kontakt zu dir aufgenommen worden."

Kade wusste, was er da sah, denn er hatte genau so etwas schon viele Male im Laufe seiner Karriere erhalten.

Das Originaldokument, das Leech eingereicht hatte, war bei der Central Intelligence Agency der Vereinigten Staaten erfasst. Was Leech ihm gegeben hatte, war eine Karte mit dem Siegel der CIA, auf die einige Ziffern gedruckt waren. Wäre Kontakt mit Kade aufgenommen worden, hätte Kade dem Geheimdienst diese Ziffern als Nachweis angeben müssen, um Zugriff auf die Dokumente zu erhalten, die Leech übergeben hatte. Ohne die angemessene Sicherheitsfreigabe wäre ihm dieser jedoch trotzdem verweigert worden.

„Hast du die anderen Sachen versteckt, die Quinn und Eighty-eight in der Hütte gefunden haben?", fragte Razor.

„Korrekt", antwortete Leech.

Kade hätte bei vielem davon gern gewusst, wie er darangekommen war, aber zu diesem Zeitpunkt spielte das keine Rolle mehr. Quinn kannte die Umstände ihrer Geburt. Alles andere, was sie und Mercer gefunden hatten, war von geringer Bedeutung.

„Lasst uns abziehen", schlug Razor vor. „Wir haben keine Zeit zu vergeuden."

Kade war seiner Meinung. Sie sollten bereit sein aufzubrechen, sobald sie herausfinden würden, wo Lena sich aufhielt.

„Leech?"

„Mach, was du machen musst", sagte er zu Kade.

„Es tut mir leid."

„Du hast das hier nicht getan. Das war ich."

DAS TEAM BEFAND SICH IM FLUGZEUG UND WARTETE DARAUF, dass ihr Flugplan erfasst wurde.

„Wir werden dem Einigen Russland etwas von uns anbieten müssen, um die Treibstoffrechnung für das Flugzeug zu bezahlen", witzelte Razor. „Meine Idee wäre, dass du Orlov auslieferst."

Kade knurrte. Mit Witzen versuchte sein Freund, die Anspannung zu entschärfen. Er war jedoch noch nicht sicher, ob der Russe auf der Lohnliste vom ER stand.

„Wir wissen, dass Fatale irgendwo im Brodick Castle festgehalten wird, aber sogar Shiver weiß nicht, wo", murmelte Razor.

„Wo zum Teufel ist Lena? Das will ich zuerst wissen", schnauzte Kade.

„Auf dem Weg nach Glasgow", sagte Mercer, stand mit seinem Laptop auf und deutete auf die E-Mail, die ihre Reisedaten mit Zaryana Ivashov – laut Gesichtserkennung – bestätigte. Außerdem hatte er Aufnahmen von Überwachungskameras von ihnen im Flughafenterminal erhalten.

„Sie reist unter einer ihrer angenommenen Identitäten, die wir ihr beschafft haben", sagte Mercer.

„Sie weiß genug, um gefährlich für sich und uns zu sein, aber nicht genug, um ihre Spuren zu verwischen", setzte Paps kopfschüttelnd hinzu. „Wenn du bei ihrer Reisebegleiterin recht hast, ist die Wahrscheinlichkeit recht groß, dass Barbie nicht aus eigenem Antrieb fliegt."

Kade hatte von Ivashov, Deckname Raketa, gehört. Offenbar war sie eine der Besten beim KGB.

„Es kann losgehen", sagte Razor, als er aus dem Cockpit kam. Es gab drei Piloten bei K19, die sich im Turnus abwechselten. Heute war Montano „Onyx" Yáñez der Flugkapitän, während Manon „Alegria" Mondreau seine Co-Pilotin war. Beide waren zuverlässige Agenten, die mehrere Aufträge mit dem Team ausgeführt hatten.

„Wenn dies vorbei ist, will ich über K19 reden", sagte Paps.

Kade nickte und schnallte sich an. „Wir können das jetzt bereden", antwortete er und deutete auf den Sitz neben sich.

Paps gab wiederum Razor ein Zeichen, der sich ihnen gegenübersetzte.

„Was ist mit Eighty-eight?", fragte er.

„Ich bin schon da", antwortete Mercer und setzte sich auf den vierten Sitzplatz.

„Razor und ich haben das ausführlich besprochen. Wir wissen, dass ihr beide euch zurückziehen wollt", begann Paps und sah zwischen ihnen hin und her. „Aber wir beide wollen das nicht."

Kade nickte.

„Ich weiß, ich habe gesagt, entweder alle oder keiner ..."

„Aber wir haben unsere Meinung geändert", sagte Razor mit breitem Grinsen. „Wir sind noch nicht damit fertig, die Welt zu retten."

„Ich muss zugeben, dass ich auch noch mal darüber nachgedacht habe ...", erklärte Kade.

„Und?"

„Ich habe die Nase voll davon, für den Job um die Welt zu reisen, aber ich denke, ich kann von der Behaglichkeit meines Büros aus dabei helfen, ein paar Leben zu retten."

„Das versteh ich", erwiderte Paps und sah Mercer an, der noch gar nichts gesagt hatte.

„Ich bin draußen", antwortete er. „Ich habe ein Versprechen gegeben."

„Was ist mit Forensik?", schlug Razor vor.

Mercer hob den Kopf. „Vielleicht."

Kade lächelte, als Mercer das tat. Er vermutete, dass es seinem zukünftigen Schwiegersohn sehr ähnlich wie ihm ging. Es war eine Sache zu sagen, dass man sich zur Ruhe setzen und völlig aus dem Spiel aussteigen würde, aber das tatsächlich zu machen, war viel schwerer.

„Ich habe mich umgehört. Einige der Mannschaft haben Interesse gezeigt, in ausgedehnterer Funktion an Bord zu kommen", erklärte Razor ihnen.

„Wer?", erkundigte sich Kade.

„Unser heutiger Pilot und seine Co-Pilotin haben beide ihre Namen angebracht. Außerdem ..."

Kade bekam den Blick mit, den Razor und Paps wechselten. „*Wer?*"

„Striker."

„*Nein.*"

„Du hast eine Stimme, Doc. So läuft die Sache", sagte Paps.

Kade sah Mercer an.

„Ich habe nichts gegen ihn, um ehrlich zu sein."

„*Scheiße.* Wer noch?", grummelte Kade.

„Dutch."

Er erinnerte sich an den Mann, von dem er annahm, dass er von sich aus den Lappen hatte analysieren lassen, mit dem entweder sein Vater oder Quinn bewusstlos gemacht worden waren. Auch wenn sein Vater gesagt hatte, er hätte ihm die Anweisung dazu gegeben, gefiel es Kade nicht, dass er nicht die angemessene Befehlskette eingehalten hatte.

„Noch jemand?"

„Mantis."

Er war der dritte Pilot auf K19s Dienstplan. „Sind das alle?"

„Wir denken, Fatale würde vielleicht gern anmustern, aber ..."

„Hast du das schon immer gemacht?", fragte Kade Razor.

„Was?"

„Deine Sätze nicht beendet. Als wärst du sieben Jahre alt."

Razor lachte und sah Paps an. „Ich hab dir ja gesagt, dass er sich deshalb wie ein Blödmann aufführen würde. Wir haben uns gedacht, sie würde vielleicht an Bord kommen wollen, wenn wir ihr den Arsch retten."

„Erst mal müssen wir ihn tatsächlich retten und dann ... Rivet wird sie möglicherweise nicht so bereitwillig gehen lassen."

„Aber das zwischen euch beiden, das ist doch das ganz große Ding, oder?" Razors Lächeln verschwand von seinem Gesicht und er sah Kade in die Augen.

„Das hoffe ich doch sehr."

Jedes Mitglied des K19-Teams zog sich zu einem Sitzplatz mit Abstand zu den anderen zurück, um sich Gedanken über ihr Vorgehen zu machen, sobald sie auf dem Boden sein würden. Bald würden sie wieder zusammenkommen, um jede Phase ihres Plans zu konkretisieren.

„FERTIG?", FRAGTE KADE ÜBER EINE STUNDE SPÄTER.

„Yep", antwortete Razor, der zurückkam, um sich ihm gegenüberzusetzen.

„Was hast du?"

„Einen Moment", antwortete er und winkte Paps und Mercer herbei.

Razor breitete einen Plan aus und markierte, wo jeder von ihnen hineingehen sollte.

„Wo ist Shiv?", fragte Kade.

„Drinnen, aber Orlov hält ihn von Fatale fern", antwortete er.

„Eighty-eight, du bleibst hier", sagte Kade und zeigte zu ihrem Sammelpunkt.

Mercer schüttelte den Kopf. „Stell einen von den Leuten vom MI6 da hin."

Auch wenn Kade mehr als bereit war, sein Leben zu riskieren, um die Liebe seines Lebens zu retten, würde er dem Mann, der die Liebe des Lebens seiner Tochter war, nicht erlauben, das Gleiche zu tun. Er musste wissen, dass Mercer da sein würde, um sich um Quinn zu kümmern, für den Fall, dass ihm etwas zustoßen würde.

„Das kann ich nicht machen, Eighty-eight. Bitte mich nicht darum", beschwor Kade ihn und hoffte, sein Teamkollege würde verstehen, wie schwer dies für ihn war. „Im Grunde stutze ich dir die Flügel und das weiß ich. Aber –"

Mercer nickte. „Es gefällt mir nicht, aber ich verstehe es."

Während sie den restlichen Plan durchgingen, nahm Razor Korrekturen aufgrund von Mercers geänderter Beteiligung vor.

„Alles geregelt?", fragte Kade gespannt.

Seine drei Teamkollegen nickten.

„Dann lasst uns über Lena reden." Kade sah Paps an.

„Ich glaube, dass das Einige Russland sie ,hinzitiert' hat."

Kade nickte. „Mit offizieller Begleitung."

„Raketa Ivashov ist eine der besten Agenten, die wir in den letzten zwanzig Jahren beim KGB gesehen haben."

„Sie sieht gar nicht sehr alt aus", bemerkte Razor.

„Das ist sie auch nicht." Paps konzentrierte sich auf den Bildschirm seines Laptops. „Dreißig."

„Also holen wir sie uns."

Kade verstand, warum Razor das vorschlug, und vor Jahren wäre er möglicherweise seiner Meinung gewesen. Jetzt war alles, was ihn interessierte, Merrigan sicher aus Schottland herauszubringen. Eine russische Attentäterin gefangen zu nehmen und sie zu überzeugen, Doppelagentin zu werden, ging darüber hinaus, was er zu tun bereit war.

„Ehe du das kommentierst", fügte Razor augenzwinkernd hinzu. „Du hast eine Stimme."

„Zurück zu Barbie", murrte Paps. „Das ER vertraut ihr nicht."

„Die warten darauf, das in die Hände zu bekommen, was sie hat, ehe sie ihren Teil des Deals einhalten", sagte Kade.

„Genau. Sobald Lena die Beweise übergibt, die Calder gegen Vinogradoff in der Hand hat, wird Fatales Tötungsbefehl umgehend ausgeführt werden."

„Es sei denn, Orlov fängt sie vorher ab."

Vinogradoff selbst würde gewiss nicht auftauchen. Stattdessen würde sein Stellvertreter die Authentizität von Animus' Lieferung bestätigen und den Befehl geben, die Frau zu töten, von der Kade wusste, dass er nicht ohne sie leben konnte.

„Andererseits könnten sie erst Lena töten und Fatale gehen lassen."

Das hatte Kade auch überlegt, hatte sich aber nicht dazu durchringen können, es laut auszusprechen. Zu was für einem Mann würde es ihn machen zu hoffen, dass sie das tun und Merrigan in Ruhe lassen würden?

„Haben wir schon etwas vom MI6 gehört?", erkundigte er sich.

„Jawohl", antwortete Razor. „Wir werden in Glasgow gelandet sein, bevor der Flug, auf dem Lena und ihre Begleitung sind, die Erlaubnis erhält, Heathrow zu verlassen."

„Und Verstärkung?"

„Ist schon auf dem Weg zum Schloss."

Kade schloss die Augen und sprach Merrigan in Gedanken zu, auf sich aufzupassen, bis er zu ihr kommen würde.

Warum in Gottes Namen war er nicht mutig genug gewesen, ihr zu sagen, was sie ihm bedeutete, als sie beim letzten Mal zusammen waren? Hatte sie seine Liebe für sie spüren können, als er sie ihr mit seinen Händen, seinem Mund, seinem Körper bewiesen hatte? Drei einfache Worte hätten dafür gesorgt, dass sie wusste, wie tief seine Gefühle für sie waren. Warum war es dann nicht so einfach gewesen?

Wenn er sie durch die Gnade Gottes in den nächsten Stunden in seinen Armen halten würde, wären das die ersten Worte, die er zu ihr sagen würde.

27

MERRIGAN

Merrigan konnte Orlov auf der anderen Seite der dicken Wand, die zwischen ihrem Zimmer und dem Flur lag, fluchen hören. Aber viel mehr verstand sie nicht von seiner Unterhaltung mit Aleksei − von dem sie seit Tagen nichts gesehen oder gehört hatte − und ihren anderen „Bewachern". Sie schreckte zusammen, als die Tür krachend aufflog und Sergei hereinkam.

„Du bleibst bis auf Weiteres hier." Er setzte sich neben sie auf das Bett. „Ich habe es dir schon einmal gesagt, aber du hast mir nicht geglaubt. Du musst jetzt verstehen, dass ich dich zu deinem eigenen Besten hierhergebracht habe."

„Was ist mit meiner Familie, Sergei?"

„Rivet ist darüber informiert, wo sich deine Familie aufhält."

Sie nickte und sah ihm in die Augen. „Erzähl mir, was vor sich geht."

„Animus ist auf dem Weg. Genauso wie das Einige Russland."

Das ergab keinen Sinn. Das ER hatte dem MI6 geholfen, die Maskhadovs zu unterwandern, dann hatte es geholfen, Kade und Leech herauszubekommen. Die wenigen verbliebenen Mitglieder ihres Todfeindes waren von allen drei Teams – dem ER, MI6 und K19 – getötet worden.

„Ich verstehe nicht. Das ER und der MI6 –"

„Die Dinge haben sich geändert."

„Inwiefern?"

„Animus will deinen Kopf und das ER hat sich verpflichtet, ihn zu liefern."

„Meinen? Warum?"

Orlov schüttelte den Kopf. „Du wirst es schon bald verstehen."

„Was ist mit K19?"

„Die sollten verdammt nochmal besser auf dem Weg sein, sie aufzuhalten."

„Kannst du sie nicht aufhalten?"

„Ich muss mich um andere Angelegenheiten kümmern. Während K19 das Einige Russland beschäftigt hält und sie davon abhält, dich zu töten, habe ich vor, mir Animus zu holen."

„Holen?"

„Wie ich bereits mehrmals sagte, hat Animus etwas, was ich will. Und ich habe, was der gute Doktor will. Wenn die Dinge so laufen, wie ich hoffe, werden wir beide glücklich sein."

„Und das Einige Russland?"

„Ihre Verluste werden ... bedauernswert sein. Falls Animus jedoch hat, was ich denke, dass sie es hat, wird dem ER nichts anderes übrig bleiben, als jeder ukrainischen Forderung nachzugeben, ungeachtet dessen, was heute hier geschieht."

„Hast du ‚sie' gesagt?"

Orlov nickte.

Wer zur Hölle war diese Animus, und warum hatte sie ein Kopfgeld auf den von Merrigan ausgesetzt?

Sie legte die Fingerspitzen auf ihre Schläfen und wünschte sich, sie könnte ihren Kopf auf magische Weise dazu bringen, aufzuhören zu hämmern. Die damit verbundenen Schmerzen machten es schwer zu denken.

„GEH MIT ALEKSEI", SAGTE ORLOV ZWEI STUNDEN SPÄTER, ALS er die Tür des Raums aufschloss, in dem Merrigan gefangen gehalten wurde.

„Sergei?", flüsterte sie.

„Was ist?"

„Sei vorsichtig."

Er schloss für einen kurzen Moment die Augen und als er sie öffnete, wusste sie es. Sergei *hatte* sie vor all diesen Jahren geliebt und er liebte sie noch immer.

„Viel Glück, Fatale", murmelte er und umfasste kurz ihre Wange, ehe er ihr einen Kuss auf die Stirn gab und aus dem Raum ging.

Der Mann, den Orlov „Aleksei" genannt hatte, wartete vor der Zelle, bis er sicher war, dass Sergei weg war, dann kam er herein und schloss die Tür.

„Bring mich auf den neuesten Stand, Shiv", sagte Merrigan.

Der MI6-Agent, der erfolgreich Orlovs Team unterwandert hatte, erklärte ihr kurz, was er über Sergeis Plan wusste. Alles, was Shiv ihr erzählte, bestätigte, was Sergei selbst gesagt hatte. Seine Absicht war, Animus abzufangen, während er darauf baute, dass K19 das ER lange genug in Schach halten würde, damit er die Dokumente in die Finger bekommen konnte, die sie lieferte.

„Und dann wird er sie töten", ergänzte sie.

„Sie reist nicht allein. Sie wird von einer der Besten des ER begleitet."

„Von wem?"

„Raketa Ivashov."

Scheiße. „Und ich?"

„Orlov hat keine Anweisung erteilt, bei der du eine Rolle spielst."

„Meine Familie?"

„So schwer es für jeden zu glauben ist, der ihn kennt, bin ich überzeugt, dass es Orlovs Absicht ist, sie in Sicherheit zu haben. K19 sollte mittlerweile gelandet sein", fügte er hinzu.

Merrigan betete, dass Shiv recht hatte, zumindest fürs Erste, und war bereit, ihren eigenen Plan auszuarbeiten. Wenn es nur nicht so viele Mitspieler und bewegliche Teile gäbe, die es im Blick zu behalten galt.

Sie musste sich auf ein Ziel allein konzentrieren: die Erste zu sein, die Animus fand, und sie und Ivashov zu töten, bevor sie sie töten würden. Danach würde sie ihren eigenen Deal mit dem Einigen Russland aushandeln. Im Gegenzug, alles zu übergeben, was Calder gegen sie in der Hand hatte, würden die anderen des MI6-Teams, K19 und sie unversehrt gehen gelassen werden.

Blieb nur noch Orlov übrig. Merrigan wusste, dass es Shivs Plan war, ihn auch auszuschalten, es sei denn, das ER würde es zuerst tun. Das war etwas, was sie akzeptieren musste. Am Ende hieß es: entweder er oder sie. Würde man ihn am Leben lassen, würde er ihr nie diesen zweiten Verrat vergeben. Er würde sie töten und dann sicherstellen, dass jeder, der ihr etwas bedeutete, ebenfalls ausgeschaltet werden würde, nicht nur ihre Familie, sondern auch Doc Butler.

„Bereit?", fragte Shiver, reichte ihr eine Waffe und führte sie aus dem Raum und den Steinkorridor entlang.

„Noch eine letzte Sache. Wer zur Hölle ist Animus?"

28

KADE

R azor, Paps und Kade hatten gerade die Tunnel betreten, als sie hörten, wie ein Schuss abgegeben wurde.

„Ich nehme den", rief Kade. *„Ihr beide geht da lang."*

Razor und Paps rannten den rechten Weg entlang, während Kade nach links lief. Er hatte sich die Lage der Tunnel des Schlosses eingeprägt und wusste, dass beide Hauptkorridore zu dem Verlies führten, von dem Shiv berichtet hatte, dass Merrigan darin festgehalten wurde.

Sie waren sich einig, dass es ihre vorrangige Mission war, sie zu retten und es dem MI6-Team zu überlassen, sich um Orlov, Animus und das Einige Russland zu kümmern.

Retten. Er betete, dass es das war, was sie taten. Kade konnte nicht zulassen, über den Schuss nachzudenken, den sie gehört hatten. Er konnte nicht akzeptieren, dass ein einziger Schuss einer Waffe *irgendetwas* bedeutete. Shiver war bei ihr, richtig? Würde das nicht bedeuten, dass, falls Animus, Raketa oder jemand anders geschossen hatte, was Gott verhüten möge, Shiv zurückgeschossen hätte? Er sagte sich, dass keine weiteren Schüsse etwas Gutes bedeuten mussten.

Kade umrundete jede Biegung des Tunnels mit angebrachter Vorsicht und wünschte sich, es wäre ihnen möglich gewesen, Shiver ein Funksprechset zukommen zu lassen.

Der Korridor, in dem er sich befand, endete in einem T, an das er sich nicht von der Karte her erinnerte. Er schloss die Augen und versuchte, sich zu erinnern, welcher Weg ihn zu dem Verlies bringen würde.

❧ 29 ❧

MERRIGAN

Merrigan und Shiv achteten darauf, kein Geräusch von sich zu geben, als sie den einzelnen Schuss hörten. Da sie sich nirgendwo in der Nähe verstecken konnten, blieben sie auf der Stelle stehen und warteten, bis sie jemand anders – *irgendetwas* – hörten.

„Weiter", flüsterte Shiver nach einer Weile.

Merrigan nickte, denn sie wollte aus diesen Korridoren raus, in denen sie jeder in die Ecke treiben konnte.

Als sie bald darauf Schritte hörten, erstarrten beide und hoben ihre Waffen, ehe Shiver zwei vorsichtige Schritte vor machte und sie nach rechts ging. Von diesem Blickwinkel aus würde sie denjenigen zuerst sehen und den ersten Schuss abgeben können. Shiv würde dann sofort den zweiten aus näherer Distanz abfeuern.

Sie hörten beide das leise und langsame Tappen von Schritten und senkten ihre Waffen, als Paps und Razor um die Ecke kamen.

Paps formte lautlos mit den Lippen: „Schuss?"

„Wir haben ihn auch gehört", flüsterte Merrigan und deutete zu einem anderen Korridor, wo sie ihn gehört hatten.

Paps nickte und ging vor. Sie folgte ihm mit Shiv und Razor hinter ihr. Sie bahnten sich langsam ihren Weg und zögerten an jeder Ecke, vier Waffen gehoben.

„Scheiße", keuchte Paps, als er den Körper sah. Er ging langsam hin und rollte die Frau vorsichtig herum, während ihm die anderen drei Deckung gaben.

Er fühlte nach einem Puls und nickte. „Raketa", flüsterte er und untersuchte dann ihren Körper nach der Wunde.

Merrigan wusste sofort, als sie sie fanden, wo die Kugel sie getroffen hatte, beobachtete dann seine Suche nach einer Austrittswunde und kurz darauf sein Kopfschütteln.

Raketa lebte noch, was hieß, die Kugel hatte entweder ihren Schädel gestreift oder steckte in ihrem Hirn. Wenn es Letzteres war, war ihre Überlebenschance gering. Ohne sofortige medizinische Hilfe wäre sie jedoch gleich null.

Ehe Paps sie bewegen konnte, öffneten sich Raketas Augen flatternd.

„*Fuck*", hörten sie sie murren, als sie versuchte, sich aufzusetzen.

„Bleib still liegen", flüsterte Paps und bedeutete ihnen weiterzugehen.

„*Animus.*" Sie stöhnte und deutete in die entgegengesetzte Richtung, in die Merrigan, Shiv und Razor gehen wollten.

Wenn es allein nach ihr gegangen wäre, hätte sie Raketa nicht vertraut, aber es ging nicht allein nach ihr, und Razor und Shiver schienen zu überlegen, welchen Weg sie gehen sollten.

„Trennen wir uns", schlug Razor vor. Er ging in die ursprüngliche Richtung, während Shiver und sie in die gingen, in die Raketa gezeigt hatte.

„Geh", hörte sie Raketa zu Paps sagen, aber er schüttelte den Kopf und sah aus, als sei er hin- und hergerissen.

„Mach, was du für das Beste hältst", sagte Merrigan, ehe sie Shiv folgte.

Als dieser Korridor zu einem T führte, trennten sie sich. Merrigan ging nach rechts, Shiv ging den anderen Weg. Zu diesem Zeitpunkt mussten sie nur Animus finden und sie neutralisieren. Sie wussten, sie hatte keine Verstärkung, es war also nicht so, als seien sie in der Minderzahl, es sei denn natürlich, das ER hatte sie gefunden und suchte jetzt nach Merrigan, um seinen Teil der Vereinbarung zu erfüllen.

Razor hatte ihnen erzählt, dass Kade auch irgendwo in diesen unterirdischen Gängen war, und wo Orlov sich aufhielt, war völlig offen. Der gesamte Verliesbereich war ein potenzielles Minenfeld.

Merrigan konnte nicht weit von ihr entfernt Schritte hören. Sie drückte sich schnell eng an die Wand, die Waffe erhoben, und schob sich langsam vor, bis sie um die Ecke sehen konnte. Gerade als sie weitergehen wollte, hörte sie eine Stimme sagen: „Genau die Person, die ich suche."

Als Merrigan herumfuhr, stand Lena vor ihr und hielt dieselbe Waffe in der Hand, mit der sie wahrscheinlich Raketa niedergeschossen hatte.

„*Du* bist Animus?", stieß Merrigan entgeistert hervor.

„Ganz richtig", sagte die letzte Frau, von der sie erwartet hätte, dass sie eine Waffe auf sie richten würde. „Ihr habt mich alle unterschätzt, sogar die Russen."

Lena sah sehr mit sich zufrieden aus, aber da war noch etwas anderes, das Merrigan sah. Wenn sie der Frau in die Augen blickte, konnte sie erkennen, dass sie unter purem Adrenalin agierte, aber schlimmer noch: Sie sah Wahnsinn.

„Du musst das nicht machen", begann sie. „Wenn es Kade ist, den du willst, kannst du ihn haben. Er und ich haben nichts −"

„*Halt den Mund*", schrie Lena sie an. „Sprich nicht über Kade mit mir. Ich habe ihn mein ganzes Leben lang geliebt, und er liebt mich. Das hat er schon immer. Ich habe es nicht nötig, dass du ihn für mich aufgibst."

„Was willst du dann?" Merrigan redete immer weiter, in der Hoffnung, es würde sie jemand hören und zu ihrer Unterstützung kommen.

„Ich will dein Gesicht nie wiedersehen."

Von da aus, wo sie stand, konnte Merrigan sehen, dass der Hahn der Waffe gespannt und sie entsichert war. Falls Lena dazu kam, den Schuss abzugeben, war es eine unklare Sache, ob ihr das auch gelingen würde.

Ehe eine von ihnen beiden etwas tun konnte, hörte sie Kades Stimme hinter sich.

„Tu's nicht, Lena. Nimm die Waffe runter. *Jetzt.*"

„Ihre Waffe ist *auf mich* gerichtet. Warum sagst du *ihr* nicht, dass sie die Waffe herunternehmen soll?"

Merrigan senkte sie, ohne dass er sie dazu auffordern musste.

„*Was machst du denn da?*", sagte Kade mit sanfter Stimme, als er langsam um Merrigan herum zu seiner Ex-Frau ging. Seine Worte besänftigten sie allerdings nicht und Lena richtete ihre Waffe auf ihn.

„Komm nicht näher", warnte sie. *„Keinen Schritt weiter."*

Kade erstarrte und hielt eine Hand hoch, während er in der anderen noch immer seine Waffe hielt. Merrigan hob ihre auch.

„Das wird nicht gut für dich enden, es sei denn, du gibst deine Waffe her und wir beide gehen zusammen hier raus, Lena."

Als sie für einen Moment die Augen schloss, wusste Merrigan, dass sie gleich feuern würde. Ehe sie einen Schuss abgeben konnte, kam Lena ihr zuvor und Kade fiel zu Boden.

„Keine Bewegung!"

Merrigan konnte spüren, dass die Person hinter ihr herankam, und wusste, dass Paps auch eine Waffe hatte, die er gleichfalls auf Lena gerichtet hielt.

„Mach das nicht, Lena. Wenn du denkst, ich würde nicht schießen, irrst du dich."

Lenas Augen schossen zwischen Merrigan, Paps und Kade hin und her, der auf dem Boden lag und sich das Bein hielt, die Waffe noch immer auf sie gerichtet.

Lena atmete noch einmal tief ein und schloss die Augen. Ehe sie den zweiten Schuss abgeben konnte, hörte Merrigan das *Ptju* einer Waffe, die über ihre Schulter hinweg abgefeuert wurde, und sah, wie Lena in sich zusammensank.

Paps rannte um sie herum und fing die Frau in seinen Armen auf, ehe ihr Kopf auf dem Beton aufschlug, aber sie war zweifellos tot; er hatte sie mit einer .45er mitten in die Brust getroffen. Niemand konnte solch einen Schuss überleben.

Merrigan rannte zu Kade, der auf dem Boden saß und sich sein Bein hielt. „Was kann ich tun?", fragte sie.

„Sie hat nicht die Oberschenkelarterie getroffen, ich werde es also überleben", sagte er und sah zu Paps.

„*Gottverdammt*", hörten sie ihn immer wieder schreien, während er Lena weiter in seinen Armen hielt.

„*Paps*", rief Kade. „Hör mir zu. Wir müssen hier raus und ich brauche deine Hilfe."

Es dauerte ein paar Sekunden, aber Paps' Augen fokussierten sich auf die von Kade, als fast zur gleichen Zeit Razor und Shiver um die Ecke kamen.

„*Scheiße!*", rief Razor, als er zuerst Lena sah, dann Kade, der sein Bein hielt.

„Raketa?", fragte Paps ihn.

„Das ER hat sie", antwortete er und sah dann Merrigan an. „Orlov haben sie auch."

„Ist er ..."

„Zwischen die Augen."

Der vertraute, plötzliche Schmerz traf sie direkt in die Brust, auch wenn sie wusste, dass er es sich selbst zuzuschreiben hatte, indem er die Entscheidung getroffen hatte, auf diese Weise seinen Lebensunterhalt zu verdienen. Zu denken, sie alle könnten unbeschadet hier herauskommen, wäre naiv gewesen, und das war das Letzte, was sie war.

„Meine Familie?", sagte sie zu Shiver.

„Rivet kümmert sich um sie." Er sah auf seine Uhr. „Sollten mittlerweile sicher in London sein."

„Gott sei Dank", murmelte sie und schloss die Augen, während sie sich die süßen Gesichter ihrer Nichten und ihres Neffen vorstellte. Wenn ihnen irgendetwas zugestoßen wäre, hätte sie sich das niemals vergeben.

„Kannst du dich auf den Beinen halten?", fragte Razor, als er Kade aufhalf. „Schaffst du es hier raus?"

Kade antwortete nicht. Stattdessen winkte er Merrigan zu sich. „Komm her."

Er schob Razor weg, als sie nah genug war, um in seine offenen Arme zu kommen.

„Ich habe mir geschworen, dass dies das Erste sein würde, was ich dir heute sage." Er sah ihr in die Augen. „Ich liebe dich, Merrigan. Ich will nicht, dass noch eine weitere Minute vergeht, ohne dass du das weißt."

„Ich liebe dich, Kade."

„SIE SIND IM VAUXHALL CROSS", ERZÄHLTE SHIVER IHR, ALS IHR Flugzeug landete.

Merrigan nickte. „Ich werde einfach ..."

Shiver verschränkte die Arme. „Ich werde dich eben hinbringen." Er lächelte.

„Das wäre toll. Danke."

Gott, was würde sie zu ihnen sagen? *Tut mir leid. Ihr wärt meinetwegen fast umgebracht worden, aber es war schön, euch mal wiederzusehen.* Vielleicht würden sie sie nicht einmal sehen wollen. Sie könnten zu ihrem einfachen Leben auf der Isle of Arran zurückkehren, zurück zu dem schönen, kleinen Steincottage, von dem sie annahm, dass sie in ihm lebten, und ihr Bestes geben zu vergessen, dass ihre Tante Merrigan überhaupt existierte.

„Vielleicht wollen sie mich gar nicht sehen", sagte sie, als Shiver vor dem Hauptquartier des MI6 vorfuhr.

Er lächelte. „Sie haben schon nach dir gefragt."

„Wer?"

„Sie alle, laut Rivet, aber die Kleinen mit großer Hartnäckigkeit."

„Warum?"

Shiver lächelte. „Weil du ein entzückender Mensch bist."

Sie lachte. „Das ist Unsinn."

Regelmäßig Kriminellen entgegenzutreten, die sie töten wollten, machte Merrigan nicht so nervös, wie sie es in Erwartung war, ihrem Bruder gegenüberzustehen. Wenn sie er wäre, würde sie sich für immer aus dem Leben seiner Familie verbannen, und möglicherweise hatte er genau das vor.

„Hör auf damit", sagte Shiv, als er ihr die Autotür aufhielt. „Du siehst aus, als hättest du Todesangst, und da kann ich aus Erfahrung sprechen, wenn ich dir sage, dass dich das bei Kindern nicht beliebt machen wird."

„Danke für die Fahrgelegenheit." Sie gab ihm einen Kuss auf die Wange und ging dann in den Aufzug, wo sie den Knopf zur sechsten Etage drückte.

„Es wird hervorragend laufen", sagte er, als sich die Tür hinter ihr schloss.

Merrigan rieb sich die verschwitzten Hände an ihrer Hose ab, atmete tief ein und langsam wieder aus, wobei sie dem Aufzug suggerierte, langsamer zu werden.

Auf dem Weg zu Rivets Büro, fühlte sie sich genauso, als würde sie gleich einen Verweis erhalten.

„*Merrigan!*", rief ihr Bruder, als sie die Tür öffnete, kam auf sie zugerannt und umarmte sie.

„*Merrigan, Merrigan, Merrigan!*", riefen die Kleinen dann auch im Chor und rannten los, um die Arme um ihre Beine zu legen. Als sie den Blick ihrer Schwägerin auffing, sah sie Tränen in ihren Augen, aber sie lächelte auch.

„Wir sind so froh, dass du in Sicherheit bist", sagte Mary Pat. „Das ist *Tante* Merrigan", tadelte sie ihre Kinder scherzhaft.

„Wo wohnt ihr?", fragte sie, nachdem sich der Jubel gelegt hatte.

Mac zuckte mit den Schultern. „So weit sind wir noch nicht gekommen."

„Ich habe eine Wohnung hier in London."

„Wir wollen dir nicht zur Last fallen", sagte die Frau ihres Bruders.

„Aber ihr seid doch keine Last. Ich habe auch ein Gästezimmer, ihr wäret allerdings die Ersten, die in dem Bett schlafen. Die Kinder können mein Zimmer nehmen, wenn das in Ordnung geht."

„Die Kinder können bei uns schlafen oder was immer wir als Schlafgelegenheit zusammenschustern können. Sie werden dir *nicht* dein Bett nehmen", sagte Mac. Ihr Bruder legte den Arm um sie. „Wir haben uns solche Sorgen gemacht", murmelte er.

Merrigan wusste nicht, was sie sagen sollte. Die Ereignisse der vergangenen Woche unterschieden sich nicht wesentlich von dem, was sie bei jedem anderen Einsatz erlebt hatte. Nur dass er eine Ahnung von der Gefahr bekommen hatte, mit der sie konfrontiert gewesen war, machte diesen einzigartig.

„Sollen wir dann? Ich werde mich nur noch kurz vorher bedanken bei" – sie sah zu den Kindern – „Sir Ranald."

„Sir?", fragte Kevin, dessen Augen aufleuchteten.

„Allerdings. Er wurde von der Queen persönlich zum Ritter geschlagen."

„Wow", formte ihr Neffe lautlos mit den Lippen, als Merrigan an Rivets Sekretärin vorbeiging und an dessen Tür klopfte.

„Herein", blaffte er.

„Vielen Dank hierfür, Sir."

Rivet sah von seinem Computerbildschirm weg und zu ihr hin. „Ich will, dass sie sich eine Auszeit fernab von hier nehmen."

„Das heißt?" Erteilte er ihr gerade einen Verweis?

„Nun machen Sie sich mal nicht ins Höschen. Ich schlage lediglich vor, dass Sie sich einige Zeit freinehmen."

„Ja, Sir", antwortete sie mit erhitzten Wangen.

„Und, Fatale, versuchen Sie herauszufinden, was Sie mit dem Rest Ihres Lebens anfangen wollen."

„*Feuern* Sie mich etwa gerade?"

„Ganz im Gegenteil. Ich rege an, dass eventuell andere Möglichkeiten vor Ihnen liegen könnten, die Sie ... anziehender finden könnten."

Merrigan setzte sich auf den Stuhl vor Rivets Schreibtisch. „Was ist das hier dann? Warum führen wir diese Unterhaltung?"

Rivet kam zu ihr herum und lehnte sich gegen die Vorderseite seines Schreibtisches. „Das Leben, Merrigan. Vergessen Sie nicht, es zu leben."

Sie nickte und sah in seine warmen Augen. „Danke, Riv."

„Und jetzt fort mit Ihnen. Nach allem, was ich gehört habe, versucht ein gewisser ehemaliger CIA-Agent verzweifelt, Sie zu erreichen. Tatsächlich werde ich hinausgehen und Sie können ihn anrufen."

„Das ist nicht nötig –"

„Oh, meine Liebe, das ist es ganz gewiss. Wenn Sie sich nicht bald mit ihm in Verbindung setzen, fürchte ich, er wird sich auf mein Büro hinabstürzen."

30

KADE

W ie hältst du dich?", fragte er Paps, als sie unterwegs nach London waren.

„Sie hat mir etwas bedeutet", antwortete er. „Es macht mich völlig fertig, dass ich derjenige sein musste."

„Ich weiß." Kade legte eine Hand auf Paps' Schulter. „Ich weiß nicht, ob ich es hätte tun können, wenn ich darüber nachgedacht hätte."

„Das ist es, wozu wir ausgebildet wurden, Doc. Denk nicht, töte einfach."

Das war nicht alles, wozu sie ausgebildet worden waren, aber Paps brauchte es jetzt nicht, die Leviten von ihm gelesen zu bekommen. Alles, was er jetzt brauchte, war, dass Kade ihm zuhörte. Jeder einzelne Abschuss war tragisch; jeder nahm etwas mehr von der Seele des Schützen, selbst wenn es hieß: töten oder getötet werden.

Kade konnte es kaum erwarten, zum Flugplatz zu kommen,

Merrigan zu finden und sich in der Güte zu aalen, die ihr innewohnte.

Shiver hatte sie viel zu schnell mitgenommen. Der Abschied, den sie voneinander genommen hatten, war kurz gewesen, ohne zu wissen, wann sie sich wiedersehen würden, nur dass es *bald* sein musste.

Die Beweise gegen das Einige Russland, die Calder so viele Jahre lang gehabt hatte, befanden sich jetzt in ihren Händen, aber niemand bei Russlands FSB wäre naiv genug zu glauben, dass es keine weitere Kopie gab.

Es war keine formelle Vereinbarung getroffen worden und das ER hatte Schottland in dem Wissen verlassen, dass die CIA und der MI6 weiterhin etwas hatten, das potenziell verheerende Folgen für die gegenwärtig regierende Partei Russlands haben konnte.

Irgendwann einmal würden die Bürokraten es offiziell machen, aber fürs Erste wusste Kade, dass er sicher sein konnte, dass es keine unmittelbare Gefahr mehr gab, die über seiner Familie schwebte.

Bald würde er Leech anrufen müssen, um ihm zu sagen, dass Lena tot war. Ungeachtet dessen, was sie getan hatte, war sie noch immer seine Tochter. Es würde ihm verständlicherweise das Herz brechen, was zur Folge hätte, dass es Kade ebenso gehen würde.

„Lass mich das machen", sagte Paps.

„Leech anrufen?"

„Ja."

„Das musst du nicht. Ich werde –"

„Ich will es machen, Doc. Mehr noch, ich muss es machen."

„Verstanden."

Dann blieb noch Quinn übrig und Kade musste derjenige sein, der es ihr sagte. Dies war nicht etwas, das sie von jemand anderem hören konnte.

Der Anruf konnte allerdings warten, bis er allein in seinem Hotelzimmer war, und dann würde er einen Videoanruf machen. Weil er nicht wusste, wann er zurück in den Staaten sein würde, war das etwas, was er nicht aufschieben konnte.

„Der Heli ist auf dem Weg", informierte Razor Paps und ihn. „Er wird uns von Heathrow zum Helilandeplatz des MI6-Hauptquartiers bringen."

KADES ERLEICHTERUNG WAR MIT HÄNDEN GREIFBAR, ALS ER Merrigans Namen auf seinem Display aufblitzen sah, gerade als der Hubschrauber landete. „Hi", meldete er sich.

„Ich habe gehört, du drangsalierst meinen Chef", zog sie ihn auf.

„Dafür werde ich mich nicht entschuldigen."

„Na schön. Dann sollte ich dich wohl einladen … Ach, warte … Ich habe gerade meinen Bruder und seine Familie eingeladen, bei mir in meiner Wohnung zu wohnen."

„Fährst du jetzt dorthin?"

„Ja, aber –"

„Ich bin auf dem Weg."

Kade hatte es organisiert, dass das Team im Dorchester an der Park Lane wohnte, und auch wenn er ein Zimmer für sich gebucht hatte, hatte er nicht vorgehabt, es zu benutzen. Vielleicht würde er das aber doch noch tun.

Merrigan vorhin in seinen Armen zu haben, sogar nur für ein paar Minuten, hatte ihn mit einem Gefühl des Friedens erfüllt, das er nur mit ihr erlebte. Er betete, er würde sie überzeugen können, dass sie beide etwas Zeit fern des Agentenspiels verdienten, und sie würde sich von ihm irgendwohin entführen lassen, wo sie den ganzen Tag und die ganze Nacht damit verbringen konnten, sich zu lieben.

Während er auf das Taxi wartete, schloss er die Augen und dachte an die Unterhaltung, die Mercer und er mit Quinn gehabt hatten.

Sie war kurz gewesen, und die größte Sorge, die sie äußerte, galt ihrem Großvater, was Kade stolz machte. Weil er ahnte, dass sie sich wohler fühlen würde, wenn sie mit Mercer allein reden konnte, hatte er sich verabschiedet, ihr gesagt, dass er sie liebhatte und dass er sie morgen auf den neuesten Stand zu ihren Reiseplänen bringen würde.

Hinterher wurde ihm klar, dass Mercer wahrscheinlich das Gleiche machen würde; er hatte jedoch nicht vor, die Dinge zu zensieren, die er zu seiner Tochter sagte. Er wollte eine offene und ehrliche Beziehung zu ihr.

Die Wichtigste gleich nach Quinn war Merrigan. Er hatte die ganze Zeit über an sie gedacht, während der Sanitäter sein Bein verarztet hatte, und war fest entschlossen, sich bei ihr auch nicht zurückzuhalten. Sie sollte wissen, was er fühlte, nicht nur im Überschwang des Augenblicks, sondern immer. Er hatte vor, alles, was er ihr während der vergangenen Wochen hatte erzählen wollen, heute Abend zu erzählen.

Er war gerade vor ihrem Gebäude aus dem Taxi gestiegen, als ein Anruf von Leech kam. Das Letzte, was er wollte, war, diese Unterhaltung auf einer lauten Londoner Straße zu führen, aber er konnte ihn auch nicht ignorieren. Er blickte sich um, sah aber keinen ruhigen Ort, wohin er sich hätte verdrücken können.

„Leech", sagte er, als er an sein Handy ging. „Es tut mir so leid."

„Wie ich Paps sagte, ich mache weder ihm noch dir Vorwürfe. Lena ..., meine Tochter ..."

Selbst über den Lärm des Straßenverkehrs hinweg, der um ihn herum düste, konnte Kade den tiefen Schmerz in der Stimme seines Mentors hören. „Es tut mir leid", sagte er wieder. Er war einfach nicht in der Lage, die Worte zu finden, um sein Bedauern zum Ausdruck zu bringen.

„Merrigan ist gut für dich, Kade. Verstricke dich nicht in Schuldgefühlen wegen meiner Tochter. Du hast mehr für sie getan, als irgendwer hätte verlangen können."

„Im Moment habe ich nicht dieses Gefühl, Leech." Kades Augen füllten sich mit Tränen bei dem Gedanken, dass er sie vor all diesen Jahren im Stich gelassen hatte. Wenn er nur lange genug geblieben wäre, um die Tiefe ihres Leidens zu realisieren.

„Hör auf damit. Ich weiß, was du denkst, und ich will, dass du es loslässt. Ich habe angerufen, um dir zu sagen, dass, auch wenn ich dich nicht für ihren Tod verantwortlich mache, ich weiß, dass du trotzdem meine Vergebung brauchst. Du hast sie, Doc. Jetzt vergib dir selbst."

Nachdem Leech das Telefonat beendet hatte, stand Kade vor Merrigans Gebäude und verarbeitete, was er gesagt hatte. Im Moment waren sie noch im Schockzustand. Lenas Tod war noch nicht wirklich zu einem von ihnen durchgedrungen. Er wusste, in den kommenden Tagen und Wochen wäre er nicht der Einzige, der innere Einkehr halten würde.

Ehe sie aus dem Flugzeug gestiegen waren, war Kade zu Razor gegangen, als Paps die Toilette benutzte.

„Ich mache mir Sorgen um ihn."

„Ich auch."

„Das ist kein typischer ..."

„Ich versteh, was du meinst, Doc."

Razor stimmte zu, ein Auge auf den Mann zu haben, der seit fast fünfundzwanzig Jahren sein bester Freund war. Er hatte Kade gesagt, dass er nicht versprechen könnte, dass Paps in der Stimmung sein würde zu reden, aber er wusste, wie er nervend genug sein konnte, um ihn dazu zu bekommen, ein paar Bier mit ihm zu trinken.

„Wann fliegen wir nach Hause?", fragte Razor.

Kade sagte ihm, dass er das noch nicht wüsste, aber nicht, warum. In den nächsten Tagen, ach was, in den nächsten Jahren seines Lebens – wenn es nach ihm ginge – würde es davon abhängen, was Merrigan machen wollte.

Er sah ein Auto vorfahren und erkannte es sofort als eines, in dem der MI6 jemand von Merrigans Rang befördern würde. Als er sie mit zwei Kindern aussteigen sah, an jeder Hand eines, lächelte er.

Sie hatten stundenlang über ihre Familien geredet, als er ein Gefangener war. Genau genommen hatte er am meisten erzählt; sie hatte lediglich gesagt, dass sie ihrer nicht nahestehen würde. Sie so zu sehen, von ihren Leuten umgeben, wärmte sein Herz, denn er wusste, wie viel ihr das bedeutete. Es war nicht etwas, um das sie je gebeten hätte, aber sie würde es als ein Geschenk ansehen, dass ihr Bruder sich so bemühte.

„Hi", murmelte sie, als sie zu ihm herüberkam.

„Wen haben wir denn hier?", fragte er mit einem Blick hinunter auf ihre Nichte und ihren Neffen.

Merrigan schüttelte ihre linke Hand. „Das ist Kevin und an meiner Rechten ist Rowen."

Kade streckte die Hand aus und Kevin schüttelte sie. „Es ist schön, euch kennenzulernen. Mein Name ist Doc."

Eine Frau, von der Kade annahm, dass es Merrigans Schwägerin war, hielt ein kleines Mädchen, das versuchte, sich aus ihren Armen zu winden. Er ging zu ihnen hinüber.

„Hi", sagte er zu dem Fratz. „Möchtest du mitkommen zu deiner Tante Merrigan?"

„Oh, du bist *gut*. Ich bin übrigens Mary Pat", sagte sie und versuchte, das kleine Mädchen hinunterzulassen. Stattdessen streckte sie die Hände nach Kade aus, der sie auf die Arme nahm.

„Ich bin Doc."

„Ich bin Bronagh", sagte sie und streckte jetzt die Arme nach Merrigan aus.

„Ihr beide werdet alle Hände voll zu tun haben. Ich bin Mac", stellte Merrigans Bruder sich vor.

„Wie das?", fragte sie.

Mac sah Mary Pat an und beide lachten.

„Was?", wollte Merrigan wissen.

„Wenn ich ein Wahrsager wäre, würde ich viele Winzlinge für euch beide am Horizont sehen."

Kade lächelte und sah Merrigan an, deren Wangen einen tiefrosa Ton angenommen hatten.

„Übrigens, Mer. Das mit deinem Kumpel tut mir leid."

„Meinst du Orlov?"

Mac nickte.

Kade konnte sehen, dass sie mit sich rang, was sie sagen sollte, aber schließlich gestand sie ein, dass es ihr auch leidtat.

„Sollen wir hineingehen?", fragte sie und gab Bronagh an Kade zurück, um nach ihren Schlüsseln zu suchen.

Mac lachte. „Ihr seid Naturtalente."

„Pass bloß auf", murmelte sie. „Ich habe keine Probleme damit, dir zu kurze Oberlaken für dein Bett zu geben."

„Früher hat sie das die ganze verdammte Zeit lang gemacht." Mac schmunzelte. „Ich erinnere mich ..."

Kade hörte den Worten ihres Bruders nicht weiter zu und konzentrierte sich nur auf zwei Dinge: den glücklichen Ausdruck auf dem Gesicht der Frau, die er liebte, und auf das kleine Mädchen, das den Kopf an seine Brust gelehnt hatte, den Daumen im Mund. Quinn hatte das früher gemacht. Er hatte es geliebt, wie es sich anfühlte, wenn sie an ihn gekuschelt einschlief. Er atmete tief ein. Es ging doch nichts über den Duft eines Kindes. Der hatte so eine pure Süße, die nur eine Zeit lang währte. Er hatte ihn bei Quinn genossen, ohne überhaupt zu bemerken, dass er das getan hatte.

Sein Blick begegnete dem von Merrigan. Er konnte sehen, dass sie ihn beobachtete. Ihr Gesichtsausdruck war sowohl fragend als auch glücklich. Er hoffte, dass Macs Voraussage richtig war. Nichts würde ihn glücklicher machen, als das Kind von ihnen beiden in seinen Armen zu halten.

31

MERRIGAN

Sie war dazu ausgebildet worden zu wissen, wie sie auf viele vorgegebene Situationen reagieren sollte, aber diese hier hatte sie verwirrt. Sobald sie hineingegangen waren, gingen Kade und ihr Bruder in der Wohnung herum und öffneten die Fenster, um durchzulüften. Mary Pat hatte ihre Nichten und ihren Neffen mit Büchern versorgt, mit denen sie es sich gemütlich gemacht hatten, und dann Merrigan angeboten, ihr zu helfen, wie immer sie konnte.

„Ich habe nicht viel hier", sagte Merrigan. Es war Monate her, seit sie zum letzten Mal zu Hause gewesen war. „Darüber hätte ich auf unserem Weg hierher nachdenken sollen."

„Wie war das? Ich kann kurz in den Laden gehen und ein paar Lebensmittel holen", bot Mac an.

„Ich kann auch gehen", setzte Kade hinzu.

Merrigan kritzelte ein paar Dinge auf eine Liste und reichte sie dann an Mary Pat weiter.

„Ich wüsste gar nicht, womit ich anfangen sollte", sagte sie mit einem Blick zu den Kindern hinüber.

„Mac kümmert sich darum. Keine Sorge."

Bevor sie gingen, kam Kade zu ihr und küsste sie ausgiebig.

Mary Pat räusperte sich. „MacGregor Shaw, ich erinnere mich schwach, dass du mich früher auch zum Abschied geküsst hast."

Merrigan lachte. Dies war alles so normal und lag völlig außerhalb ihrer Komfortzone. Würde sie Normalität überhaupt hinbekommen? Hatte sie das je gemacht? Sie konnte sich nicht an eine Zeit erinnern, zu der sie es hatte. Sogar als kleines Mädchen unterschieden sich ihre Gedanken und Träume so sehr von denen ihrer Schulkameradinnen. Während sie darüber sprachen, ihren neuesten Teenagerschwarm zu heiraten, hatte sie davon geträumt, Emma Peel zu sein.

„Hältst du dich noch aufrecht?", fragte Mary Pat sie, als Kade und Mac gegangen waren.

„Ja ... ähm ... was meinst du?"

Ihre Schwägerin lachte. „Du wirkst leicht verstört."

„Nur leicht?" Sie lachte auch. „Oh", sagte sie, als sie sah, dass ein Anruf von Kade hereinkam. „Was hast du vergessen?", fragte sie.

„Dir zu sagen, dass ich dich liebe. Ich will nie von dir weggehen, ohne dir diese Worte zu sagen."

Merrigan wandte sich von Mary Pat ab. „Ich liebe dich auch", murmelte sie. Als er den Anruf beendete und sie sich wieder umdrehte, betrachtete die Frau ihres Bruders sie aufmerksam.

„Am Anfang, als Mac und ich zusammen waren, war er völlig verblüfft darüber, wie offen in meiner Familie Gefühle gezeigt wurden und wie ich das somit auch gemacht habe."

Merrigan nickte, als sie sich daran erinnerte, wie geschockt sie angesichts ihrer öffentlichen Zuneigungsbekundungen bei ihrem Abendessen zusammen in dem sicheren Haus gewesen war.

„Daran ist nichts falsch, weißt du."

„Das weiß ich doch. Es ist nur ..."

„Du brauchst es mir nicht zu erklären." Mary Pat lachte. „Dein Bruder war steif wie nur was. Doc wird dich locker machen. Das kann ich jetzt schon sehen."

„Danke", sagte Merrigan.

„Aber wofür denn?"

„Es mir so leicht zu machen. Ich weiß, dass ich nicht zu eurem Leben gehört habe ..."

Mary Pat ergriff ihre beiden Hände. „Vielleicht nicht leibhaftig, aber unsere Kinder betteln jeden Abend um eine Geschichte über ihre fantastsich abenteuerlustige Tante Merrigan, Star jeder Action-Heldinnen-Geschichte, die ihr Vater hervorzaubern kann. Und da waren ein paar Hammerdinger dabei. Frag ihn mal danach, als du die Welt vor dem verrückten Wissenschaftler gerettet hast, der geplant hatte, alle Vulkane der Erde gleichzeitig ausbrechen zu lassen."

„Ach, du meine Güte."

„Du hast ja keine Ahnung. Sie haben alle gejubelt, als Tante Merrigan Doktor Lava in den Ätna geschubst hat." Mary Pat lächelte und schüttelte den Kopf. „Mac hat dir erzählt, dass Bronaghs zweiter Vorname Merrigan ist."

„Aye", antwortete sie. „Ich war sehr emotional, als er es mir erzählt hat."

„Hat er dir auch erzählt, dass Kevin und Rowen beide verlangt haben, ihre zweiten Vornamen auch in Merrigan umzuwandeln?"

„Du machst Witze."

„Ich denke, Kev hat die Angelegenheit vielleicht aufgeben, weil er jetzt in der Schule ist und weiß, was für Hänseleien er von seinen Schulkameraden auszuhalten hätte. Aber ich sage voraus, dass Rowen ihren Namen offiziell ändern lassen wird, sobald sie achtzehn ist. Vor allem jetzt, nachdem sie dich persönlich kennengelernt hat."

„Oh je. Ich hoffe, ich enttäusche sie nicht."

„Das könntest du nie", sagte Mary Pat. „Das ist so wunderbar an Kindern. Ihre Liebe ist absolut bedingungslos. Sie haben noch nicht gelernt, geizig damit zu sein, und wenn es nach mir geht, werden sie das auch nie."

32

KADE

„Ich werde deine Schwester bitten, mich zu heiraten", platzte es aus ihm heraus, als Mac und er weniger als einen halben Block weit gegangen waren.

„Ja?"

Kade nickte.

„Wann?"

„Heute Abend."

„Na ja, gut. Sie liebt dich. Du liebst sie. Nicht nötig, es kompliziert zu machen. Lass mich mal den Ring sehen."

Der Ring. Einen Ring. Den Teil hatte er komplett vergessen.

Mac lachte. „Du hast Glück, es ist noch früh." Er deutete zu einem Juwelier gegenüber. „Besorg ihr einfach etwas Schlichtes und sie wird hingerissen sein."

„Äh ..." Kade sah hinüber zum Schaufenster. „Du meinst, ich sollte?"

„Was? Einen Ring besorgen? Mach keinen Quatsch. Du kannst ihr keinen Antrag ohne einen Ring machen, Kumpel. Na komm. Ich werde dir beim Aussuchen helfen."

Zwanzig Minuten später kamen sie aus dem Laden mit einem weitaus aufwendigeren Ring heraus, als Mac ursprünglich vorgeschlagen hatte. Sobald Kade den Diamanten sah, der von zwei Saphiren flankiert wurde, wusste er: Das war er.

„Der wird zu ihren Augen passen", hatte er gemurmelt.

Als der Juwelier nach Merrigans Ringgröße fragte, war Kade wieder ratlos.

„Zweiundfünfzig", sagte Mac. „Ihre Finger sind denen von Mary Pat sehr ähnlich", fügte er hinzu, als der Juwelier wegging.

„So, sollen wir uns dann nachher verdünnisieren?"

„Genau genommen habe ich ein Zimmer an der Park Lane 45."

„*Ausgezeichnet*", rief Mac aus und klopfte Kade lächelnd auf die Schulter. „Wir stecken die Kleinen ins Bett und dann kannst du mit ihr verschwinden."

„Das macht dir nichts aus?"

„Ach was, ich habe sie in den letzten zwanzig Jahren nicht mehr als ein paar Stunden lang gesehen. Will's ja auch nicht übertreiben, weißt du?"

„Wart ihr noch auf ein Bierchen?", zog Mary Pat sie auf, als sie schließlich in die Wohnung zurückkamen.

Kade sah, dass Merrigan mitbekam, wie ihr Bruder seine Frau zum Schweigen brachte, ehe sie sich zu ihm drehte. „Wart ihr?"

„Wir haben uns beschnuppert."

Sie lachte und er liebte, wie das klang. Das war nur eines von so vielen Dingen, die er an der Frau liebte, von der er wusste, seit er sie zum ersten Mal gesehen hatte, dass sie ein Engel war.

„ICH FÜHLE MICH SCHRECKLICH, EINFACH WEGZUGEHEN", SAGTE Merrigan, als sie in das Taxi stiegen.

„Er wusste, dass wir etwas Zeit für uns allein haben wollten", erwiderte Kade und fuhr mit einem Finger an ihrer Wange hinunter und über ihre Lippen.

„Dann findest du nicht, dass das unhöflich war?"

„Dass dein Bruder dich praktisch aus deinem eigenen Apartment geschubst hat? Nein, überhaupt nicht."

Sie lächelte. „Du besänftigst mich, Kade."

„Hast du eigentlich eine Ahnung, wie sehr ich dich liebe?", fragte er und küsste sie, ehe sie antworten konnte.

Als das Taxi vor dem Hotel anhielt, gab Kade dem Fahrer eine Faustvoll Geld und sagte ihm, er sollte das Wechselgeld behalten.

Er nahm Merrigans Hand in seine. „Ich hatte ein Zimmer in einem anderen Hotel, aber ich wollte dich wirklich hierherbringen."

„Das ist nicht wichtig. Wir können −"

Kade umfasste ihr Kinn und sah ihr in die Augen. „Aber es ist wichtig, Fatale. Alles ist heute Abend wichtig."

„Das Imperial Penthouse", sagte er, als sie zur Rezeption des Londoner Mandarin Oriental kamen.

Heute Abend würde der Beginn ihres Lebens zusammen sein, und Kade wollte, dass alles perfekt war.

„Was denkst du?", fragte er, als er zu der kunstvoll gearbeiteten Blumenvase kam, die sie gerade bewunderte.

Sie lächelte. „Dass es perfekt ist."

Er strahlte. „Ich liebe dich."

„Ich liebe dich, Kade."

✢ 33 ✢

MERRIGAN

Mary Pat hatte recht gehabt. Je mehr sie laut aussprach, was sie fühlte, desto leichter war es. Ihr Herz pochte so, wie es das immer tat, wenn Kade in der Nähe war, und irgendwie wusste sie, dass sich das niemals ändern würde. Er würde ihr immer den Atem rauben, selbst ohne das überhaupt zu versuchen. Und wenn er es versuchte? Er brachte sie an eine Klippe des Genusses, den sie vorher nicht gekannt hatte, stieß sie hinüber und flog mit ihr, als sie aufstieg.

Sie sehnte sich danach, mit den Händen über die geformten unteren Bauchmuskeln zu fahren, die sie so deutlich vor sich sah, wenn sie die Augen schloss, oder mit ihren Fingern über Arme, die so kräftig waren, dass sie die Ärmel seines Anzughemds dehnten.

Plötzlich stürzte sich Kade auf sie und drückte sie gegen die Seite des Aufzugs hoch. „Was immer du gerade denkst, du musst damit aufhören. Nur bis wir zum Zimmer kommen, Baby. Denn wenn du damit weitermachst, werde ich dich direkt hier in diesem Aufzug hart und schnell nehmen."

Seine Augen, die sich so blau gegen die gemeißelten Linien seines Gesichts abhoben, bohrten sich in ihre, und sie atmeten beide erleichtert aus, als der Lift dingte und sich dann direkt zum luxuriösen Penthouse hin öffnete.

„Merrigan." Sein Seufzen kam fast einem Gebet gleich, als sie sich beeilten, ihre Kleidung auszuziehen. Ehe sie noch einmal atmen konnte, stand Kade vor ihr, nackt.

„Ich könnte Stunden damit verbringen, dich anzusehen", murmelte sie und fuhr mit den Händen über die angespannten Muskeln seiner Arme, dann hinunter zu seinen Hüften.

Kade hielt ihre Hände fest und schob sie zum Bett, bis die Rückseiten ihrer Beine die King-Size-Matratze berührten. Dann schubste er sie, sodass sie flach auf dem Rücken lag und zu ihm hochstarrte. Sie öffnete ihre Beine, als er sie dazu aufforderte, und beobachtete seine Augen, die auf ihrem Geschlecht lagen.

„Du bist für mich bereit, nicht wahr, Fatale?"

Sie wand sich, während sie darauf wartete, dass er aufhörte, sie anzusehen, und sie berührte. Endlich, nachdem er gefühlt minutenlang den Blick über jeden Zentimeter ihres Körpers wandern lassen, stieß er in sie und brachte sie zum Keuchen angesichts des plötzlichen Gefühls, so ausgefüllt zu sein.

„Du fühlst dich so gut an, Baby", flüsterte er, beugte sich vor und rieb mit den Stoppeln auf seiner Wange über ihre glatte Haut. „Ich will dich markieren, damit jeder Mann, der dich sieht, weiß, dass ich dich zur meinen gemacht habe. Gehörst du mir, Fatale? Allein mir?"

„Du weißt, dass es so ist, Kade. Ich habe nie jemand anderem gehört als dir."

Da verlangsamte er das Tempo, bewegte sich träge in sie und aus ihr, nicht länger verzweifelt, nicht länger in Eile. Es war, als würde jeder Stoß sie an der perfekten Stelle berühren, um sie zur Raserei zu bringen, und doch weigerte er sich, sich zu beeilen.

„Sieh mich an", sagte er und ihr Blick begegnete seinem. „Ich will, dass du dich für immer an diesen Moment erinnerst, Merrigan. Direkt hier, direkt jetzt verspreche ich mich dir für alle Ewigkeit und bitte dich, das Gleiche zu tun."

Ihre Augen füllten sich mit Tränen, nicht der Trauer und nicht einmal der Freude, sondern durch die Welle der Kraft, die sie spürte, weil sie wusste, sie würde den Rest ihres Lebens mit Kade Butler verbringen.

„Heirate mich, Merrigan", sagte er, und legte seine Handflächen an ihre. „Verbringe dein Leben mit mir, genau so, wir beide miteinander vereint, ob unsere Körper es sind oder nicht."

„Ja", sagte sie weinend, fest entschlossen, nichts vor dem Mann zurückzuhalten, der ihr Herz und ihre Seele gefangen genommen hatte. „Heirate mich, Kade. Heute Abend. Morgen. Das ist mir egal. Heirate mich einfach."

Bei ihren Worten begann er, wieder in sie zu stoßen, härter als zuvor. Innerhalb von Sekunden überkamen sie Wellen des Genusses, der so stark war, dass es ihr den Atem nahm. Ihr Körper erschauerte, als wäre ihre intimste Stelle das Epizentrum eines Erdbebens, das sie durchlief, Welle um Welle.

Seine schönen blauen Augen füllten sich mit Tränen wie ihre zuvor, als seine Explosion der ihren gleichkam. „Ich liebe dich, Merrigan", stöhnte er, als er sich in ihr anspannte, während er noch immer in sie stieß und seinen Genuss heraushämmerte.

Sein Körper kam auf ihrem zur Ruhe, dann rollte er zur Seite, sodass sie ihn ansah. „Ich habe es falsch gemacht", murmelte er.

Merrigan kniff die Augen zusammen. „Ich kann dir versichern, dass du es perfekt gemacht hast."

Er lächelte. „Nicht das." Er rollte von ihr weg. „Beweg dich nicht", sagte er, als er aufstand und sie allein im Bett liegen ließ.

„Nein", stöhnte sie und griff nach ihm. „Komm zurück."

Er beugte sich hinunter, küsste sie und stieß die Zunge in ihren Mund, so wie er kurz vorher in sie gestoßen hatte. „Ich bin sofort zurück", flüsterte er und berührte ihre geschwollenen Lippen mit seinen Fingerspitzen.

Sie sah ihm nach, als er zu der Stelle ging, wo er seine Jacke hingeworfen hatte, als sie das Penthouse betreten hatten. Er hob sie auf und nahm etwas aus der Tasche. Der Anblick, wie er zu ihr zurückkam, war gleichermaßen umwerfend, wie es gewesen war, den stolzierenden Gang seiner Rückansicht zu beobachten. Kraft lag in jedem Schritt, den er tat, unerreicht von jedem anderen Menschen, den sie kannte.

„Komm her", sagte er, nahm ihren Arm und zog sie auf, sodass sie auf der Bettkante saß und ihre Beine vor ihm baumelten.

Er beugte sich vor, sodass die Muskeln seiner Brust ihre Beine berührten, und nahm ihre Hand in seine. „Ich habe dich heute Abend schon einmal gebeten, aber diesmal mache ich es richtig."

Merrigan sah zu, wie er den Ring über ihren Finger gleiten ließ.

„Heirate mich, Merrigan. Mach mich ganz."

„Ja, ich werde dich heiraten", sagte sie und warf die Arme um ihn. Kein Ring, kein Schmuckstück, das er ihr geben könnte, würde die einfachen Worte der Liebe übertreffen, aber sie löste sich von ihm, um seine Schönheit zu betrachten.

„Er ist umwerfend", hauchte sie.

„Er passt", sagte er, lächelte und bewegte den Ring ganz leicht an ihrem Finger.

„Perfekt", antwortete sie. „So wie wir passen."

EPILOG

KADE

Sechs Monate später

Kade konnte sich nicht erinnern, dass er schon einmal so nervös wie heute gewesen war. Was immer das Ergebnis sein würde, war ihm egal, aber wie es sich auf die kostbare Frau auswirken würde, die vor ihm stand, war ihm wichtig.

Mit Mercer an ihrer Seite öffnete Quinn den Briefumschlag. Er wünschte sich so, sie hätte nicht das Bedürfnis, dies hier zu machen. Er hatte ihr immer wieder gesagt, dass nichts, was auf einem Stück Papier stand, die Liebe ändern würde, die er für sie empfand, aber sie hatte darauf bestanden.

„Ich muss es wissen", hatte sie gesagt, und er vermochte nicht, ihr das zu verwehren.

Dies war ihre Entscheidung und er verstand ihr Verlangen, die Wahrheit zu wissen.

Er beobachtete, wie sie das Blatt aus dem Briefumschlag zog. Es fühlte sich an, als würde die Zeit stillstehen, während er darauf wartete, dass sie es auseinanderfaltete und las.

Als sich ihre Augen mit Tränen füllten und sie über ihre Wangen liefen, erstarrte Kade in Panik.

„Ich wusste es", sagte sie und lächelte ihn an. „Aber du musstest es auch wissen."

Sie reichte ihm das Blatt und da hatten sie ihn. Den Beweis, den er sich nicht zu erhoffen gewagt hatte. Quinn war auf jede Weise seine Tochter. Es gab nicht eine einzige Zelle in ihrem Körper, die dem Bösen entsprungen war. Alles von ihr war von nichts als Liebe erfüllt.

Mercer ging hinüber zu der Schiebetür, die sich zur Terrasse hin öffnete, und winkte Merrigan, Paps und Razor herein. In der Zwischenzeit öffnete Kade die Champagnerflasche, die er im Kühlschrank gekühlt hatte, und schenkte fünf Gläser, plus ein Glas Wasser, ein.

Als Merrigan hereinkam, begegnete ihr Blick seinem fragend und er lächelte. Er sah zu Quinn hinüber und seine Geliebte tat das Gleiche. Sie lächelte auch, als sie in seine Arme kam.

„Ich freue mich so für euch beide", flüsterte sie.

„Danke, Süße." Er beugte sich hinunter und küsste sie sanft, dann löste er sich von ihr, um ihr noch einmal in die Augen zu sehen. „Alles, was ich je in meinem Leben wollte, ist direkt hier vor mir."

Er legte eine Hand auf ihren Bauch. Merrigan war im sechsten Monat schwanger und sie beide hatten dafür einiges an Hänseleien über sich ergehen lassen müssen. Alle zogen sie auf, dass er sie wenige Augenblicke, nachdem sie am Tag nach seinem Antrag in einer ruhigen Zeremonie geheiratet hatten, bei der nur ihr Bruder, dessen Familie und der Pfarrer dabei waren, geschwängert hätte. Als sie in die Staaten zurückgekehrt waren, hatte es eine zweite Zeremonie mit einer anschließenden Feier mit seiner Familie gegeben.

„Ich würde gern einen Toast ausbringen", sagte er und wartete, bis alle ihre Gläser erhoben. „Auf Quinn Analise Butler, die in wenigen Stunden Bryant heißen wird, meine umwerfend schöne, unglaublich kluge, Fleisch-meines-Fleisches Tochter."

„Ich kann noch immer nicht glauben, dass ihr das heute machen wolltet", sagte Razor leise zu ihm.

„Das war nicht meine Entscheidung", antwortete Kade. „Sie wollte es vor der Hochzeit morgen wissen."

„Mann, was, wenn es anders gelaufen wäre?"

Kade hatte sich viele Stunden lang Sorgen gemacht, dass es so hätte kommen können, aber das war es nicht, und das war alles, was zählte.

„Ich danke Gott nur, dass es nicht so gelaufen ist."

„Das versteh ich. Hey, was dagegen, wenn ich auch einen Toast ausbringe?", fragte Razor.

„Nur zu."

„Erhebt noch einmal eure Gläser", begann er. „Ich würde gern einen Toast auf die Männer und die Frauen" – er hielt inne und sah Merrigan an – „von K19 Security Solutions ausbringen. Waffenbrüder und -schwestern. Auf uns – Kade, Gunner, Mercer, Merrigan und mich – und auf jene, die bald mit uns zusammen die Welt retten werden."

Sie alle tranken auf seinen Toast, aber nur Kade hörte die geflüsterten Worte, die Razor hinzufügte. „Und auf morgen, wenn sich mein Leben unwiderruflich für immer ändern wird."

RAZORS SCHÄRFE

Lesen Sie einen Auszug aus dem ersten Band der Reihe
K19 Security Solutions Team Eins
Razors Schärfe

*Er ist ein tödlicher Agent. Sie ist ein Auftrag, bei dem viel
auf dem Spiel steht.*
*Gemeinsam stellen sie sich einer Bedrohung, die keiner von
beiden hatte kommen sehen.*
*In einer Welt voller Gefahr könnte ihre Liebe der riskanteste
Zug von allen sein.*

RAZOR

Ich habe nie erwartet, mich bei einem Auftrag zu verlieben, aber
Avarie McNamara hat alles geändert. Sie ist schön, klug und in
größerer Gefahr, als sie weiß. Während ich darum kämpfe sie vor
ihrem Vater in Sicherheit zu bringen – ein Mann, den ich seit
Jahren jage – wird mir klar, dass ich mir ein Leben ohne sie nicht
vorstellen kann. Aber angesichts von Feinden, die immer näher

rücken, kann ich da die Frau beschützen, die ich liebe, und einen der gefährlichsten Männer der Welt zur Strecke bringen?

AVA

Als Tabon „Razor" Sharp in mein Leben kam, dachte ich, dass er eben ein weiterer heißer Typ wäre. Ich hatte keine Ahnung, dass er meine Welt auf den Kopf stellen würde. Jetzt bin ich auf der Flucht vor meinem Vater, verliebe mich Hals über Kopf in den Mann, der mich beschützt, und stelle alles in Frage, was ich zu wissen glaubte. Razor sorgt dafür, dass ich mich in einer Welt voller Gefahr sicher fühle, aber kann unsere Liebe die Geheimisse und Lügen überstehen, die uns umgeben?

RAZOR

„W"as zum Teufel machst du da jetzt?", fragte Gunner.

Die Wahrheit war, er stand vor einem Spiegel und redete sich selbst mit ein paar aufmunternden Worten gut zu. Trauzeuge bei der Hochzeit ihres gemeinsamen Freundes zu sein, war nicht das, was ihm Sorgen bereitete, oder nicht einmal, dass K19 Security Solutions – die Firma, die Gunner und ihm zusammen mit zwei anderen Partnern gehörte – sich so schnell verwandelte, dass er sie kaum noch wiedererkannte. Stattdessen lag es an der Frau, mit der die Verlobte seines Freundes ihn für die Hochzeitsfeier zusammengespannt hatte.

Avarie McNamara, die er vor Monaten hätte vergessen sollen, landete im Mittelpunkt jeder der Fantasien, die er hatte, wenn er Druck ablassen musste. Es war auch nicht hilfreich, dass sie zu dieser Zeit den verdammt heißesten Bikini getragen hatte, den er je gesehen hatte.

Sie ließ ihn an jenem Tag unmissverständlich wissen, dass sie interessiert war, aber er hatte das Angebot nicht annehmen können. Er war im Einsatz und als Leibwächter ihrer Freundin eingesprungen, lange bevor sie wusste, dass sie einen hatte.

Er hatte viel über Ava gewusst, bevor sie ihn an diesem Tag anbaggerte, aber er hatte sich nicht erlaubt, sie auf die intime Weise kennenzulernen, die sie anregte.

„Das ist ein verdammter Smoking", meckerte Gunner und unterbrach seine Gedanken an die umwerfende Frau, die er gleich zum ersten Mal seit über einem Jahr sehen würde. „Es gibt eine Art, auf die man ihn trägt. Es ist allen sowieso scheißegal, was du anhast. Auf geht's."

Es war nichts Ungewöhnliches, dass Gunner griesgrämig war – so war der Kerl eben.

„Was ist los mit dir?", fragte Gunner, als sie ins Auto stiegen.

„Ich will nicht darüber reden."

Gunner warf ihm einen kurzen Blick zu.

„Ava McNamara", gab Razor zu und rollte seine Schultern.

„Heißes Sahneschnittchen. Ihre Zwillingsschwester auch. Inwiefern ist sie ein Problem?"

„Ich kann nicht aufhören, an sie zu denken."

„Sieht dir nicht ähnlich", murmelte Gunner.

„Du hättest den Bikini sehen sollen, den sie auf Fire Island anhatte."

Er hatte insgesamt zwanzig Minuten mit ihr verbracht. Dass sie also überhaupt in seinen Gedanken war, war ungewöhnlich.

Aber die Fantasien? Scheiße. Manchmal schienen sie so real zu sein, dass er hätte schwören können, er wüsste genau, wie sich ihre Nippel unter seiner Berührung verhärteten und wie ihre

Feuchtigkeit seine Finger bedecken würde, wenn er sie in ihr Bikiniunterteil schlüpfen lassen würde.

Er konnte sich sogar daran erinnern, wie sie an jenem Tag geduftet hatte. Zuerst nach Sand, Sonne und Margaritas, aber je länger sie sich unterhielten, desto mehr überlagerte der süße Duft ihrer Erregung alles andere. Das war nichts, was er sich vorstellen musste; das war echte Erinnerung.

Wenn Ava das gleiche Kleid tragen würde wie Penelope, würden diese Fantasien, die er hatte, bald noch höllisch viel heißer werden.

Der wenige blassgrüne Stoff, den sie trug, war kürzer als die meisten Brautjungfernkleider, die er gesehen hatte, mit einem Neckholder-Oberteil, das nichts der Vorstellung überließ. Ava und ihre Schwester Aine waren weitaus großzügiger ausgestattet als dieses Mädel. Er konnte sich nicht einmal vorstellen, wie gut das Kleid an ihnen aussehen würde.

Gunner lachte. „Du bist fällig."

Das wusste er, aber es bestand immer noch die Möglichkeit, dass die reale Ava nicht halb so heiß sein würde, wie er sich an sie erinnerte. Leider war das Gegenteil der Fall. Sie war doppelt so heiß, und wenn er sich heute nicht in ihren engen, kleinen Körper versenken konnte, würde er mit dem Wahnsinnsständer, den er jedes Mal bekam, wenn sich ihr Bild in sein Hirn schlich, Nägel einschlagen können.

ÜBER DIE AUTORIN

Über die Autorin

Die *USA Today*- und Amazon-Top-15-Bestsellerautorin Heather Slade schreibt schamlos sexy, romantische Spannungsromane, die einem den Atem rauben.

Sie hat sich selbst zum Geburtstag das Geschenk gemacht, ein Jahr lang ein Buch zu schreiben. Über sechzig Bücher später (und es kommen stets weitere hinzu) hat sie noch immer einen Riesenspaß.

Die Frauen, über die Slade schreibt, sind selbstbewusst, stark, haben ihren eigenen Willen und Herzen, so groß wie der Himmel von Colorado. Die Männer sind außergewöhnlich sexy, verführerische Alphamänner, die der Herausforderung gewachsen sind, die süße Seele einer Frau zu erobern, deren Herz sie für immer in der Hand haben werden. Fügen Sie noch ein paar halsbrecherische Wendungen, einen fesselnden Krimi und ein Happy End, das Sie zum Schwärmen bringt, hinzu, und Sie halten eines ihrer Bücher in Ihren Händen.

Sie liebt es, von ihren Leserinnen und Lesern zu hören. Sie können sie unter heather@heatherslade.com erreichen.

Um über ihre aktuellen Neuigkeiten und Buchveröffentlichungen auf dem Laufenden zu bleiben, besuchen Sie bitte ihre Website auf www.heatherslade.com, um sich für ihren Newsletter anzumelden.

Roaring Fork Rooker

Roaring Fork Bridger

K19 GENESIS COALITION TEAM ONE

Code Name: Sundance

Code Name: Rawhide

Code Name: Dallas

Code Name: Wraith

Code Name: Preacher

K19 SECURITY SOLUTIONS TEAM ONE

Razor's Edge

Gunner's Redemption

Mistletoe's Magic

Mantis' Desire

Dutch's Salvation

K19 SECURITY SOLUTIONS TEAM TWO

Striker's Choice

Monk's Fire

Halo's Oath

Tackle's Honor

Onyx's Awakening

K19 SHADOW OPERATIONS TEAM ONE

Code Name: Ranger

Code Name: Diesel

Code Name: Wasp

Code Name: Cowboy

Code Name: Mayhem

K19 ALLIED INTELLIGENCE TEAM ONE

Code Name: Ares

<u>Code Name: Cayman</u>

<u>Code Name: Poseidon</u>

<u>Code Name: Zeppelin</u>

<u>Code Name: Magnet</u>

K19 ALLIED INTELLIGENCE TEAM TWO

Code Name: Puck

Code Name: Michelangelo

Code Name: Typhon

Code Name: Hornet

Code Name: Reaper

K19 SENTINEL CYBER TEAM ONE

Code Name: Admiral

Code Name: Dante

Code Name: Grit

Code Name: Tank

Code Name: Atticus

K19 SENTINEL CYBER TEAM TWO

Code Name: Kodiak

Code Name: Mirage

Code Name: Thunder

Code Name: Condor

Code Name: Rocket

MINERVA PROTOCOL

The Prism Doctrine: Blackjack's Story

The Shield Stratagem: Dagger's Story

The Ghost Matrix: Specter's Story

The Compass Initiative: Nomad's Story

The Decree Directive: Sovereign's Story

PROTECTORS UNDERCOVER TEAM ONE

<u>**Undercover Agent**</u>

<u>**Undercover Emissary**</u>

Undercover Savior

Undercover Infidel

Undercover Shadow

PROTECTORS UNDERCOVER TEAM TWO

<u>**Undercover Renegade**</u>

<u>**Undercover Archon**</u>

Undercover Rogue

Undercover Vanguard

Undercover Paragon

THE ROYAL AGENTS OF MI6

<u>**Make Me Shiver**</u>

<u>**Drive Me Wilder**</u>

<u>**Feel My Pinch**</u>

<u>**Chase My Shadow**</u>

<u>**Find My Angel**</u>

THE INVINCIBLES TEAM ONE

Code Name: Deck

<u>**Code Name: Edge**</u>

<u>**Code Name: Grinder**</u>